初步举证

[澳]苏西·米勒 / 著
张蕾 / 译

四川人民出版社

图书在版编目（CIP）数据

初步举证 /（澳）苏西·米勒著；张蕾译. -- 成都：
四川人民出版社, 2025.3. -- ISBN 978-7-220-13015-1
Ⅰ.I611.45
中国国家版本馆 CIP 数据核字第 2025GV3285 号

PRIMA FACIE
Copyright© 2023 by Suzie Miller
Published by arrangement with Jane Novak Literary Agency, through The Grayhawk Agency Ltd.

四川省版权局著作权合同登记号：21-25-40

CHUBU JUZHENG

初步举证
[澳]苏西·米勒 著
张蕾 译

出 版 人	黄立新	责任校对	舒晓利
出 品 人	柯 伟	特约编辑	刘思懿　宋 鑫
监　　制	郭 健	营销编辑	段丽君
选题策划	刘思懿	封面设计	
责任编辑	范雯晴	版式设计	修靖雯

出版发行	四川人民出版社（成都三色路 238 号）
网　　址	http://www.scpph.com
E-mail	scrmcbs@sina.com
新浪微博	@四川人民出版社
微信公众号	四川人民出版社
发行部业务电话	（028）86361653　86361656
防盗版举报电话	（028）86361653
照　　排	天津星文文化传播有限公司
印　　刷	三河市嘉科万达彩色印刷有限公司
成品尺寸	145mm×210mm
印　　张	11.5
字　　数	258 千
版　　次	2025 年 3 月第 1 版
印　　次	2025 年 3 月第 1 次印刷
书　　号	ISBN 978-7-220-13015-1
定　　价	49.80 元

■版权所有·侵权必究

本书若出现印装质量问题，请与我社发行部联系调换
电话：（028）86361656

目录

第一部分 BEFORE
事发前

| 第一章　002 |

| 第二章　019 |　　　| 第十一章　077 |

| 第三章　024 |　　　| 第十二章　092 |

| 第四章　027 |　　　| 第十三章　096 |

| 第五章　033 |　　　| 第十四章　102 |

| 第六章　040 |　　　| 第十五章　117 |

| 第七章　044 |　　　| 第十六章　121 |

| 第八章　058 |　　　| 第十七章　126 |

| 第九章　064 |　　　| 第十八章　149 |

| 第十章　072 |　　　| 第十九章　180 |

第二部分 AFTER
事发后（782天以后）

第二十章	186	第二十八章	249
第二十一章	195	第二十九章	253
第二十二章	198	第三十章	259
第二十三章	208	第三十一章	268
第二十四章	213	第三十二章	271
第二十五章	222	第三十三章	278
第二十六章	224	第三十四章	282
第二十七章	246	第三十五章	289

第三十六章	294
第三十七章	301
第三十八章	304
第三十九章	309
第四十章	313
第四十一章	317
第四十二章	321

第四十三章	327
第四十四章	344
第四十五章	350
第四十六章	354

致谢 357

PRIMA FACIE

第一部分

― BEFORE ―

事发前

第一章

　　那些经过严格训练的优秀男律师，个个胸有成竹、肌肉紧绷，身着价格不菲却低调的灰色或深蓝色名牌西服，搭配经典的白色衬衫和黑色长袍。那些叱咤律坛的女律师则展现出不同的风貌，她们洒脱自如，将挎包从一侧肩膀斜挎至另一侧臀部，这反而为她们在法庭上赢得了一席之地。她们会选择裸色或红色的唇膏，避免使用过于厚重的睫毛膏，常佩戴个性十足的耳环，脚踩名牌靴子或从国外带回来的独具特色的高跟鞋。多年来，我一直在研究律师，学习他们的言行举止。渐渐地，我已表现得比那些律师更有律师范儿。与男律师相比，女律师的工作方式更为巧妙，我时常费心钻研她们的各种工作方式。她们仿佛通过一个个细节在悄然宣告："虽然同为律师，但我们不拘泥于传统，能够独树一帜。"这些细节使她们更加自信，从而在法庭上拥有更多的发言权。

　　在法庭上，随处可见粉色或蓝色的律师公文包，它们犹如忠犬一般始终陪伴在主人左右。蓝色公文包一般适用于资历尚浅的新手律师；粉色公文包则是荣誉的象征，皇家律师们通常将其奖励给有贡献的初级律师。我曾有幸获得过一个这样的公文包，我很珍惜它，但使用它时总感觉有种讽刺的味道。这款公文包质地柔软，面料厚实，两根带有花纹的白色系绳长度适中，可作提手使用，包身有用规范字体手工缝制的所有者的姓名首字母，内衬则是法院批准的条纹棉布。昔日，律师公文包不仅是律师值得骄傲的象征，还可用来装诉讼文件和出庭材料，如今却只能用来当作炫耀的资本。它已成为精英阶层的象征，由父亲传给儿子再传给孙子。虽然女儿也有机会继承父亲的公文包，但那些成长在律师家庭里的女性律师，不会像我一样对自身处境感到矛盾，也不像我这样热爱法律，把学习法律视为实现自我价值的方式，时时刻刻想把握住每一个机会。她们深知"懂法走遍天下"的道理，往往能轻易地进入这个圈子，跟圈内人打交道犹如家常便饭。在她们眼里，律师这一行更像是家族企业，而非一个为正义拼搏的竞技场。

这类女律师的特征较为明显。她们大多较少承接刑事案件，远离复杂纷繁的违法行为。在案件的选择上，她们更倾向于处理不太棘手的案子，即便涉足刑事案件，也往往只接情节相对较轻的，而且大都是出于好奇，而非为了丰富实践经验。她们更乐于寻求刺激，而非致力于为身处社会底层的客户提供法律权益的保障。

对于不需要把粉色公文包当作炫耀资本的人来说，用挎包更能彰显其从容与自信。挎包就是我们的小小荣誉勋章，也象征着我们不再需要任何"保护伞"。

然而，我和她们之间仍然有着共同之处。那顶马鬃假发盖住了我们精心修剪过的亮丽秀发，它让所有女性律师在结束一天的工作时，都被迫戴上一顶"下午六点的假发"[1]。这是男性律师先辈们在把它奉为法定配饰时没有顾及的。男律师常以领带的颜色来区分彼此，偶尔也有人靠佩戴与众不同的眼镜或手表来增加自己的辨识度。

我一眼就能认出法院门厅里的每一个人，熟知他们办过哪些案子，赢了几场，输了几场，以及今天要为哪类案件出庭。如果有律师团队出现，那么他们必定是代表涉及公司金融案件的白领客户，负责此案的事务律师会紧跟在他们身后，推着载满白色活页夹的手推车。

我们这些乘坐电梯前往刑庭的人则是昂首挺胸地站成一圈，个个训练有素、蓄势待发，如同即将踏上赛场的骏马，既要保持适度的兴奋，又要避免过度的紧张，焦急地等待着裁判的枪声响起。谁若率先沉不住气，谁就输了。

随后，我和当事人共同步入庄严的法庭，面对的是一群明显偏袒控方律师的警察。本案的公诉人是阿诺德·莱森（Arnold Lathan）。很好！我很高兴对手是他。我敢断言，此刻这个案子已有了胜算。我们互相点头示意。尽管我感觉热血沸腾，但仍需保持冷静，不能过于激动。阿诺德一贯准备充分，只是一旦进入庭审环节，他的反应速度便有所不及。在场的警察我一个也不认识，正合我意，因为这意味着他们同样对我的策略知之甚少。

我的当事人有些迟钝，他叫托尼（Tony），是个大块头。我已不止一次为他代理，但头一回遇到关于他盗窃和袭击两项指控

---

[1] 此处形容由于长时间佩戴假发而形成的难看发型。全书注脚均为译者注。

的证词完全基于同一个证人的情况。此人和托尼一起踢过足球，但他不喜欢托尼，甚至瞧不起托尼。显然，如此心怀敌意且隐瞒自己对托尼的辱骂与攻击行为的证人并不合格。在笔录中，警方竟然相信他隐瞒实情的说辞，于是才有了今天的对簿公堂。托尼听了我的着装建议，但没有完全遵循。他身穿一套从普里马克①（Primark）商店买来的西服，搭配一件廉价的杂牌衬衫，脖子上那条领带明显是买衬衫时的赠品。不过，他至少尽力了。这套聚酯纤维面料的衣服很好地掩盖了他的文身，已然很不错了。令人震惊的是，许多彪形大汉在走进法庭时居然会感到紧张，托尼也不例外。在庭外，他们狂妄自大，耳聪目明；然而，一旦进入法庭便有了翻天覆地的变化，这里的每个人都在无声地告诉他们"你是个弱者"。我之前提醒他"带上牙刷"②，他今天早上真的带来了，甚至把它从口袋里掏出来给我看。那是一把超市里常见的蓝色牙刷，刷头上还粘着一层西装口袋的绒毛。

"不不不，托尼，我不是这个意思。"

"不是你让我带的吗？"

"这是律师的行话。"

他双眼直勾勾地盯着我的嘴唇，想要读出我究竟在说什么。于是我解释道："意思是'警方的证据很多'。"

"可是你说过——"

"托尼，他们不会真的让你把牙刷带进监狱！"

"不会吗？"

---

① 英国的一个大众品牌，被冠以"最实惠商店"等称号，出售百姓能承受的价格的商品，在英国约有百余家连锁店。
② 原句为"bring your toothbrush"，暗指"做好回不去的准备"。

他在我脸上搜寻着最后一丝希望。

"你先别慌。"

托尼显然被吓坏了,像 3 岁小孩一般不知所措。难怪他害怕,因为他正处于一个完全陌生的环境,经历着从未经历过的事情。他前一晚根本睡不着,喝了吐,吐了又喝。他必须提前熨平衬衫,并求女友或母亲帮他系上领带。他应该是坐火车进城的,在街角凑合吃了一顿麦当劳。他不知道今晚还能不能回家。这场官司对他而言太重要了,因为一旦输了官司,他就得坐好几年的牢。

事实上,吓一吓被代理人很有必要。只有这样,他们才能听话,对你产生敬畏。同时,万一输了官司,也能起到缓冲的作用。也就是说,要让他们觉得自己很可能会坐牢,你是他们唯一的救命稻草。假如官司打赢了,你就是他们的救命恩人。就算打输了,他们进了监狱,也不足为奇。我在托尼身上看到了我哥哥的影子。此时的他手足无措,状态越来越差。于是我朝他走去。

"嘿,托尼。"

他连忙站起身来,浑身直冒汗。

"你还好吗?"

"还好,还好。"

"一会儿有人过来陪你吗?"

他用舌尖舔了舔嘴唇。毕竟他才 25 岁。

"我妈在来的路上了。"

"那就好。"

我是他在这个房间里唯一认识的人。其他几位律师发出一阵笑声,另一位则在大声呼唤自己的当事人。在这群充满自信和能力的人面前,托尼垂头丧气,一脸无助。此时的他眼神温柔,我还是第一次见他嘴里既没有口香糖也没有香烟。他不过是个大男孩,完全不像警察在报告里描绘的那个醉酒后神志不清、乱撒酒疯的暴徒。

"你觉得你的证人会到场做证吗?"

他的前女友目睹了事件经过,她能证明不是托尼先动的手。

"不知道。也许吧。我要再给她打个电话吗?"

"好,你打吧。告诉她,上午十点准时开庭。"

我知道她到场的希望很渺茫。她上个月就不辞而别了。事实上,她根本不想与此事扯上任何关系。她害怕出庭做证,毕竟没人喜欢被盘问。但至少打电话能让此刻的托尼不至于无所事事,我也可以借此机会复盘案件的要点,上一趟洗手间,调整一下假发,顺便再补补妆。

走进法庭,托尼拉开我身旁的一把椅子,准备坐上律师席,被我严厉制止了。我转过身去,向他解释他必须坐在被告席上,并指引他朝法警的方向走去。他瑟瑟发抖,但仍然顺从地走了过去。警方报告里那个充满危险、暴力、成天在酒吧闹事的醉鬼,正是眼前这个被吓得浑身发抖的25岁大男孩。报告与事实严重不符,这就是法律所认定的"真相"。这时,托尼的母亲走了进来,在旁听席的中间找了个座位坐下。她是一个人来的,正在用手机发着短信。我用手势提醒她把手机关机,但她并没有领会到我的意思。于是,我放弃了。

我回过头来,望了一眼墙上的时钟。四周渐渐安静下来,只听见身后旁听席上有观众在小声聊天。法官迟到了一小会儿。十点一过,我立刻进入工作状态,将周围一切声音都视为背景杂音。我翻阅着面前的卷宗，拿起桌上的水壶为自己倒了一杯水，并开始整理笔记。

此刻的法庭，弥漫着一种兴奋与紧张交织的微妙气氛。展现我专业的时候到了。我全神贯注，时刻准备着在自己的舞台上尽情表现。我蓄势待发、目光坚定、镇定自若。这在很大程度上与表演无异。我心无旁骛，思绪里专注于本案的每一个细节。我努力让自己保持冷静，克制冲动，将情绪维持在可控的边缘，从容等待那一刻的到来。终于，法警那一声庄严的号令响起："全体起立。"

大家迅速起立，向步入会场的法官点头致意。待法官入座后，所有人才重新落座。公诉人和我随即在各自的论点上展开激烈的辩论。尽管都知道彼此的存在，但我们都选择忽视对方的存在，除了那句"尊敬的法官大人，我指的其实是我的同行，本案的公诉人"。在整个过程中，我们没有任何眼神交流。

竞赛的序幕已然拉开。这是一场持久的较量，我必须控制好节奏，不能一味狂奔到底。切勿操之过急，以免因急于求成而导致满盘皆输。接着，控方开始了他的陈述。他站起身来，目光投向陪审团。对托尼而言，最好的结果就是控方的起诉被驳回，也就是在公诉人提出证据后，辩方以证据不足为由，主张"无案件事实可辩"，从而令法官驳回控方的起诉，让托尼得以当庭获得自由。

我早已在脑子里对整个局势进行了详细的推演并制订了计划。然而，当第一个惊喜出现时，我还是忍不住将原有的计划全部推翻。公诉人起身将指控——列出。我端坐在律师席上，目光掠过面前的长桌，对控方的指控表现得无动于衷，让对方无法从我的脸上读出任何情绪。我一动不动，腰板挺直，专注于眼前的一切，泰然自若，聚精会神地观望着、等待着，对他说出的每一句话进行推敲、质询和整理，同时又要装作漠不关心。此时的我呼吸均匀、眼神平和，一边聆听他说出的每一句话，一边解读他的每一个肢体信号，寻找突破口。如此卖力的表演不仅仅是为了感动当事人，也不仅仅是为了展现个人实力，更重要的是，这种表演本身就是赢得这场游戏的关键策略。我略微调整坐姿，头部微侧，故作放松地靠在椅背上，但我的每一寸肌肉都处于紧绷状态，随时准备从椅子上弹起来。

终于，我发现了一个突破口。此时的控方证人不再只是回答问题，而是在不被允许的情况下，对事件进行详细阐述。我观察到公诉人阿诺德表现出倾向性，似乎有意提出一些他认为具有不确定性的疑问。他在关键时刻流露出犹豫的表情。他马上就要进入正题了，我要少安毋躁，再稍作等待……让他暴露得更彻底一些。此刻是对我的策略与冷静的深度考验，看我如何在风暴来临前保持冷静。

时机到了，我本能地从椅子上一跃而起，发出那声慎重而清晰的请求：

"法官大人！"

我成功吸引了大家的注意力，众人纷纷把目光投向我。我没有看任何人，却能感受到场上局势的变化。我保持站立姿势，等候法官将注意力转向我。

此时，我听到了自己的声音："先生，我对未经预告的起身表示抱歉。然而，我有理由相信，我的同行，控方律师，正试图引导他的证人提供证词。控方的整个论点完全依赖本案的目击证人,他的证词对本案至关重要。辩方主张该证人的证词可信度已受到严重影响。"

我的表达铿锵有力,既解释了我反对的理由,又提出了不允许对方继续提问的申请。公诉人试图保持他的势头,我冲动地想要往下说,但还是控制住了自己的情绪,毕竟有些话点到为止即可。我已表明自己的观点,剩下的就让他们去猜吧。法官停顿了片刻,仿佛感受到真正的较量才刚刚开始。他再次把目光投向我。他认识我,他曾经见过我在法庭上的表现。他是在向我致意吗?高居审判席多年,面对阔别已久的唇枪舌剑,他发现自己仍然喜欢战斗,喜欢激烈的辩论,而眼下,一场酣战即将展开。他倾身向前,同意了我的申请。

好极了!我在内心深处欢呼雀跃,表面上却表现得波澜不惊。我的事务律师就坐在身边。他初出茅庐,毕业于一所著名的私立学校,发型永远一丝不苟。尽管我压根儿就不需要他,他却从不这么认为,总是认真地研读笔记,准备好做我的左膀右臂。当我转身落座时,我注意到托尼正在被告席上注视着我。他还没意识到我已经在关键的较量中取得了优势,但也能感受到场上局势的微妙转变。证人席上的证人是托尼的旧识。经过此番变故,他们的"友谊"将彻底结束。他过去常与托尼一起踢球,如今却判若两人。他喷着味道刺鼻的古龙水,从事房地产行业,大概是做房产经纪人一类的工作吧。这类"浑蛋"专门欺负托尼这样的人。对于托尼来说,此人就是他命中的克星,一生都在找他的碴儿,最终以证人的身份将他送上法庭,企图让他身陷囹圄。然而,于我而言,证人就是证人,他不过是这场博弈中的一枚棋子。

我坐了下来，公诉人继续盘问他的证人。他搞砸了一些事情，目前正在极力补救。法庭上还有其他律师，他们坐在旁听席上处理自己的法庭事务。他们时刻关注庭上的辩论，想要学习其他同行是如何运筹帷幄的。这时候，法官发话了。

"恩斯勒（Ensler）女士，轮到你质询证人了。"

这一刻终于来了，轮到我上场了。面前这位证人是我的了。只见他深吸一口气，警惕地上下打量着我。他在评估我的一切，包括我的穿着打扮以及我注视他的眼神，试图判断他能否成功吸引我或是对我肆意嘲笑。我的脑细胞已火力全开，正在马不停蹄地组织我的语言。法庭内鸦雀无声，紧张的气氛弥漫，所有人都在等待我即将提出的疑问。我十分享受这一时刻。

永远不要提没有把握的问题，永远不要让对方认为你已失去信心，除非这是游戏的一部分。我缓缓站起身，并不急于开口，而是先整理了一下身上的律师袍，再将西装外套的扣子扣上。法庭内的空气瞬间凝固，我在心里对自己说："保持冷静，泰莎（Tessa），保持冷静。"我用余光瞥见证人仍在打量我。在他看来，我年纪轻轻，似乎没什么分量。那是因为他还没见识过我的厉害。我刻意让大家多等了几秒钟，随后，开始对证人发起猛烈的攻击。

交叉询问是最精彩的环节，一切全凭直觉。是的，你需要信息，需要把握前进的方向。一旦离开座位，你就必须保持思维敏捷，同时，还得给大脑上紧发条，随机应变。

我将注意力集中到证人身上，蓄势待发，准备迎接即将到来的较量。而证人对我一无所知，或许有人警告过他，我的提问方式千变万化。但至少，现在他的大脑一片空白。

我问了证人一个问题,他转头望向法官,迅速给出回答。

我换另一种方式问了同样的问题,然后快速扫了一眼他的脸。他重复了刚才的回答,脸上泛起一丝不屑的表情,又迅速地望向法官。我重复了一遍他的回答。我虽然没有转头,却能感觉到公诉人在自己的座位上稍稍活动了一下身体。

我假装一脸疑惑地再次重复证人的回答。证人看着我,以为我被他搞糊涂了。我不断翻阅着卷宗,好让他以为我已彻底失去方向。

他按捺不住,试图解释自己的回答,语气里充满了自以为是。他故意放慢语速,以便让大家听出其弦外之音:"此人的理解能力有点差。"

法庭内安静到我能够听见自己的呼吸声,以及公诉人发出的一声窃笑。

很好!非常好!

我又一次翻阅卷宗,并偷偷注意托尼在被告席上的反应,只见他有些坐立不安。我心想很好,我要的就是这种反应。接着,我再次提出一个相似的问题。这时,证人已彻底放松警惕,他将肩膀向后靠,双眼左顾右盼,露出得意的笑容,心里似乎在想:"此人根本不知道自己在干什么。"我又看了一眼法官的反应。这位法官见过我之前的表现,一定觉得这一幕似曾相识。面无表情的他,正安静地注视着我的"演出"。

第一个问题。

第二个问题。

我故意对他的回答表现出焦虑的情绪,这使证人更加肆无忌惮了。他在证人席上环顾四周,盼着有人能为他捧场。他轻蔑地扫了我一眼，摆出居高临下的姿态，接着……他该不会是在调情吧？听完他的回答，我点了点头，继续翻阅手里的卷宗，让自己显得笨嘴拙舌，无言以对。我继续观察他，很好，非常好，他已开始进入状态。

我先是鼓励他自由表达，任由他把该说的和不该说的全说出来，然后再给他机会"澄清"。这个过程进行得十分顺利。

"感谢您的回答，但我还是没明白……"

他更加放肆嚣张了，似乎觉得自己应对得流畅自如。他不屑一顾地看着我，心想："这家伙肯定刚大学毕业，不见得有多厉害。"殊不知，他已经完全被我掌控。他自认为占了上风，彻底放松下来，因此，他不再谨慎、害怕，也不再步步为营。

他的证词开始出现前后矛盾。

我假装一脸困惑地点点头，并要求他对此做进一步解释，内心却始终保持警惕。我轻松破了他的发球局，开始掌控场上的节奏。在我的点头鼓励下，他不断地进行解释，浑然不知自己已越陷越深。

"好的，事情总算弄清楚了一点儿，但是……"

他竟然主动提供了更多信息，这也太容易了吧？！他已经把自己说蒙了。我转过身来，留意到公诉人正在扶额叹息。是的，他知道发生了什么，我也知道。唯独那个自掘坟墓的人还被蒙在鼓里。他仍在喋喋不休。我已设局将他团团围住，但表面上我还在不断地点头，以示赞许，继续让他做进一步解释。

这名证人实在是个"热心肠"！他可能一心想"帮助"这位女士。我迅速瞥了一眼法官的表情。他不露声色，但他很清楚现在的发展势态。我再次转向证人，如鲨鱼闻到了水里的血腥味一般，但仍然让猎物继续往前游。他已无法回头，现在已经没人帮得了他了。

他终于把话说完，放松地坐回椅子上，脸上露出自信的表情。他以为自己已经掌控局面，着实过了一把瘾。殊不知，是我让他沉浸在无知的安全感当中。

我重新调整呼吸，提醒自己，在下一个阶段更要小心谨慎，并控制好力度。

此刻，证人坐在椅子上，双臂交叉。我没有再翻阅卷宗，脚步虽然停了下来，脑子却仍在高速运转。法官和在场的律师都清楚接下来将会发生什么，都在默默地替他感到难为情。可他们喜欢这种感觉，于是，纷纷向前探着身子。旁听席上的观众则感觉有些无聊，他们只看到我"无能"的一面。有人甚至一脸迷茫，不清楚究竟发生了什么。至于那名坐在证人席上的证人，更是只顾夸夸其谈，对自己的处境仍然一无所知。

"抱歉，我还有一个问题想搞清楚，希望你不要介意，这有助于厘清事情的来龙去脉。"

证人轻轻地翻了一个白眼。真是完美！这正是我想要的反应。哪怕他看一眼坐在我旁边的公诉人，就能察觉到事情进展得不对劲。公诉人已经尴尬到抬不起头了。我停住脚步，不再翻弄手里那几页纸，也不再假装困惑，两眼直视着证人。

我继续向他提问。

这时，他的表情有了奇怪的变化。他看向公诉人，企图寻求帮助。公诉人什么也不能说，只能用可怜巴巴的眼神哀求他务必谨言慎行，别掉坑里去。我把一切都看在眼里，然后乘胜追击，一连向证人提了四个问题，每一个都像子弹一样直击他的要害。

砰！砰！砰！砰！

他一败涂地，一脸错愕地看着我。

直到此刻，证人才看清我，见识到我真正的实力。

我看着他慢慢回过神来，表情从恍然大悟逐渐变为恼羞成怒。他不仅生我的气，还恨他自己像个傻子一样被我骗得团团转。我笔直地站在那里，尽情地展现自己的实力。他本以为自己已经得逞了，但有我在，他想都别想。他刚才如此看扁我，直冲我翻白眼，认为我一无是处，这一切正中我的下怀，我高兴还来不及呢！如今我赢得这场较量，他不得不重视我，感叹自己低估了对手的实力。

他一点儿也高兴不起来。

证人汗流浃背，他正思索着该如何回答。旁听席上的观众已不再感觉无聊。他们刚刚目睹了一场盘问，一如他们在电视上看到的那样精彩。我能感觉到他们眼神的变化，此刻，他们的眼里充满了好奇与敬佩，仿佛在说："她挺厉害的。"但我并不会就此罢休。

"请回答问题，贝特曼（Bateman）先生。"

我用最专业的语气提醒证人回答。证人无动于衷，而我不慌不忙地享受这最后的一刻。公诉人把头低到几乎碰到桌子了，他的起诉理由全被推翻。对于这个结果，他明白，我也清楚，法官更是心知肚明。但是，既然戏唱到了一半，就得把它唱完。我继续推进，用最甜美的嗓音说道：

"法官大人，证人还没回答问题。"

法官提醒贝特曼先生必须回答问题。我面对着贝特曼先生，耐心等待着。他已经走投无路了。但没关系，我可以继续等。终于，听见他嘀咕了一句。我向前探过身去。

"很抱歉，我没听清。"

法官不耐烦地说："你必须对着麦克风说话，以便我们录音，贝特曼先生。"

我用手势提醒证人，让他将麦克风挪近一点儿，并一脸仁慈地微笑着。此时的贝特曼先生对我十分警惕，他回答道：

"是的，我是。"

"所以你的回答是肯定的，对吗，先生？"

法官显然已经看够了，他看着眼前这个崩溃的男人，告诉我已经得到了答案。没错！这正是我想要的答案。当被问及是否需要重新询问证人时，公诉人摇了摇头。他连站起身的力气都没有了。对于这个案子，他已无力挽回。法官示意证人离席。证人在离开座位时，似乎还没反应过来到底发生了什么，还试图与公诉人进行眼神交流。

他满脸疑问，带着一腔怒火离开了。很明显，这些火都是冲我发的。当他从我面前经过时，整张脸都在抖动，不知道自己究竟错在了哪里。对此，我并没有往心里去，这不过是一场法庭上的博弈。我再次起立，请求驳回对我当事人的起诉。托尼压根儿不知道发生了什么，只是莫名地感觉良好。我心平气和地向法官提出申请。

"法官大人，我主张'无案件事实可辩'。"

法官很快做出了决定，当场驳回了起诉。他转身向托尼解释，驳回起诉的原因是证据不足，并示意托尼可以离开。托尼笑容满面地摇了摇头，直到我向他招手，他才离开被告席。我一边收拾桌上的文件，一边转身向他的母亲点了点头。此时，她站了起来，准备离开。律界的行规是赢家不能炫耀胜利。因为今天的赢家，没准儿就是明天的输家。我们甚至不忍心说出"输"这个字，而是委婉地称之为"第二名"，而今天轮到公诉人"屈居第二"了。我向公诉人点头致谢，尽量不和他有眼神接触。我埋头整理好文件，将它们放进拎包里，把包拎在肩上，并解开西装外套的扣子，大步朝门外走去。每一位现场的见证者，都在目送我离开。这种感觉真棒，我放慢脚步，暗地里希望有人为我鼓掌。我走到门口，转身向法官点头致意。托尼和他母亲分别站在我的两侧，我示意他们跟着我一起点头，他们照做了。此刻，这个大块头和他的母亲对我言听计从。是我带领他们走过这段陌生的旅程，并把他们送上回家的路。走出法庭的那一刻，我大胆卸下了伪装，但还不能完全卸掉，因为我还得给这对母子一个交代。

"托尼，你可以放心地回家刷牙了。"

托尼看着我，仍然有些不敢相信。

"托尼，你自由了，可以回家了。他们告不了你，一切都结束了。"

我意识到，尽管他们听到法官驳回了起诉，但仍然不太清楚结果。当听到我说可以回家时，托尼的母亲泪流满面，她一把抓住我的手放到自己的胸口上。我突然对这对母子产生了一种温暖而奇怪的亲近感，这种感觉简直太熟悉了。我开始有点恍惚，这位母亲和她的儿子，他们相亲相爱。母亲显而易见地松了一口气。在结果宣布之前，她不知度过了多少个不眠之夜，担心今天可能出现的可怕结果。我无法想象她是怎么熬过来的。托尼将来很有可能还会面对庭审，但至少今天，他可以跟着母亲回家了。托尼的母亲死死地拉住我的一只手不放，我只好将另一只手放在她的手上,轻轻将它从她的胸前拿开,再缓缓抽出另一只手。

"我得走了,还有其他案子要准备呢。"

我必须始终保持专业的态度,不能感情用事。

我对托尼说:"至于你,不要让我在这个地方再见到你。"

我居然对一个成年人,一个身形完全"碾压"我的男人说出这样的话。可他是托尼,是那个穿着皱巴巴的衬衫,腋下全都湿透了的托尼。他狠狠地点了点头,发誓再也不来这里了。我对此表示怀疑,但他一把抓住我的手,用力握了几下。这个外表凶神恶煞的男人,对我充满了敬意。这一刻,我就是强者。

第二章

走出法庭，我打开手机，给爱丽丝（Alice）打电话汇报案子的结果。爱丽丝和我几乎没有共同之处，但由于我们的办公室挨着，无形中便多了几分亲近。我们见证彼此的生活，记录对方的庭审日志和案件情况，偶尔也分享一些恋爱经历。打赢官司所带来的肾上腺素飙升，会让人久久无法平静，除非找到一个懂得游戏规则的人来倾诉。只是爱丽丝近来的状态不怎么好，我不敢随随便便去打扰她。犹豫再三，我还是把电话拨了过去。因为我知道，她一定在等我的消息，不打给她反而很奇怪。电话接通了，对方却不是爱丽丝。过了一会儿，我才意识到那是朱利安（Julian）。

他说："爱丽丝去了洗手间，她把手机落在复印机旁了。另外，案子还顺利吗？"

我难掩喜色。

"我赢了！"

我不确定自己的语气是否过于傲慢，即便是，我也不是故意的。我还没反应过来,自己竟然在向朱利安汇报工作了。通常情况下,我不太可能接触到他这样的人。他在律师界已小有名气,对他来说,出庭就是家常便饭。一辆出租车在我面前停了下来,我跳了上去,听着电话里朱利安略带幽默的反应,我笑了起来。朱利安说:"这有什么稀奇?"

我让司机把我送到圣潘克拉斯车站(St Pancras station)。一路上,在电话里,朱利安向我询问庭审的细节。

"你的当事人有提供证据吗?"

"根本用不着。那位主要证人表现得一塌糊涂。最终,被我驳回起诉了。"

他笑着表示钦佩。我一边接听电话,一边忙着把假发放回收纳盒,再把律师袍叠好,放进公文包里。能够跟像他这样的常胜将军分享打赢官司的喜悦,这种感觉简直太美妙了。就业务水平来讲,朱利安比爱丽丝优秀,也更有活力。他会针对我的撒手锏——盘问环节的细节给出各种反应。我告诉朱利安,那位证人显然以为自己在对付一个无脑的笨蛋。朱利安说:"那他就大错特错了。活该,谁叫他低估了我们最优秀的律师。"

我突然感到一阵温暖。到站下车后,司机又把我叫住了。

"小姐,这趟车可不是免费的!"

我居然忘了付钱!我以为自己雇的是网约车,于是连忙向司机表示歉意,并从口袋里掏出 20 英镑。

"实在抱歉,给,不用找了。"

随后,我又补充道:"我舅舅在老家也是开出租车的。"

那位司机冲我笑了笑,挥手告别。我继续在电话里跟朱利安聊。突然,我有点担心被他知道太多信息,比如我舅舅的职业,但很快就被后续的谈话分散了注意力。我从未跟朱利安在电话里聊过,在单位里交谈也都有其他人在场。事实上,在正常情况下,我根本不可能和朱利安成为朋友,也绝不可能打电话向他汇报刚打赢的官司。我兴奋极了,一出法庭就直奔火车站,跳上了一列开往老家的火车。

"麻烦你转告爱丽丝,她明天要帮我处理案子的摘要,就在我的办公桌上。"

"好的。"

朱利安告诉我,他整天都在应付那些企业客户,简直无聊透顶,希望也能像我一样,为一桩刺激的案子出庭辩护。上车检票时,我不得不打开手机里的购票软件,于是噪声淹没了他最后的那句话。通话结束后,我又在脑子里回想了一遍他的形象。朱利安生来就是个大赢家。他的父亲是皇家律师,属于最高级别的大律师,就连他的教父也是皇家律师。

我把装有律师袍的公文包抛到头顶的行李架上,在靠窗的座位上坐下,脚边放着挎包,轻松享受去往老家的旅程。我大胆预测,自己的事业要有起色了。连朱利安这种受过最好的教育,又超级自信的人都称赞我的工作,我的前途必定一片光明。火车驶出车站的同时,我的心里开了花。

我把头发放下来,卸下西装外套的束缚,放松地把头靠在车窗上。

火车蜿蜒着驶出伦敦,穿过一个个熟悉的乡村,法律人的光鲜生活也逐渐消散在车厢的座位里。乘务员推着一车茶水走过来。我小口喝着加了奶的茶,想着母亲为何打电话约我喝茶。她很少给我打电话,反而是我常常给她留言,因为她工作时不能接电话。或许是因为她所在的保洁公司整日用摄像头监控他们,也可能是因为公司对员工打电话这件事特别敏感。母亲生怕因打电话而丢了工作,于是嘱咐我,如果我有急事找她,就先留言后打电话,两次铃响她才会接听。她怕我动不动就给她打电话,吵得她心神不宁。但我明明有急事才会打电话,我不明白她为何总不接,是因为她在工作,还是在逛超市,或是在家却没听见第一声铃响?我戴上耳机,听着音乐,看着窗外的世界飞驰而过。

当火车抵达卢顿①(Luton)时,我仿佛又回到了从前。在这里,我无须伪装。我对这里的一草一木,甚至每一个人都很熟悉。出了车站,我本打算买一个香肠卷,仔细想后又放弃了。我沿着大街走着,路边一只拴着狗绳的小狗正盯着我,我回敬它一个笑脸,然后走向自己从小长大的那片住宅区。

母亲的房子就在眼前。我走进街角的那家商店,一股熟悉的香草味清洁产品的味道扑面而来。柜台里的人名叫夏恩(Sharn),经营这家店已有些年头。这些年他老了不少。我拿起一瓶芬达(这是母亲的最爱),径直走向收银台。

"晚上好啊,夏恩。近来好吗?"

"是你呀,好久不见!你真的是那个小泰莎·恩斯勒吗?"

我被他逗笑了。他接着说道:"见到你真高兴。我对所有来店里买东西的年轻人说,这条街上出了位女高才生,她多年前考上了剑桥大学,如今在伦敦当律师。"

我知道他是好意,但现在这样令我感到很尴尬。他还记得我

---

① 英格兰南部城市。

小时候膝盖常常摔伤，有时是跟着哥哥约翰尼（Johnny），手里抓着一枚1英镑的硬币跑进来。他回忆的可不止这些，他还记得我父亲。我们还聊到附近新开的乐购超市（Tesco）是如何影响了他的生意。我略表同情地点了点头，心里对此清楚得很。因为就连我妈这个老主顾，最近也常去乐购买东西。原因很简单，那里的商品物美价廉。我感到很内疚，于是就买了些昂贵的巧克力。那些巧克力被放在货架的最上面，夏恩必须借助梯子才能够得着。我不禁怀疑这些巧克力是否已过了保质期。他还在不停地念叨我上剑桥大学这件事。

"我告诉他们，你是如何离开这里到剑桥去学法律的。我还鼓励他们，只要想干就一定能成。"

我点着头，心里不免有些难过。如今，我的收入比夏恩多得多。他一年四季守着这家小店，与老婆、孩子以及年迈的母亲蜗居在店铺后面的房子里，全家人都以这家店为营生。孩子们很小就开始在店里干活，虽然我们上的是同一所学校，但我们一直刻意保持着距离，生怕由于太熟悉彼此的生活而互相揭短。想想都觉得可悲！他们有什么短可让我揭？不就是生活窘迫吗？我家的日子也不好过，父亲还在的时候就已捉襟见肘，他走后，日子就更糟糕了。有时候，一个结既然解不开，干脆就一刀两断。

我付完钱，又向夏恩问起他母亲的近况，话刚说出口，才想起她已经去世了。我告诉他，我记得他母亲人很好，尽管我不曾和她说过话。印象中，夏恩的母亲从不说话，她有时会静静地看着你，仿佛能看透你内心的复杂与悲伤。但一想到她知道不少关于我父母的事情，我就不禁打了个寒战。

第三章

往事

 约翰尼把最后一大袋用超市购物袋装着的书拎进来放到我的桌前。他在剑桥整天都显得很不自在,直到进入我的房间,才恢复了往日的活力。他身强力壮,为我节省了不少搬运行李的时间,尽管我并不希望他那么迅速地完成。空气中弥漫着一种我们谁都不愿打破的沉默。我坐在床上,内心的郁闷无法掩饰。约翰尼显然察觉到了这一点,他用一种过于乐观的语调说道:"好了,这是最后一个了!"

 我抬起头,望着他的脸,一句话也说不出来。但是他知道我想说什么。

 "我会想你的,伙计。"

 我热泪盈眶,使劲儿咬着嘴唇,才把眼泪给憋回去。我不想在分别时显得可怜兮兮的,于是用手把头发往后一抹,让自己振作起来。

 "你会想我才怪呢,终于没人跟你抢电视遥控器了!"

 我本想继续逞强,但想到约翰尼和母亲就要走了,我感到一阵难过。母亲此刻正背对着我,还在拼命往我可怜的小冰箱里塞东西。我看着约翰尼,瞬间心里就破防了。

"你觉得,我在这儿能交到朋友吗?"

我本想酷酷地说出这句话,话到嘴边却成了哽咽。约翰尼立刻打趣地回应道:"我觉得没戏。"

他总能逗我开心。他走过来,拍拍我的头,然后,显得极不自然地上前拥抱我。一直以来,我都渴望一个拥抱,但这的确不是我家的风格。所以,与其说这是个拥抱,倒不如说是在我背上拂了两下。不管怎样,这就够了。约翰尼还在努力调节气氛,他指着那辆旧的山地自行车,对我说:"别让任何人偷走我的自行车,好吗?"

那辆车是他专门让给我的,方便我在校园里骑来骑去。我听了直发笑,那辆车根本不值什么钱。但我忍住了,只是抿着嘴点了点头,生怕一张嘴就会哭出来。他假装没看见,八成是怕我不好意思。此时,母亲又忙着在我的小水槽里洗杯子。约翰尼只好对着那面墙说话。

"好好干,让他们看看你的本事,泰丝(Tess)。"

我又一次哽咽着说不出话来。接着,我大胆说出憋在心里许久的那句话。"哥,或许我不该……"

约翰尼明显紧张起来,他忍受不了我这种软弱的表现。当然,这种话只能说说,绝不能真的示弱。

"嘿!你的脑子这么好使,总不能一辈子跟着我当粉刷匠吧。"

我白了他一眼。他的慷慨大度有时候就表现在能够大方地承认自己没有别的选择。

"再说了,粉刷匠的活儿就算你想干也干不好!"

我又笑了。这时,母亲走过来递给我几个三明治。

"你待会儿饿了,可以用来垫垫肚子。"

看得出,她在强忍泪水。我连忙安慰她:"我都18岁了,妈妈。放心吧,我可以的。"

虽然我们都不是把"我爱你"挂在嘴边的人,但爱就是爱,在那一刻,我发觉自己爱他们爱到心疼。越是不表达出来,这种感觉就越敏锐、越强烈。约翰尼努力调整着脸上的表情,以便让自己看起来更像个大男人。母亲则忍不住掉下几滴眼泪。我紧紧拥抱着她,好一会儿才松手。约翰尼转过头去,假装环顾四周。房间里到处是一袋袋的书,母亲早已帮我把衣服都挂进衣柜里。我坐在单人床上,有种被遗弃的感觉。约翰尼决定活跃一下气氛。

"我警告你,圣诞节必须回家,不准待在这儿和那群新结交的时髦朋友瞎混,否则我就把你的东西全挂到网上卖掉!"

说完,他俩就这么走了。

第四章

到家后,我没有敲门,而是用钥匙开了门。一进门,我就知道母亲刚做完家里的清洁,屋里还残留着一种我家的吸尘器固有的味道。我一直不明白她是怎么做到的,在写字楼干了一天的保洁,回到家还有力气打扫屋子。我大喊一声:"我回来啦!"

电视机正高声播放着关于某人获得太多保险赔偿的新闻,我一头钻进厨房。母亲正在水槽边,一边洗菜,一边听着电视里那个拿了高额保险赔偿金的可怜虫在屏幕上接受万千观众的羞辱和臭骂。我讨厌这类社会新闻,顺手就把电视关了。母亲迅速转过身来。我就纳闷了,她刚才明明知道我进来了,为何现在才表现出惊喜?

"嗨,妈妈。"

我假装将那瓶芬达和那些巧克力重重地放下。她微笑着看着我,脸上写满了疲惫。

"今天庭审结束得有点儿早,所以就想着早点儿回来帮帮你。"

她眯起眼睛,盯着那瓶芬达看了又看,然后说道:"亲爱的,这瓶可不是无糖的。"

我心想，完了，又没能让她满意。

"约翰尼在家吗？"

她直接忽略了这个问题，而是指了指那些蔬菜。

"我买了你爱吃的土豆。"

她递给我一把刀。我来不及脱掉身上的西装，对着那堆土豆就切了起来。她问道："你今天过得好吗，亲爱的？"

我沉思了一下该不该告诉她，最终还是决定实话实说。

"我赢了一场官司。"

下一秒，她立刻回答道："所以，你又把更多罪犯放出来了，对吧？"

我警告自己别再多嘴，专心切菜就好。于是，在接下来的几分钟里，厨房里只剩下菜刀划过土豆与胡萝卜，然后又落在砧板上发出的沉闷而急促的声响。母亲用一条茶巾把一块肉拍干，再将它放进烤盘。烤箱已经预热好了。我借机换了个话题。

"约翰尼还没回家吗？"

她就着水龙头洗了洗手，又用抹布把手擦干。

"我有东西要给你。"

她一边说着一边走出了厨房。我目瞪口呆地站在那里。她能给我什么东西呢？只见她拎着一个塑料购物袋，径直走到我面前。在接过她手里的东西前，我本应该先洗手。她试探性地把袋子递过来，我稀里糊涂地接了，心想她从未无缘无故地给我买过东西。在那一瞬间，我以为那是一个迟到的生日礼物，转念一想，又觉得不可能，毕竟我的生日已经过去太久了。

"这是什么？"

母亲退后两步，从窗台上拿起打火机，为自己点了一根烟。她转过身，面朝窗外抽着烟，神情有点儿不自然。

"商店打折的时候看到的。"

我从袋子里拿出一件衬衫。那是一件100%聚酯纤维的亮粉色衬衫。没等我反应过来，她又继续说道："这看起来像不像律师穿的衣服？"

她的声音越来越弱，显得很焦虑。律师才不会穿这样的衣服，我就更不可能穿了。我担心脸上的表情会出卖自己，于是尽力装出一副开心的样子。

"哇哦，太好了，谢谢妈妈！"

她似乎不太确定，又好像松了一口气，在心里暗自高兴。

"你喜欢吗？"

我将它拿起来在身上比了比。

"我简直太喜欢了！"我用高八度的音调大喊道。

听完这句话，她脸上浮现出幸福的表情。我忍不住热泪盈眶，瞬间爱上了这件令人难以接受的衣服，立马脱掉身上的白衬衫，换上这件粉色的，并且认真地把下摆塞进西裤里。这完全超出了母亲的期待，我的表演堪称完美。我穿着它大摇大摆地走来走去，经过她面前时，还不忘给她一个大大的拥抱。她浑身僵硬地被我拥抱着，这是她对肢体接触的一贯反应。她的脸在那一刻容光焕发，但是很快就被乌云笼罩了。当我凑近她时，她在我耳边小声说道："昨晚，你哥在酒吧里跟人打架了。"

我停了下来。气氛瞬间转变。我火冒三丈。

"不是吧？他又打架了？"

她虽然没有回应，但我们刚建立起来的亲密感此刻已荡然无存。她如愿卸下心里的负担,把所有的担心和害怕都转移给我,而我的反应则是愤怒。母亲熄灭手里的香烟,脱去身上的外套。她工作服的左胸口处印有她的名字"朱恩"(June)。她洗完手,开始切菜。

"妈,他再这样下去,总有一天会进监狱的。"

她假装在忙碌,躲避我的问题。我不明白她为何要告诉我这件事,却不希望我有任何反应。她这么做只会令我更生气。

"他究竟怎么了?他应该找一份工作,挣钱养活自己。"

我拿起刚才那把刀,对着那堆胡萝卜一顿乱剁。母亲见状有点儿害怕,但我实在忍不了。

"他就是个不折不扣的失败者。"

不知是出于本能反应,还是身后的一点儿动静提醒了我,我回过头去,正好看见约翰尼穿着邋遢的T恤衫和运动裤站在厨房门口,眉毛上方有一片已经干了的血迹。他看起来很憔悴。见状,我立刻退缩了。当他这样的时候,没人敢惹他。他冲我吼了起来。

"谁说的?"

我站在那里,纹丝不动。他骂骂咧咧地朝我走来,步步逼近,而我丝毫没有让步。

"你这个穿着该死的粉色衬衫的该死的律师,竟敢这么说我。"

我差点儿笑出来。该死的粉色衬衫,简直太好笑。我可不敢当着母亲的面这么开玩笑。我听见自己冲他大喊:"至少我有一份工作。"

这句话彻底激怒了他。母亲吓得大喊大叫。

"别说了！你俩都别说了！"

她着实吓得不轻。我和约翰尼都明白她为何有如此大的反应。于是，我对他更生气了。尽管他满嘴喷着又脏又臭的酒气，但我一点儿也不害怕。据我判断，他宿醉已不是一天两天了，于是我又开始吐槽他。

"你疯了吧，天天这么喝？"

我终于明白了母亲的苦心。她不是单纯地想告诉我昨晚打架的事，而是这样一来我才能看清约翰尼那张颓废的面孔。她必须小心谨慎地引出这个话题，才好检测我的反应。我从不惧怕约翰尼，即使是处于如今这种可能挨揍的情况。我朝着他的脸继续吼道："怎么，你还想打我吗？你现在已经不能好好说话，只会动手了，是吗？"

母亲吓得尖叫了起来。

"住口！都给我住口！"

约翰尼被我的话镇住了。他双眼无神地瞪着我。

"我从不打女人。"

我的反驳来得如此迅猛与残酷，以至于我自己都被吓了一跳。

"除此之外，你现在简直跟他一模一样，不是吗？"

约翰尼叫我滚。母亲低声严厉地斥责我。

"泰莎，够了，别再说了。"

我承认刚才那句话说得有点儿重。约翰尼看着我，愤怒的外表下是一颗迷茫、受伤的心。我们到底怎么了？他曾是我最好的朋友，我从小到大都是他的跟屁虫。每周六我都陪着他一起看足球比赛的现场直播,在画面里搜寻某位埃弗顿[1](Everton)球迷的身影。我知道他要找的是谁,只是不忍心告诉他,即便我们的父亲此刻出现在眼前,我也认不出来。我心中荡起一缕往日的温情。然而,当我们四目相望时,就又不由自主地开战了,战斗力丝毫不减。约翰尼挥了挥拳头,换了一种语气继续挑衅我。

"你什么时候变得这么贱了?"

这句话深深地刺痛了我。我看得出,他不知道接下去该如何处理自己的情绪。他跟跟跄跄地走过来,用手将案台上的东西全扫到地上。看着一地的碎盘子,母亲难过得哭了。此刻,除了收拾好自己的东西并离开,我什么也做不了。

"我想我还是走吧。"

临走前,我回头看了一眼。只见约翰尼双眼紧闭地靠在墙上,母亲正低着头,收拾着散落在地上的土豆、胡萝卜和西蓝花。

"妈,对不起。"

她摇了摇头。我很想让一切好起来,可我无能为力。我离家前看到的最后一幕竟然是母亲趴在厨房的地板上。出门时,我从包里掏出两张50英镑的钞票,把它们悄悄塞进母亲的手提包里。我走了出去,从身后把门关上了。

---

[1] 指埃弗顿足球俱乐部(Everton F.C.),一家位于英格兰西北部利物浦市的足球俱乐部。

第五章

往事

我做梦都不敢想,这所大学美到令人瞠目结舌,到处是历史悠久的漂亮建筑和精心修剪过的草坪。我的脑海里不断重复着一句话:剑桥大学,我读的可是剑桥大学!那感觉如同小时候背着父母偷吃一颗糖,心中无限窃喜。如今,我就住在一个拥有几百年历史的学院里,想想都觉得难以置信。我必须整理自己的课程表,还要去听一堂法学院必修的入门讲座。

虽然我不太想去那个巨大的餐厅吃晚饭,但最终还是在饥饿的驱使下走了进去。我仔细观察其他学生,看他们是如何把饭菜端到长长的餐桌上,又如何相互寒暄、有说有笑。我形单影只,随便吃了点儿炸鱼薯条,就又灰溜溜地回到了宿舍。宿舍里的陈设很简单——一张床、一张桌子和一个衣柜,外加一台小冰箱、一个水槽和一扇窗户。我凝视着窗外,那里有学院最美的风景。我很想好好欣赏一番眼前这个新世界,无奈的是,我只看到自己映在窗户上的那张脸。我突然感到一阵害怕与孤独。我渴望拥有一些连我自己也说不清楚的东西。而这里就是我为之奋斗的一切——剑桥大学。然而,这种奇怪的渴望依然存在。

第二天一早,我在宿舍里简单吃了点儿麦片就穿好衣服出门去听讲座了。尽管预留了足够的路上时间,但我好不容易才找对地方,还是迟到了。

上课前第一件事,就是从桌上拿起自己的名牌,把它别在衣服上。就这样,我穿着崭新的牛仔裤和运动鞋,以及母亲特意为我买的套头衫,忐忑不安地走进了大学讲堂。

讲堂里,除了前排,只剩零星的几个空位了。我飞速评估了一下到底是要轻松地坐在前排,还是在其他排的中间找一个座位坐下。最终,我决定宁可硬着头皮挤在那群已落座的学生中间,也不要冒着被点名提问的风险独自坐在第一排。我沿着一排座位侧身挤了进去,沿途不停地道歉,直至找到一个空位坐下。我发现自己被夹在一名男生和一名女生中间,那种感觉真是奇妙。"这就是我在剑桥大学法学院上的第一堂课。"我自豪地对自己说。

在座的学生似乎都互相认识,有些甚至三五成群地坐在一起。我一时傻眼了。"他们究竟来自哪里?"我一边环顾四周,一边在心里嘀咕。此时,讲堂里至少有200名学生,每名学生都必须在高中结业考试中取得最高分。我这辈子还从未跟这么多高中毕业生同在一个屋檐下。

我不禁回想自己这一路是如何走来的。从来没有人相信我能考进这所学校。当得知我被剑桥大学录取后,整个暑假里,大人们都认为我是"侥幸得到了一个大好的机会"。在他们眼里,我顶多就是个"幸运儿"。他们从不认可我为之付出的努力。有一个观点始终贯穿他们的认知,那就是——我只能止步于此(能够被录取就知足吧),再进一步我就会把事情搞砸(进了名牌大学肯定混不下去），因此，我最好"不要好高骛远"。他们认为我在某种程度上扰乱了"自然规律"，甚至痛恨我对那些"善意"的提醒置之不理。不论别人怎么想，我都不得不为自己想好退路。因为我知道即便被录取了，也还需确保有奖学金我才能入学。因此，直到等来了最后的好消息，我才敢光明正大地说："我要去剑桥上学了。"

如今，我的四周是一张张踌躇满志的脸。我不禁想到，他们的父母以及祖父母或许曾是剑桥校友。"没关系，既来之，则安之。我只要凡事与大家同步，就一定能成为他们中的一员。"我可能暂时需要一点儿伪装，但我相信自己很快就能掌握窍门。我像猎鹰一样快速捕捉到门口有一群西装革履的人在徘徊。我的心不由自主地一颤，一种恐惧感充斥着我的内心——我可能真的如他们所说是侥幸混进来的，其中一位穿西装的人没准儿下一秒就会冲进来，拿出一张名单，喊出我的名字："泰莎·恩斯勒？很抱歉，我们犯了一个严重错误。"

我想象自己在众目睽睽之下挣扎着站起来，从教室中间那排座椅的中段艰难地走出去。我羞愧万分，就像是比赛还没开始就被赶下了场。我重新集中注意力，拼命把这些想法从脑海中赶出去，下意识地用指甲去抠自己的手掌心。院长进来之前，讲堂内一片肃静。她登上讲台的那一刻，我感到一阵兴奋。期盼已久的时刻终于到来了。她用清脆响亮的声音告诉我们："你们是精英中的精英。"

这是她的原话。人生中第一次有人对我做出这样的评价。我差点儿尴尬得笑出声来，但我看了看四周，其他人都在严肃地点头，认真思考着这一评价。紧接着，院长又提醒道，我们能进入这所世界顶尖的法学院，是因为我们都拥有最优异的成绩，这说明在座的我们都是顶尖人才。我把这一幕印在脑子里，期待着回家后能惟妙惟肖地模仿给朋友们看——何为"精英中的精英"。但下一秒又觉得不妥，毕竟他们没能像我一样坐在这里，成为院长口中的"顶尖人才"。一瞬间，我居然想了这么多。我随即把注意力拉回到院长身上。她语重心长地说道："你们终将改变这个国家。"

说完这句话后，她停顿了一下，这简直跟电视上的律师一模一样。在说重要内容之前，他们总要吊一下观众的胃口，而我则享受其中。这就是我来此的目的，我想学习如何让大家记住我说的每一句话。我一脸认真地拿出笔记本，却发现全场没有一个人记笔记。

院长又继续说道："但是。"

我最不喜欢说话带转折。但是？但是什么？

"请看看你左边的同学。"

我羞愧不已，硬着头皮转过头去。我的左边是一个男生。该死！他简直帅呆了！他一定来自贵族学校，应该早就知道自己将来会"改变这个国家"。或许他已经做到了。我收起下巴，甩了甩头发，尽量让自己显得不那么花痴。我看向他的时候，他恰巧也转过头来，目光在我的衣服上只停留了几秒，便完成了对我的全面评估。问题一定出在那件套头衫上。显而易见，我和他来自不同的阶级。一种熟悉的感觉袭来，不是羞辱却胜似羞辱，更糟糕的是，它助长了自我憎恨的情绪。在没有学会伪装之前，我就已经暴露了身份。我瞬间不自信了。

院长继续着她的发言。

"再看看你右边的同学。"

我很高兴自己不用再看着那个男生。坐在我右边的女生留着"私校生"专属发型，身上穿的全是时髦的做旧款。她的穿衣风格属于"叠搭"，即叠穿的衣服搭配叠戴的项链。她的妆容很朴实。等等，该死，她居然做了修容。她仔细打量完坐在她另一侧的男生，此刻又回过头来注视着我。我收回眼神，决定不给她任何机会看穿我。没想到，她给了我一个毫无心机且温暖的微笑，甚至做了个鬼脸。我尽量克制自己，不让自己笑出鼻息声，但还是没忍住。"救命啊，泰莎，拜托你正常一点儿！"我在心里喊道。幸亏这个名叫米娅（Mia）的女生（我偷看了一眼她的名牌）没有表现出反感。院长接着说道："把头转回来，然后听着。"

转身的时候，米娅的手臂拂过我的手臂。而我还在纠结刚才的那一声哼哼。

"你们当中会有三分之一的人无法顺利毕业。是的，你们没有听错，三分之一的人将无法毕业。因此，你们之间是竞争关系。"

停顿了一会儿（这当然是为了演讲效果），院长又继续说道："你们不是朋友，而是竞争对手。比赛从这一刻就开始了。"

我羞得满脸通红，不敢正视米娅和左手边那个男生，他们两位一定认为我就是那"三分之一"。无法毕业的人非我莫属！我显然不属于这里。我对他俩感到莫名的生气。

米娅正在手机上输入着什么，我注意到那是最新款的手机，价格贵得离谱。我预感今天以后我和她不会再有任何交集。她终将成为一名顶尖律师，不可能记得我是谁。没关系，我不在乎。然而，一种熟悉的愤怒涌上心头。我重新燃起了斗志。别再对我说"你会混不下去"。我堂堂一个全优生，一定会让你们见识到我的本事。

院长继续说道:"在未来成功进入律师学院的人当中,只有十分之一能够获得大律师实习资格,这当中只有五分之一的人得以成为皇家律师。他们当中,每10年只有一个人能成为法官。"

我转头看向那个男生,发现他将名牌一丝不苟地别在胸前。名牌上写着"本尼迪克特"(Benedict),这个名字非常适合他。他眼神空洞地瞥了我一眼,显然他已经无视了我的存在。"去你的吧!"我在心里骂道,已然将他视为我最想打败的人。院长的演讲还在继续,她正在讲"什么是法律"。

"不要假定任何人说的话为真相,即便这个人是你自己。这个世界不存在所谓的'真相',只有法律所认定的真相。不要相信你的本能直觉,而要相信你的法律直觉。如果你觉得自己知道将发生什么,那么你一定会犯错。"

这一次,我坚定地拿出笔记本,认真记下每一句话。院长整理了一下她的演讲稿,做了个戏剧性的收尾,赐给我们最后一句金玉良言:"你们是精英中的精英,准备好接受人生的挑战吧,因为法学院只是个开始。"

若干年后,在扔掉这本笔记之前,我又反思了一遍当时记下的这些话。

本尼迪克特,那个坐在我左边的男生,毕业后如我所料地成了一名很有实力的银行律师,实现了他一直以来的理想。

坐在我右边的女生米娅,刚读完大一就退学去上表演学校了。但是,在离校前,她已经和我成了这辈子最好的朋友。

当重新读到这段笔记时,我才意识到,当年院长的话一点儿也没错。人的直觉往往会出错。我以为自己从此和米娅不会再有任何交集，我们将天各一方，不再出现在彼此的记忆里。事实证明，我大错特错。

这时，我又在这段笔记的下一页发现了另一段话："千万不要以为你相信的就是真理。不要囿于自己的认知。这不是生活，这是法律。"我把这页笔记撕下来，钉在书桌的上方。这应该是我在剑桥学到的最真实的东西了。

第六章

在街角的男爵酒吧，我点好饮料，等着与谢丽尔（Cheryl）见面。她已经提前发短信告诉我她喜欢喝什么，那是一种奇奇怪怪的无酒精鸡尾酒。饮料刚上来，谢丽尔人也到了。她还是老样子，双眼含笑，爱穿紧身衣，一头时髦的发型，热情地向我扑过来。她是我的发小，后来又成了约翰尼的女朋友。我们相识于小学，从此便形影不离，就连我大四那年没有回家，而后又搬去伦敦生活，我们也一直保持着联系。她就像我的姐妹，我们的关系甚至比亲姐妹还要亲。她和约翰尼开始交往以来，我俩的感情更是有增无减。或许正因如此，我和约翰尼之间的关系发生了微妙的变化——在我眼里，他成了谢丽尔的男友，我会忍不住关心他对她好不好。谢丽尔从未离开过家乡，就连来我家过周末都不太热衷。她跟我说起她在呼叫中心的工作，聊了许多同事间发生的趣事。她说她已不再像过去那么讨厌这份工作，渐渐地，她发觉自己很适合干销售。她大口地喝着那杯无酒精鸡尾酒。我笑话她如今只敢喝"假"酒，从前可都是来真的。她无奈地笑了。我们相视无语,心里明白这都是为了约翰尼。我知道她一定听说了刚才发生的不愉快,她也明白我一定猜到她知道了。

她放下手里的饮料,说道:"泰丝,他已经好几年没跟人打架了。"

我听出她是在替约翰尼说话,顿时有种被背叛的感觉。

"那是我们以为的!"

我虽然聪明,但从不会察言观色。谢丽尔盯着手里的杯子,低声说道:"他打架的原因,是酒吧里有个浑蛋骂我是大肥猪。"

"衾!"

我火冒三丈,恨不能替谢丽尔打抱不平。同时,我也生母亲的气,她没把来龙去脉跟我说清楚,尽管她可能不知情。

谢丽尔连忙解释道:"不管怎样,约翰尼已经振作起来了。"

她显得很乐观,我却陷入了深深的愤怒与自责中。谢丽尔从包里拿出一张纸放到我面前,那是一张怀孕的超声检查报告。

"不会吧?!你没开玩笑吧?"

"你马上要当姑姑了。"

我拿起那张报告端详着,胎儿的轮廓已清晰可见。我们激动得互相拥抱,尖叫不已。

"难怪你不敢喝酒精饮料。"

"我们本打算吃晚饭的时候再告诉你。"

知道真相后,我的心情更沉重了。为了此事,母亲特意让我回家吃饭,以便约翰尼和谢丽尔宣布这一好消息,没想到闹了这么一出。此时,谢丽尔突然皱起眉头看向我身后。我回头一看,只见一个喝得醉醺醺的男人手里拿着啤酒,一脸淫笑地朝我走过来。

谢丽尔大声喝止:"哥们儿,别做梦了,你配不上她的。"

那个男人轻蔑地看了我一眼。我扭头看向谢丽尔,我们四目相望,然后一起冲他翻了个白眼。

"约翰尼说他打算向我求婚。"

谢丽尔假装不经意地提起这件事,仿佛突然想到一件生活中的趣事。我知道这是她期盼已久的事情,只是我们彼此都心照不宣。

"太棒了!"

谢丽尔激动得难以自持。

"真是我的好姐妹!"

我纵情地笑着,回忆起8岁的时候如何骗所有人相信我们是一对失散的亲姐妹,而我从小就被另一个家庭收养。我们一边说着,一边笑得肚子疼,好不容易才停下来。我靠在座椅上,感激地对谢丽尔说:"谢谢你今晚来见我。"

谢丽尔爽快地耸了耸肩,指着那杯无酒精饮料说:"有人请我喝东西,我何乐而不为呢?即便是无酒精饮料,我也乐意奉陪。"

在跟我聊完一大堆关于怀孕所经历的疼痛、尿检以及各种检查之后,谢丽尔说她必须回家了。她提出把我送到火车站,我拒绝了,理由是我想要散散步、吹吹风。我开始步行前往火车站,去赶最后一趟开往伦敦的火车。此时的街道又黑又冷,两旁的商店早已关门,路上空无一人,来往的车辆也少得可怜。我脚步轻快地走着,确信自己能赶上最后那趟火车。突然,我发现酒吧里的那个男人正尾随我。他走在街道的另一边,始终与我保持着相同的速度。我心脏狂跳、呼吸急促,甚至能听见自己的喘息声。于是,我故意加快脚步。我尽量表现得沉着冷静、大胆自信。他果然跟了上来,我顿时慌了。这时,他冲我大喊道:"嘿……"

我假装没有听见，暗自恨自己为何不接受谢丽尔的好意。我越走越快，速度都快赶上跑步了。但我始终不敢跑起来，不想让他看出我内心的害怕。事实上，我害怕极了。我迅速向后瞥了一眼，发现他已从街对面直接走过来跟在我身后。此处离火车站还很远，我究竟是要硬着头皮往前走，还是走到街对面，并快速返回酒吧？他突然朝我挥了挥手，快速跑了过来。他身体强壮，个头很高。我见状也加速跑了起来。我本想换个方向逃跑，但街道又暗又窄，我并没有把握能顺利逃脱。他跟了上来，我突然来了个急刹车，脑子飞速运转着，气喘吁吁地对他说："我男朋友正在火车站等我。"

他的手里拿着一个东西，由于天太黑，我看不清是什么。难道是一把刀？尽管他也跑得气喘吁吁、声音断断续续的，但我听懂了他的话。

"你把手机落在酒吧里了。"

他手里高举着的正是我的手机。我的心仍狂跳不止，但头脑已清醒了许多，原来他只是想归还我的手机。我颤抖着从他手里接过手机。他这样一路追赶，原来并不是想要伤害我、强暴我或刺杀我，而只是为了归还我落在酒吧里的手机。我赶紧向他道谢，语气相当职业，但心里长长地松了一口气。

道谢之后，我立刻转身离开，不希望与他有进一步的交流，怕他还有别的企图。没想到他也很干脆，只是淡淡地回了一句"不用谢"，便转身离开了。

我一口气走到火车站。检票上车后，我才稍稍回过神来，开始大口大口地呼吸，双手仍抖个不停。直到火车开动，我的呼吸才逐渐恢复平稳。

第七章

第二天上午,我步行去律所上班,在路上吃了个香肠卷。九点,我准时到达律所。一进门,爱丽丝就慌里慌张地把我拉到一旁。

"你跑哪儿去了?"

我有点儿摸不着头脑。

"我昨晚回我妈家了。"

"我一直在给你发短信。"

听她这样一说,我才发现自己的手机一直是静音状态。

"你手头有那个毒品案的警方判决记录吗?就是你甩给我的那个。"

我明白了。我交给她的那个案子今天开庭,她需要从全国的警察电脑网里调出被告先前的判决记录。我记得自己昨天已在电话里拜托朱利安转告她了,看来朱利安并没有把消息告诉她!

"我有让朱利安转告你,文件就在我桌上。"

我们并排走向我的办公室,发现里面一片狼藉,爱丽丝不禁愣了一下。我无所谓地耸了耸肩。对于一名诉讼律师来说，东西乱就意味着案子多，她不会不懂。我找出那份警方判决记录递给了她。

"被告之前已经进去过两回了。"

爱丽丝叹了一口气，来不及多说什么，就一边翻看手里的文件，一边走了出去。我顺手将另一份卷宗塞进包里。朱利安一直在我的办公室附近晃悠，这很反常——他通常不会出现在这个办公区域。此时，他正在走廊里和亚当（Adam）闲聊，貌似不经意地一转头就看见了我，然后冲我微微一笑。

"嘿！"

我也回了他一个微笑。他毫不掩饰地死死盯着我，嘴里仍继续着和亚当的谈话。

"据说皇家律师金斯顿（Kingston）也在用约会软件。瞧瞧他的自我介绍——'在法庭上'。滑掉他！"

堂堂的皇家大律师居然在用约会软件，这个画面着实令人喷饭，没想到他如此接地气。

"向左滑（表示不喜欢）还是向右滑（表示喜欢）？"

我的这句话把朱利安逗笑了，这种感觉还真不错。

"他因为这件事被客户举报了。"

我无奈地摇摇头，心想他对待案子如此不严肃，换作我也会举报他。客户往往需要支付非常高昂的律师费来打一场官司，有时甚至动辄一天几千英镑。

朱利安再次看向我。

"这周末要不要一起出来喝两杯？"

我不置可否地耸了耸肩。他撒娇似的将头歪向一边。我顿时有种莫名的兴奋。

"再说吧。"

此时,亚当也顺着他的目光看向我。我和亚当是法学院的老同学。我们经常在一起讨论案子,然后互相给对方出主意。他出身书香门第,父母都是教师,但偏偏能理解与他背景相同的人所不能理解的特权机制。

今年,我和他一起被提名为律所的年度最佳刑辩律师,这个奖他去年已经拿过一次。我必须承认,他是我认识的同辈中最优秀的诉讼律师。他可以将整本刑法倒背如流,记忆力堪称一绝!他每一次的交叉审问都精彩绝伦,证人在接受盘问时总能顺着他的思路走。我经手的性侵案都仰仗于他的那套手法,以此对那些所谓的受害者进行盘问。事实证明,那一套真的很管用,因为它能有效提升辩护律师在陪审团眼里的形象。许多男律师在庭审时会给人留下偏激、易怒、爱谴责的印象。相比之下,亚当的手段就高明多了。他会巧妙地指出证词里的谬误,以及其中的前后矛盾,然后将其摆在原告证人的面前——这些证词通常都未经核实,证人很难自圆其说。他从不大杀四方,而是用理解和同情让证人自己放松警惕,同时冷静地分析他们的证词,不放过任何一个疑点。亚当对我的帮助很大,尤其是在提高业务能力方面。他常常教我要置身事外,不要轻易"站队",要梳理所有证词的逻辑性和法律关联性,要一而再,再而三,直到发现并找出证词的漏洞。因为这不仅事关案子,还事关法律的尊严。法律是用来保护所有人的,不仅保护原告,也保护被告,同时保护那些尽职尽责的警察,当然也会揭露那些不正当执法的警察。律师绝不能有先入之见。如果有个别罪犯免于受罚,那问题就一定出在那帮渎职的警察或皇家检察院的公诉人身上。因为法律是讲究正当程序的。

亚当问我:"你今早要处理什么案子?"

我已经完全忘记朱利安的存在,只顾与亚当聊天。

"今早有三个案子要宣判,都得去内庭。你呢?"

"我手头那个没完没了的案子还没结束,等一下要去一趟老贝利[①](Old Bailey)。"

与亚当的谈话让我感觉如沐春风,我们之间有着相互欣赏的纯友谊。这时,朱利安插了进来。

"亚当,你昨晚上新闻了,就站在主持人的身后,是吧?"

我连忙表示:"上电视可以双倍加分,我连报纸都还没上过呢!今年你又赢定了,亚当。"

亚当一面谦虚地摇头,一面把我和朱利安的反应都看在眼里。我有点儿不好意思。

朱利安又说道:"别急,别急,我马上要接手一起南肯辛顿持刀伤人案,这个案子备受媒体的关注。"

亚当笑了起来,说:"到时候你肯定又要把我们这些资深律师推到一边,然后将自己的脸全塞进镜头里!"

我忍不住笑了起来。他说得一点儿也没错。朱利安也只好跟着一起笑。

"好吧,这回一定不让你们说中。你们就等着瞧吧,准备好替我付一整年的酒钱吧。"

亚当微笑着佯装抱怨,我故意逗朱利安说:"拜托你认真看看

---

① 即英国的中央刑事法庭,因其地处老贝利街(Old Bailey Street)而被英国人称为"老贝利"。

比赛规则,就算我们输了,也只需承担你3个月的酒钱。"

朱利安直勾勾地看着我,我只好赶紧背起挎包,准备结束这段尴尬的对话。

"总之,祝大家今天好运。"

我回到爱丽丝的办公室时,她也正打算出门,嘴里抱怨着要搭地铁赶往位于斯尼亚斯布罗克(Snaresbrook)的皇家刑事法庭,然后又说有案子总比没案子强。和她一起走向电梯时,我回头瞥见那两位男士已经走开了。爱丽丝提醒我,庭审结束后要和她一起带几个新来的实习律师处理一些基础事务。六年前,我也曾是一名实习律师,对于那些优秀的后辈,我还是很乐意帮忙的。菲比(Phoebe)在这帮年轻人中最为出类拔萃。她很能干,具备出庭辩护所需的所有技能。她思维敏捷,在庭审进展不顺时知道要及时转向,并能坚守自己的立场,对司法程序也非常熟悉。

她和我一样渴望代理刑事案件,在庭上能随机应变,也热衷于辩护律师之间那些胜负难料的竞争。更难得的是,她和我一样渴望成为佼佼者。这一点恰恰是所有刑辩律师都应当具备的。当事人将整个人生都交在我们手里,我们没有理由不全力以赴,尽自己所能去为他们争取最好的结果。

我曾向母亲和她的朋友凯西(Kathy)解释过我作为辩护律师的工作性质与职责。母亲听后表示完全无法理解。我解释说,我就是给当事人做代理人,在听他们描述事件经过后,将这一经过以最符合当事人利益的方式呈现给法庭。母亲满脑子想的都是:"如果真的是他们干的呢?"

我提醒她,那些当事人并不全是男性,我的工作也并不是搞清事实真相。

她始终不能理解,不是因为她听不懂,而是因为这完全违背了她的逻辑。我告诉她,我的职责是以当事人的立场来讲故事,而公诉人则是以警方的立场来讲故事,然后由陪审团决定哪一方的故事更符合事实。一切就这么简单。我只负责讲好故事就可以了。判定当事人是否有罪的是陪审团,不是我。

凯西听得饶有兴趣,但母亲仍不以为然。

"万一你讲的故事是错的呢?"

"我敢保证,妈妈,我使用的所有手段都是符合规则的。只要人人都遵守规则,正义就能得到伸张。即便有个别罪犯能侥幸逃脱,也全都是公诉方的失职所造成的。我的工作就是确保无辜者不被送进监狱,这也是最重要的。所有人都享有正当的程序权。"

这听起来或许有些夸大其词,但我了解母亲的担忧。尽管我哥当年没有被公平对待,但她骨子里仍希望每个人的正义都能得到伸张。约翰尼当年不顾母亲的苦苦哀求,替别人顶罪,头一回进了少管所。我对此表示理解,直到后来才知道他的这一行为使他从此在警方的记录里"榜上有名",成了有前科的人。这意味着他的工作前景几乎彻底泡汤了,而且再次被捕的概率也大幅提升了。果不其然,在那之后,他就成了重点关注对象,但凡附近发生抢劫或非法闯入事件,警察就会来找他谈话。约翰尼在第一次被定罪后就再也没有自证的机会了。如今他已 30 岁出头,这种情况仍困扰着他。法律本该被用来检验案件是否属实,但有时警方为了图方便,就在案件报告里随意捏造事实。辩方的工作就是揭露这种不负责任的行为。

当夜幕降临时,我已按计划听完两场判决。关于袭击造成的身体伤害，两个案子的被告均当庭认罪，而另一起性侵案的认罪答辩则因一份社会工作报告而被推迟了。这两个已解决的案子可谓大获全胜。我在法庭上大显身手，尽情渲染当事人艰难的生活背景，并为他们据理力争，最终使他们都免于被拘留。这样的结果很令人欣慰。有时候，倾听当事人的背景与经历和了解司法程序一样重要，因为我们可以以此来为他们争取接受勒戒或社会关怀的机会。说白了，就是多花点儿心思为他们制造一些法官难以拒绝的抗辩理由。

从法院回来后，我们聚在爱丽丝的办公室里，毕竟她的办公室最大也最整洁。我在帮菲比练习盘问警察这一环节，因为朱利安告诉她我最擅长盘问警察。面对这种赤裸裸的称赞，我看起来多少有点儿不好意思，但心里却沾沾自喜。朱利安和爱丽丝也在场。他们拥有相似的教育背景和共同的朋友，在成为律师之前就是老熟人了。看到朱利安那副趾高气扬的样子，我就知道他今早出庭又有不错的表现。他一贯喜形于色。爱丽丝的运气就没那么好了，庭审时她预感到情况不妙，只好申请延期审理，此时正在头疼和郁闷当中。亚当也从法院回来了，他一进门，我就询问他在老贝利的庭审情况，他耸了耸肩说："尚无定论。"

既然有亚当这位高手在场，我必须借机好好向菲比传授一些辩护技巧。

我对亚当说："我要是漏了什么，你尽管提醒。"

亚当靠墙站着。有他这样一位精明的"助教"在旁边，我立刻搬出了自己最拿手的一个方案。

"菲比，事实上，那些警察在上庭前似乎都串通好了彼此要说什么。"

朱利安插嘴道:"但他们再怎么算计也不如我们聪明。"

他做了一个拇指向下的失败手势,然后继续说道:"这么做就等于将合理怀疑的机会拱手让给我们。"

我忍不住说道:"如果你想在司法体制中扮演全能的上帝,那你就完蛋了。那些警察就是不长记性,总以为自己就是上帝。"

朱利安连连点头。爱丽丝则仍显得有些心烦意乱。

我看着菲比说:"盘问警察的诀窍,就在于深入他们的内心。"

"我明白,但具体要怎么做呢?"

"你明天就跟着我,我手头正好有一个案件,对手是一个难搞的警察。我能感觉到他与下属意见不一致,但他们统一了口径,想要让案子尽快结案。"

菲比兴高采烈地答应了。我向她简要介绍了案情。朱利安告诉菲比,他即将接手一个足球运动员的案件,她也许会感兴趣。我坐在爱丽丝对面的椅子上,看着朱利安眉飞色舞地描述那个案子,最后,还特意强调这个案子是免费的,是在无偿地提供法律援助,以此表示对该团体的友好。我朝亚当翻了个白眼,他笑而不语。但这一举动被朱利安发现了。

"怎么啦?"

我笑了笑。

"你那根本不叫'法律援助'!"在场的所有人都笑了,包括菲比。

朱利安丝毫不生气,接着问道:"为何不能叫'法律援助'?我的确没有收费。"

他微笑着,示意我继续说。我感觉他在明知故问。

"我的天！这还用说吗？对方是一家高级足球俱乐部！我博学的同行，这绝不是简单的'法律援助'！亚当为难民法律中心提供的服务才是真正的'法律援助'，当然，还有我帮助社区的孩子们打的那些官司……"

这回轮到朱利安翻白眼了。他对菲比解释道："相信我，菲比，跟着我不会错的。我能拿到球赛的免费入场券，可以坐在贵宾包厢里，鱼子酱管够。而跟着这群人，只能苦哈哈地吃快餐！"

亚当终于忍不住放声大笑。

朱利安假装委屈地看向亚当，问道："不会连你也嫌弃我吧？来吧，说说看。"

亚当忍俊不禁。"老兄，你去年不也为一个足球基金会'捐'了一个免费辩护酒驾案件的机会？"

对于这件事，我从未耳闻。爱丽丝和我都目瞪口呆。

朱利安自嘲道："当时也有人笑话我。"

爱丽丝也有点儿听不下去了。我接着说道："你肯定很喜欢被人关注。"

朱利安注视着我，说道："也许吧。"

菲比好奇地问道："这个机会他们用上了吗？"

"第二周就派上用场了。"

我忍不住指出："这是在暗地里鼓励球员的不良行为。"

朱利安思索片刻，然后说道："这么做还是值得的，至少，在某一时刻，能让那些球员觉得我很厉害！"

我很喜欢朱利安的能屈能伸和善于自嘲。对于一个受过良好教育、名利双收的人而言，这么做显得很随和。他知道我们都在取笑他，不仅没有制止，反而开起了自己的玩笑。

亚当提醒他："算你走运，不会有人去律师标准委员会举报你，否则我都能想象新闻标题该有多劲爆。"

朱利安做了个"吓坏了"的鬼脸，抑制不住自己的兴奋，回答道："至少那样能提升我的媒体知名度！"

我们全都大笑不止。我喜欢这种氛围，大家可以不分彼此地互相打趣。爱丽丝注意到菲比的表情发生了一点儿变化。

"嘿，我们是来帮菲比的，不是来鼓吹朱利安越干越离谱的。"

朱利安迅速把目光转向菲比，他最懂得如何让别人感受到他的关注。

"我们当然是来帮菲比的。菲比，轮到你发言了，跟我们讲讲你的案子吧。"

菲比将我们几人轮番注视了一遍，貌似有点儿紧张。

"两周后，我有一个关于性侵的案件要处理。我首先想了解应该如何盘问原告。"

她稍作停顿，房间内的气氛突然紧张起来。我正纳闷，就听菲比接着说道："我们可否尝试一下角色扮演？我来演原告，你们中的某一个人来盘问我，让我找找感觉？"

爱丽丝温声细语地说道："我可不忍心对你下手。"

菲比看向那两位男士。

"朱利安和亚当呢？"

不等朱利安回答，亚当就说道："泰莎，你来吧。"

众人都看向我。我考虑了片刻，还是拒绝了，并且提议道："有一个更好的办法。你下周来旁听我手头这起性侵案的庭审，我主张以受害人同意作为案件处理的基础。"

气氛一下就变了,说不上来为什么。大家刚才担心的估计是同一件事,在一个模拟性侵案件中盘问菲比该有多尴尬啊,更别提她扮演的还是原告!我努力调节气氛。

"拜托,千万别让朱利安当导师!他在一个关于塑身裤的案子上栽过大跟头。"

朱利安夸张地闭上眼睛,做出痛苦状,成功地缓和了现场气氛。菲比随之问道:"怎么了?"

我伸出双臂,将朱利安推到聚光灯下。

"朱利安,还是你自己说吧。"

朱利安把头摇得跟拨浪鼓似的。

这时,爱丽丝跳了出来,说道:"说句公道话,那条抗辩理由并不是朱利安想出来的,而是出自当时指导他的那位皇家律师。"

我看向菲比,用所有人都听得见的音量大声说道:"那位带朱利安出庭的皇家律师向陪审团提出,女士在睡觉前脱下塑身裤,就相当于脱掉身上的部分内衣,应该视为同意。"

朱利安不好意思地用双手捂着脸。

"陪审团退庭商议后,又回到了法庭上。那位皇家律师,也可能是朱利安本人,方才意识到问题的严重性。请注意,这个陪审团里有 8 位年轻女性!"

"看来,我一辈子都摆脱不了这件事。"

"说句实话,若不是因为塑身裤这个论点,这个案子你想输都难。"

朱利安思索片刻,然后承认道:"没错。我一贯承认自己所犯的错误。"

我看向菲比。"还记得法学院老师常说的一句话吗?'永远不要自以为是,不要认为自己相信的就是真理。'"

菲比笑着承认。

"当然记得。"

我举起双手表示赞同。

"这就对了!"

朱利安耸了耸肩。

爱丽丝留意到门口有一个清洁工,于是大声说道:"你要清理垃圾桶的话,麻烦把这个也带走吧。"

我难为情地看了一眼清洁工,只见她面无表情地从爱丽丝面前走过,拿走了爱丽丝指的那个垃圾桶。而朱利安还在忙着向菲比解释。

"关键在于,案情陈述必须自始至终都符合法律事实。请牢记这一点。"

爱丽丝与那位清洁工并无眼神接触,她转过身去,背靠着桌子。我继续聆听朱利安传授经验。

"在辩论中,若焦点集中在受害人是否同意的问题上,辩方无须刻意证明受害人已表示同意,而应着重论证被告并不知晓受害人的不同意态度,并因此合理地认为对方已经同意。"

菲比当然明白这一点,但仍旧不想错过朱利安说的每句话。清洁工走出房间的那一刻,我将目光迎了上去,冲她微微一笑,轻声说了句"谢谢"。我想象着那群自以为是的警察被指出漏洞时的心理活动,想象着明天怎么在菲比面前露一手,揭穿那个警察的谎言。我目送那位穿浅蓝色工作服的清洁工穿过大厅,手里提着的垃圾桶里还有爱丽丝吃剩的早餐。

我回过神来,正好听见朱利安正在复盘那场辩论的尾声。他为自己辩解道:"我想,我们错就错在没有花更多精力去研究女士穿塑身内衣的规矩,对陪审团成员的身份也不够警觉。"

我回想起朱利安过去的几场交叉审问,发现他遵循的正是大多数男性皇家律师的惯用方式,而他曾在法庭上当过他们的助手。他在盘问时总显得不大高兴,我怀疑他自己都不曾意识到这一点。他说话的语气估计只有像我这样的人才听得出来,那是一种男性掌权者在质疑别人时所使用的语气。这很难解释,除非你能亲耳听出那种轻微的不满。我忍不住打断了他的话。

"也就是说,那位皇家律师以及我们的朱利安,并不知道女性无法穿着又紧又难看的塑身裤睡觉,不知道我们理所当然地要脱掉它,否则我们就会被勒得睡不着。请注意,陪审团成员大多为年轻女性,而那位皇家律师告诉陪审团,那位受害人脱掉塑身裤,是因为她允许被告把手伸进她的体内。"

菲比咯咯地笑了出来。

"天啊,一听就知道你没穿过塑身裤!"

朱利安白了她一眼。

"那还用说吗,菲比!"

亚当向菲比补充道:"因此,他的当事人输了官司,眼下还在服刑。"

菲比注意到朱利安一脸内疚的样子,连忙问道:"难道他是被冤枉的?"

所有人都对她表示失望,齐声喊道:"菲比!"

朱利安立马回答道:"他一点儿也不冤枉。打输这场官司才叫冤枉呢!"

说着,他咧嘴做出一个贱贱的表情,高举着双手喊道:"此事到此为止。我们一起去河边那家高档酒吧喝一杯吧！在那里，可以一边喝酒一边欣赏音乐。"

我立刻表示赞同。爱丽丝也想去，于是对菲比说："那家酒吧是新开的，每天都生意爆棚。"

朱利安点点头。

"说不定，我还能邀请到几个球员，如果我们运气够好的话。"

爱丽丝笑着对菲比说："他每回都这么说，事实上，他一个也请不来。是不是，朱利安？"

朱利安假装垂头丧气，把我逗得哈哈大笑。我将目光投向亚当，用目光征询他是否愿意同行。他耸了耸肩，回应道："抱歉，我去不了。这周我得回家陪孩子，以便让萨斯基亚（Saskia）出去透透气。"

清洁工倒完垃圾后，把空垃圾桶送了回来。爱丽丝和其他人一道朝着大厅走去。朱利安也被他们叫出去看什么东西了。我停下脚步，看见清洁工制服上的名牌上写着"佩妮"（Penny）。我接过她准备放下的垃圾桶，她连忙点头以示感谢。我不禁好奇她家住哪里，家里有什么人需要她养活。我大声念出她的名字："佩妮。"

"对不起，你是在叫我吗？噢，我不叫佩妮。这是别人的名牌，我的那块找不到了。"

说完，她便停住了。见我点了点头，她又继续说道："我叫玛格达（Magda）。"

"谢谢你，玛格达。"

她耸了耸肩，面带微笑地离开了。

第八章

往事

我动身前往市中心打工。我有奖学金，按理说是不用打工的，但是……我骑着约翰尼那辆旧自行车，穿过历史悠久的街道和学院的绿地，享受着扑面而来的阵阵凉风。玛莎百货（Marks & Spencer）允许我提前申请一整个学期的排班，因此，我可以在平日里多排几次班，考试期间则尽量少排。我一路骑行，沿途遇见了不少同学。他们中，有的在室外喝咖啡，有的在甜蜜接吻，还有的在草坪上打电话。我在学校里认识的人不多，但对学院和校园里的部分区域比较熟悉。学业方面，我的表现尚可，部分科目的成绩甚至超出了预期。众人都在抱怨学校的伙食，为了融入大家，我也不时地附和两句。然而，在得知那份奖学金涵盖住宿和餐费时，我的内心充满了喜悦。于我而言，学校里的每一餐饭实际上都不亚于高级餐厅的美味佳肴。

我被安排在男士商务衬衫和领带部，在这里我仿佛进入了一个全新的世界。在员工培训期间，我突然想到自己从不认识这种穿戴的人。从小到大，父亲都不在我身边，印象中约翰尼也从未穿过一件像样的衬衫，更不可能打领带，他唯一一次不穿牛仔裤还是在外公的葬礼上。对我来说，这是一个完全陌生的服装领域。

我将自行车锁在公司门外，碰巧遇见和我上同一门课的两个男生，顿时害羞得抬不起头。我不希望他们看到我这身打扮——一身黑色的工作套装，胸前还别着一个工牌。身边的同学几乎没人外出打工，除了我，只有两名拿奖学金的同学分别在做法语和德语的家教，可惜的是，我不会外语。正当我掉头往里走，米娅——也就是在法学院第一堂课时坐在我旁边的那个女孩——突然出现在那两个男生面前，点了支烟和他们攀谈起来。米娅应该是我见过的最不矫揉造作的人。她总是大大方方的，打扮也自然得体。我总能听到关于她的新鲜事。她为人超级友善，和我在一起时永远有说有笑。她很风趣，看谁都觉得有意思，于是，我也渐渐成了她眼里那种有趣的人。直到看见她点烟的那一刻，我才发现她会抽烟。她上周还是一头红发，今天已染成棕金色。有一次，上课时，我看见前排的几个女生在她身后指指点点，于是好奇地竖起耳朵，她们在议论她的家人，比如她家如何有钱、如何大名鼎鼎，又是如何投身慈善事业的，等等。我不想再听下去，身子往后一靠，心想，我没必要知道那么多，知道太多，反而无法安心地和她交往。

当我经过那两个男生身边时，米娅跳了出来，热情地朝我打招呼："我正想找你聊聊呢。"

我微笑着对她说："抱歉，我现在得去上班，快要迟到了。"

"我知道。我先在附近转转，等你休息时再聊，好吗？"

"可我不知道几点可以休息。"

她耸了耸肩,表示无所谓,时间对她而言根本不是问题。我估计那些不用打工的学生都有大把的时间可以闲逛。

"那好吧。"

"你还在男装部,对吧?"

一瞬间,两个男生抬头将我打量了一番。

"是啊,天天为那些穿西装的男人量脖围。"

听到这里,她笑疯了,丝毫不顾及自己的形象。

"嗯,这也不失为一种扼杀男权的好办法!"

我俩笑作一团。我简直太喜欢她了。我刚进大学就得到了她最忠实的陪伴。在餐厅吃饭时,她会悄悄地坐到我身边;无论上什么课,她必定坐在我旁边;向别人介绍我时,她总称我为闺密,并且常常对我说"你一定知道自己有多性感"。这样的鼓励常使我面红耳赤,我们老家的人从不夸别人"性感",尤其是对年轻女孩。有一回,我在电话里向谢丽尔谈及大学女生常常互夸性感,她居然反问我"米娅是不是同性恋"。

"不,应该不是。如果她是的话,肯定会告诉我。况且她身边一直有男生在追她。"

谢丽尔叹气道:"你该不会也想成为她那样的女孩吧?成天无忧无虑,要什么有什么,我打心眼里不喜欢这种人。"

有一次,谢丽尔陪我母亲坐火车来看我,我趁机安排她和米娅见了面。结果,我们三人在米娅的房间里开怀畅饮,醉成一团。就在那时,谢丽尔同意了我此前对米娅的看法,她说:"我知道她家很有钱,但她不像其他有钱人那样令人讨厌,她简直棒极了!"

我踏踏实实地工作,其他同事经常让我去帮色盲的顾客搭配衬衫和领带,我甚至给自己起了个外号叫"色语者"(colour whisperer)。事实上我根本不怎么专业,一切全凭直觉。我对穿搭这件事越来越自信,简直到了自我催眠的程度,几乎瞬间就能帮顾客搞定一套衣服——但愿他们穿出去别被人笑话。

今天的休息时间似乎提前了,这在平时根本不值得庆幸,因为你同样要站到商店关门。今天却不同,至少米娅不用等我好几个小时。我背起双肩包,包里有一盒早餐,是从学院餐厅偷带出来的面包。我们约在上午偶遇的地方见面。我走上前去,发现她的身边早已换了一拨人。她朝我飞奔过来。我们朝着一片绿地走去,那里有一张公园长椅。途中,她指着一个帅气的男生叫我看。我猜她是想测试我的新技能——目测脖围,这对我来说简直轻而易举。即便我失误了,她也看不出来。于是,我自信地报出一个数字:"16英寸。"

我们不约而同地笑了。她尝了几口我偷带出来的可颂。我的心里直犯嘀咕,她为何等着要见我。走着走着,她的表情越来越凝重。我一直耐心地等着她开口,终于听见她说:"泰丝,告诉我——"

我们坐了下来。她这才把话说完整:"你为何选择读法律?"

我一时愣住了,不知该如何回答。后来想想,她不是别人,而是米娅,我实话实说就好了。

"这个想法始于我哥哥17岁被捕那年。他当时什么也没有做,我一直以为他会被无罪释放,没想到他还是被判了刑。他的律师简直是个废物。"

米娅一下就明白了。

"这件事激发了你学法律的热情?"

"嗯。"

米娅点着一支烟,继续说道:"我准备退学了。"

我一时没反应过来。

"什么?为什么呀?"

我已做好心理准备,以为她会说是因为怀孕了或是其他原因,尽管我还是想不通她为何放弃在剑桥学习的机会。

"因为我想学表演。"

"什么?"

我彻底蒙了。

"我被皇家戏剧艺术学院(the Royal Academy of Dramatic Art)录取了。这所学校在伦敦。"

我还在努力理解她说的话。面对一脸兴奋的她,我勉强挤出一个鼓励式的微笑,心里却自私地为即将失去学校里唯一的好朋友而感到沮丧。仿佛她一走,我的大学生活又将回到原点。

"可是我不想让你走!"

她伸出手臂紧紧地搂住我,紧到让我差点儿被嘴里的可颂噎住。

"认识你是我这段时间经历的最美好的事情。"

听到这话,我既感到震惊,又觉得感动。

"你是我遇见的最有趣、最聪明又最真实的人。"

她眼含泪水,我一时不知所措。

"反正我哪儿也不去,你随时可以来找我。"

她破涕为笑,说道:"我们要做一辈子的好朋友,好不好?"

"一定。"

"问题是,我的父母并不同意我的选择。"

"为什么?"

"他们一直希望我能成为一名律师。"

"哦。"

我很惊讶她的父母在她下定决心要做的事情上仍有发言权。我无法想象母亲在我选择专业的时候给我提任何建议。

我耸了耸肩,又补充道:"问题是,这是你的人生,不是他们的!"

米娅喜笑颜开,仿佛头一回听见有人这么对她说。

"我想,我就是三个人当中无法成为律师的那一个,悬念就此解开,你从此可以放心了!"

这当然是句玩笑话,然而,当我下班回到宿舍,换了身衣服,再次出去与米娅见面时,这句话已成为一种鼓励,使我坚信自己能在司法的道路上一直走下去。我回想起入学的第一天,院长告诫我们的那句话——不要相信你的本能直觉,而要相信你的法律直觉。她是对的,假如当初我相信自己的本能判断,就绝不可能和米娅成为朋友。想到这里,我不禁再次感谢生命中这两个贵人——院长和米娅。

第九章

菲比一大早就站在法院的门厅里等我。她是专程来观摩我如何盘问那个警察的。她今天显得很不一样,据她解释是因为新买了一套衣服,所以特地穿了出来。她的这身打扮很漂亮,只不过那些装饰品暴露了她初级实习律师的身份。律师穿衣的诀窍在于,既要尽可能朴素低调,又要尽可能选择高档品牌。不过,她那套西装看起来的确价格不菲。不知为何,我很喜欢菲比。或许是因为我在她身上看到了一些她所在的特权阶级所不具备的特质,就像米娅一样;也可能是因为她和我一样热爱法律。总之,她有点儿让人捉摸不透。

那些跟我一样热衷当辩护律师的人,都相信法律可以保护无辜者免受不良执法的伤害。他们相信,通过辩护可以为弱势群体争取到应有的权利,从而维护社会公正。贫困社区的居民常常莫名其妙地成为警察怀疑的对象,我身边就有无数这样的例子,比如我的哥哥约翰尼。

亚当和我都是这一类型的律师。他们家虽然没人吃过这样的亏,但他却始终坚持自己的立场,对追求正义有着强烈的执着。受其影响,我也渐渐把学习法律的初衷升华为誓为弱者而战。但很多时候,我在弱者面前也只是外强中干,因为我也曾是他们中的一员。

还有一类律师,他们和朱利安一样,只是单纯地喜欢唇枪舌剑以及在法庭上博弈,处理刑事案件最能令他们体验到这种兴奋与刺激。爱丽丝大概也属于这个阵营,只不过,她最近越来越没有信心。而在法庭上,尤其是在刑事法庭上,信心比什么都重要。菲比如同正义的勇士,她的一言一行都彰显着正义,完全看不出她来自银行世家。有一点,我一直想不通,为何她对辩护充满热情,面对控方从不心慈手软,且这一切都像是发自内心的。究竟是什么赋予她如此强大的动力?

盘问环节开始了。菲比在我身后认真地做着笔记。一进入法庭,那个警察就死死地盯着我,眼里充满敌意。对此,我早已见怪不怪。他越是这样,就越容易被打败。反而是那些表现得彬彬有礼、不卑不亢的人,才更难对付。眼前这个满脸通红、鼻孔张大的警察根本不可能是我的对手。

我决定与他慢慢周旋,好让菲比看清整个过程。我站起身来,面带微笑,无视他的横眉冷对。我向来喜欢盘问警察,因为这个过程……怎么说呢,还挺有趣。所有律师对此都有同感,只是从不对外人说。我们可以先指出他们捏造的事实,再以子之矛攻子之盾,有条不紊地削弱控方证据,整个过程让人非常满足。一旦戳到他们的痛处,他们就会极力反击,进而漏洞百出。他们犯的错越多,我们的胜算就越大。因为一旦有谎言被拆穿,其他证词的可信度就会随之大大降低，甚至完全不被采纳。我就相当于测谎仪，要不厌其烦一遍遍地检验证词的真实性，找出前后矛盾之处。只等那些警察将自己完全暴露，我就能果断出击、迅速结案。这全靠敏锐的直觉和丰富的经验。我已从前面那个年轻警员那里问出所有想要的信息。因此，当这个警长上台做证时，我开始担心一切结束得太快，自己无法在菲比面前露一手。那个大个子警长清了清嗓子。待一切就绪，我便直截了当地开始盘问。

"这位警员，我觉得你很容易生气。"

"我没有。而且我的级别不是警员，而是警长。"

"我觉得你很容易犯错误，警员。"

"不是的。再说一遍，我的级别是警长。"

"但你今天在法庭上的陈述有些前后矛盾，不是吗，警员？"

我故意停了下来，举起双手示意他先别急着回答，然后补充道："抱歉，警长。"

我用眼神提醒他，两者之间的区别。警员犯错是一回事，而警长一犯错，问题就严重了。他并没有畏缩，仍嘴硬道："我只是犯了个小小的错误，仅此而已。"

"在做笔录之前，你有没有阅读过你的搭档做的笔录，警长？"

他犹豫了一下。究竟会不会承认？我静候他的回答。

"我不知道。"

啊，简直不费吹灰之力。我把头歪向一边。

"可我认为你知道，警长先生。请再仔细想想。"

我一动不动，只伸直脖子，凝神注视着他。他很想弄清楚我究竟掌握了多少事实，无奈只得出一个结论——估计有人说了什么,把整件事情搞砸了,这个烂摊子只能由他来收拾。到了玩心理战术的时候了,大胆一点儿、自信一点儿。一番自我鼓劲之后,他试探性地给出一个回答:"是的。"

"你是说,在做笔录之前,你确实看过你搭档的笔录?"

"我只瞥了一眼。"

我不打算追究他的用词。

"那么,你瞥的那一眼,是在你的搭档完全知情的情况下完成的吗?"

他有点儿摸不着头脑,脸涨得通红。

"是的。"

"那么,是他主动将笔录给你看的,还是你要求他给你看的?"

"我不记得了。"

我再次把头歪向一边。

"或许是我要求的吧!"

我表示很困惑:"唔,这就奇怪了。刚才在庭上,你的搭档信誓旦旦地说,他无论如何都不会主动给你看笔录,你也绝不会要求他给你看。由此可见,在你们当中,一定有一个人撒谎了。不是吗,警员?"

他狠狠地瞪了我一眼。

"是'警长'。"

我点头表示认同。稍微停顿后,我给了他一个意味深长的微笑。

"哦,对不起,我并非故意惹你生气,先生。"

我迅速瞥了一眼身后的菲比。她忍不住笑了出来。

庭审结束后，亚当和我们在前面那家快餐店碰头。菲比兴高采烈地向他叙述一上午的见闻。菲比对警察有种发自内心的不信任感，在这一点上，她又与我不谋而合。

在店内排队买午餐的人里有不少事务律师。菲比很好奇我是如何看出他们的身份的。我把那几位穿丝质衬衫的女士和系着精美意大利领带的男士指给她看。

亚当分析道："他们完全是另一个'品种'，成天跟企业合同和建筑协议打交道。"

我故意微笑着打了个大大的哈欠。过了一会儿，我们带着各自的午餐，走回律所。我一边走，一边向亚当和菲比讲起几年前所里一名实习律师索菲（Sophie）的故事。

"当时，我正在旁听她为一个被告做笔录。她问那个当事人，原话如下：'请如实告诉我，这件事究竟是不是你干的？'"

亚当一边摇头一边咬了口三明治，满嘴芝士和火腿，咕哝道："你就这么袖手旁观吗？"

"我把她拉到一旁，说：'抱歉，索菲，请跟我出来一下。'然后，教训她说：'你究竟在干什么？'她一个劲儿地问：'怎么啦？我怎么啦？'我告诉她：'假如他承认了，你就没法为他辩护了，而必须把他直接交给警察。'"

亚当连连摇头。我继续说道："你知道她是怎么说的吗？她说：'所以，我不可以明知他犯法还为他辩护，是这个意思吗？'"

我们全都笑了。

"于是，我告诫她：'索菲，你的职责不是了解真相，而是利用已掌握的信息，按规矩把事情尽量办好。'我心想，她究竟上没上过法学院啊?!"

菲比问道:"这个索菲后来怎么样了?"

我记不太清了。

"我想她很快就辞职了,头也不回的那种!"

我们回到律所,开始了漫长的一下午。按照惯例,每周四的下午,我们都要忙着为下周一开庭的案子做准备。朱利安来到我的办公室,这是他本周第二次出现在这里。

"嘿,我们正准备去河边那家酒吧,你来吗?"

我点头答应。这正是我此刻最需要的——放松、喝酒,顺便再跳跳舞。

晚上八点,我在洗手间对着镜子查看自己是否需要补妆,并试图拯救被假发压扁的发型。我刷睫毛膏时不小心把睫毛膏粘到眼睛上了,真烦人,不仅痛得要命,还得用水将它冲洗掉,再重新化一个眼妆。我无聊地站在那儿,等待疼痛缓解,看着镜子里通红的双眼,一时思绪万千。我想到律师之间能够相处得如此融洽,估计是因为外行人根本不了解辩护制度。我还想到被冤枉入狱的往往是无权无势的穷苦人;想到社会上并行的两套法则,一套用来约束穷人,另一套则用来保护富人。在法庭上,我见识过那些富人如何轻松玩转司法系统。他们先是聘请最好的律师,再动用一些有影响力的人向法官美言,当然不是为了像我哥这样的人。法律也许是客观的,但他们所处的社会地位赋予了他们动用最佳人力的特权。一名优秀的律师往往会千方百计地施展其专业技能,在法庭上应变自如,发挥着扭转乾坤的作用。我甚至想到自己如何被问及那个所有刑辩律师和普通律师都会被问到的问题。每次参加那种一群自以为是的人聚会的奢华晚宴，总有人问我"你是如何为那些明知有罪的人辩护的"。此时，我的眼睛终于不那么疼了，我重新刷了一遍睫毛膏。这一次，我不敢再分神，每一个动作都精准无误。接着，我又涂了点儿红色唇膏，顺便整理了一下发型。

虽然听上去有些荒谬，但实际上只有律师们自己才清楚，这份职业并不是人们想象的那样无所不能和高大上。我们无权了解当事人是否有罪。就像亚当说的，"要置身事外，只检验证词的真实性"。律师的职责不是"无所不知"，而是要"有所不知"。尽管我不止一次地解释过这个问题，但他们仍然固执地认为我只是嘴上不说，心里一定是知道的，我绝不可能不知道。假如辩护律师先入为主地为当事人定罪，那么整个司法系统将无法正常运行。当然，我们私底下也会有自己的想法，但在工作中必须摒弃这些想法，并扮演好自己的角色。我们要替当事人把他们的故事讲好，控方讲的则是警方提供的故事。通过这种方式，法院尽可能获取更多的信息，使司法系统得以履行自己的职责。

律师无须为案件负责。我们只是靠谱的"嘴替"，必要时，帮助当事人把故事理顺并为故事润色，做一个不折不扣的叙事者。至于定罪和判刑，那是陪审团和法官的工作，与律师无关。不管怎样，作为普通人，我们总以为自己了解生活的真相，其实我们都错了。人们都有过这样的经历：一口咬定自己把钥匙放在某处，结果却在其他地方找到了；印象中自己穿着蓝色礼服去赴宴，直到看见照片，方才发现那件礼服是红色的。人的记忆难免出错，必须反复打磨才能让故事经得起推敲。即使主观上认为，自己清楚当事人做过什么，但他们仍有权选择如何将自己的故事呈上法庭。一旦开始评判你的当事人,你就完蛋了,这说明你已经动摇了。司法系统已偏离航线,而你也彻底输了。

　　我不再思考工作上的事。正当我最后一次审视镜子里的自己时,门外传来爱丽丝的呼唤。我走出洗手间,发现她已等候在电梯旁,便和她一起离开了。

第十章

一到晚上,律所附近就不见出租车的踪影,我们决定走过去。这是一个炎热且宜人的伦敦夏夜,天色依然微亮。我们一路闲聊着,走向桥对面的南岸(Southbank)。爱丽丝向我倾诉有关最近连输几个案子的焦虑。我不知该如何安慰她,只好对她说:"这只是一个坎儿,想法子绕过去或抬脚跨过去就好了。"

说这句话时,我感觉有点儿心虚。爱丽丝的确是个好律师,但并不优秀。她停下脚步,注视着河面发呆。

"你从未想过换一份跟法律无关的工作吗?"

"没想过。"

站在爱丽丝的角度,我很能体会她的难处。她曾告诉我,她父母绝不能接受她离开律师这一行。

"除了当律师,你还想干什么?"

她一脸伤感。

"我也不知道。或许可以干点儿跟历史有关的事情,比如到博物馆工作。"

我不知该如何回答。因为我也无法想象,某一天自己离开这一行会怎样,而律师一直是我梦寐以求的职业。我很好奇她要怎么去博物馆找工作。爱丽丝见我许久没有反应,就笑了起来。

"我想那将是另一种生活。"

"是啊。"

我们继续前行。我抬头望着晴朗的夜空,心想这就是在伦敦生活的意义,而这是我千辛万苦换来的,在这个世界上最伟大的城市里,拥有自己的一片小天地。

我紧紧拉着爱丽丝,一起朝那张坐满律师的桌子走去。那群人我们几乎都认识,一些是在法学院就认识的老面孔,另一些则是在法庭上认识的。除了亚当,大家都到了。自从有了孩子,亚当就再也没有出来玩过。看来居家工作丝毫没有影响他的战绩。朱利安从不缺席这样的场合,他已经喝了几杯,但状态依旧良好。耳边音乐声不断,不知是谁端来一盘龙舌兰酒。每个人都把西装外套脱下来随意地搭在椅背上,彻底放松,准备进入夜生活的状态。在大多数人眼里,刑辩律师个个是"派对动物"。这个形容虽然老套,但一点儿也不假,有时甚至更夸张。两轮双份龙舌兰下肚后,我已经彻底疯狂,高举双手对着全场人喊道:"大家都站起来跳舞!"

他们并没有全站起来,但所有人都在随着音乐晃动,感觉无比放松。我在一帮同事和朋友面前无拘无束。我想把那晚回家的记忆全抛到脑后,于是又喝了几杯,渐渐褪去了最后一丝羞怯。爱丽丝坐在角落里远远地看着我,我朝她做了个手势,邀请她加入我的狂欢,但她和一位指导过她的资深律师正相谈甚欢。朱利安站了起来,在离我不远的地方扭动着身子,不少人也跟着离开座位。大家都有点儿醉了。我们在一首碰撞乐队①(The Clash)的歌曲中跳得如痴如醉,那是一首大家都很喜欢的老歌,歌词大意是与充满罪恶的法律抗争到底。这首歌深受一代又一代法律人的喜爱,每个人都随着音乐大声地吼着歌词。

我肆意地甩着头发。朱利安此时已离我很近。他把双手搭在我的腰上,渐渐贴了上来。我并不反感,但还是对周围的人有所顾忌。我再次越过人群看向爱丽丝,她用眼神提醒我,一名年轻的男律师正在看我和朱利安跳舞。此人名叫罗宾(Robin),曾在一个大案中当过我的助手。此时的他正目不转睛地盯着舞池中央的我和朱利安。爱丽丝提醒得对,最好别让他看到我这副模样。

我在朱利安耳边说:"嘿,嘿,大家都看着呢。"

他才不在乎呢,此时的他简直目空一切。我甩开他的手,他立刻看向我,眼神里充满挑战。我被那个眼神逗笑了。音乐声再次响起,他从身后贴上来,亲吻着我的后颈。我顿时感到一股电流顺着脊背流向全身,但我再次转身将他推开。他非但没有生气,还跟着我一起笑。性感和被人渴望从来就不是一件坏事。现场被撩的感觉和使用约会软件完全不同。但我始终清醒地认识到,自己不可能和他有进一步发展。他是朱利安,是我的同事。

爱丽丝和我交换了一个无奈的眼神。我迷迷糊糊地沉浸在美妙的无忧无虑当中,但一想起明天还要出庭,也不敢久留。这时,另一个男人走过来想跟我一起跳舞。朱利安耸了耸肩,丝毫没有退出的意思。那个男人问我:"你们这帮人是干什么的?"

---

① 一支成立于1976年的英国摇滚乐队,是朋克时期最具开创意义的乐队之一,创作的歌曲均以社会热点为主题。

他说话时面对着我，因此，这个问题理应由我来回答。

"我们是刑辩律师。"

"是嘛，所以你们一天到晚都在法庭上？"

"没错。"

我用余光瞟了一眼朱利安，继续与这位"入侵者"闲聊。

"我们相信正义，相信法律。"

我的叫喊声盖过了音乐，身体却还在不停地舞动。我清楚地知道自己已开始口齿不清。舞池里的这个男人想趁机跟我掰扯。

"话虽没错，可你们是替罪犯打官司的，不是吗？"

又来了。我通常不和陌生人掰扯这个问题。但今晚借着一点儿酒劲儿，以及被他半开玩笑挑起的斗志，我一时兴起，冲着他摆摆手指头说道："不不不，刑辩律师的工作是帮助那些需要法律保护的人，是在维护人权。"

我被自己的口号打动，随着酒吧里的音乐声越发震耳欲聋，我高喊着："人权万岁！"

我舞动着双手，跳出自认为最性感的动作，但是在别人看来，我四肢僵硬，肩膀奇怪地耸来耸去，实际上还不如我妈的舞姿灵活。米娅曾不止一次取笑我。显而易见，人的主观认识与事物的真实形态有着巨大的反差。那个男人仍然没有放弃。

"公诉人才真正是在为人权而战！"

我假装被他的话吓到。

"不不不，他们是为刑期而战。"

我模仿监狱里的犯人做出痛苦的表情。

然后，我笑着强调自己的观点："公诉人的服务对象是警察！"

那个男人根本不知道我在说什么。他将手伸向我的腰间，我灵活地闪开。朱利安一边看热闹，一边抚摸着我的头发。我再次看向爱丽丝。她用手指了指手表，我赶紧查看时间，已经过了凌晨一点。天啊，得赶紧离开这儿！我一把抓起椅背上的外套，风情万种地看了朱利安一眼。

"明天见。"

他耸了耸肩。那个不识趣的男人冲我喊道："别走啊。嘿，你叫什么名字？"

我跌跌撞撞地走向爱丽丝，在她的带领下朝着门口走去。突然，我看见一个年长男人正在对菲比上下其手。她被那个男人抵在墙上，耷拉着脑袋，任由那双咸猪手在她的裤子上摩挲。我赶紧走上前去，扶住菲比，并对那个男人说："嘿，老兄，她已经喝断片了，你在对她做什么？"

"关你屁事啊？"

我一把揽过菲比，将她带出酒吧。菲比显然喝多了，醉得连眼睛都睁不开。那个男人在我身后破口大骂："她就是个撩完人就走的家伙。"

我回过头，用充满厌恶的眼神瞪着他。他吓得赶紧躲开了。时间不早了，大家都该回去了。爱丽丝叫了一辆网约车，勉强将醉得东倒西歪的菲比送上车。我跳上一辆网约车驶向公寓，故意把车窗摇下来，好让夏夜的凉风把自己吹醒。汽车穿行在伦敦的街道上，夜晚的灯光洒在我身上，也照亮了白天的喧嚣与劳顿。虽然那种愉快的轻松感还未完全消失，但此时的我更期待回家后能一觉睡到天亮。

第十一章

次日早上八点,在两杯豆乳拿铁的作用下,我又回到律所。

毫无疑问的是,我昨晚宿醉了,但宿醉的绝对不止我一个人。我走向办公室,拿出日常早餐里必备的香肠卷,但今天感觉一点儿胃口也没有,于是又把它塞回挎包。经过昨晚的疯狂,今天再次回到律所,我有一种说不清的奇怪感觉。我记不清昨晚有多少人见证了朱利安对我的一举一动。爱丽丝肯定看见了,于是,我鼓起勇气朝她的办公室走去。一方面,我打算掌控话语权,让一切回归正常;另一方面,又不想让朱利安听见我们之间的谈话。说不上为什么,只是觉得不好意思面对他。偏偏在这个时候,朱利安大老远就看见了我,热情地朝我挥手。我只好朝他挥挥手,然后迅速穿过走廊。

我冲进爱丽丝的办公室,发现菲比无精打采地坐在角落里的那张粉色丝绒椅上。爱丽丝一贯把办公室打理得井井有条,整洁得让人有点儿不自在,还处处透露出中产阶级的腔调。她的办公桌上有一把时尚的茶壶,连同一整套茶杯工整地摆放在她从国外带回来的垫子上。她看了我一眼,然后扬起眉毛为我倒了一杯茶。她将茶倒在精致的茶杯里,就像在表演茶道,这让我很不习惯。菲比面前也有一杯茶,显然,她一口也没喝。我突然意识到宿醉是个好借口,可以帮我"忘掉"昨晚发生的事。

"我的头好痛!"

爱丽丝抿嘴笑道。

"不痛才怪呢。"

她不停地观察我,然后又观察菲比,自言自语地说,下次喝酒时要学她那样穿插着喝一些水。紧接着,她话锋一转。

"你跟朱利安是怎么回事?"

听得出,她好奇的语气里还夹杂着一丝责备。菲比一下子坐直了身体。显然,她对昨晚发生的事一无所知,惊讶得脸上写着两个字:"什么?"

我回答得很谨慎:"没什么,跳跳舞而已。要怪就怪那些龙舌兰酒和好听的音乐。"

爱丽丝笑得有些意味深长,使我心里发怵。我试图换一个话题,但她仍不依不饶。

"可你看上去整晚都很开心。"

我不愿理会,瞥了一眼桌上整齐叠放的卷宗,随口说道:"逢场作戏而已。"

爱丽丝微笑地看着我,气氛瞬间又变得严肃起来。

"他是个不可多得的好人,我真替你高兴。"

我不知该做何反应。爱丽丝已经单身一段时间了,其实我们都一样。这份工作的特殊性使我们很难维持长期的恋爱。我们不仅工作繁重,工作时间长,还要尽量多接一些案子,以便尽早升级而不致被淘汰。唯有不交男朋友,才能让我始终保持战斗力,不至于松懈。何况,约会软件上我从来都不缺约会对象。这些话我从不跟爱丽丝说,只能与米娅和谢丽尔这样的闺密分享。

菲比走了出去,为自己泡了杯咖啡。谢天谢地,爱丽丝终于换了个话题。

"你下周有什么案子要处理?"

我在脑子里迅速把下周的工作计划过了一遍,总结出至少有三场听证会。

"下周一有一场非法闯入案的听证会,还有两场是关于性侵案的。"

爱丽丝盯着自己的桌子,试图用指甲刮掉桌面的一处墨迹。

"真够你受的。"

我感觉她话中有话,但又不十分确定。爱丽丝有时很难让人猜透。我回答道:"我都能搞定。非法闯入案的目击证人的证词全都不可靠。至于那两起性侵案,其中一个当事人参加过阿富汗战争,患有创伤后应激障碍(PTSD),即使被判有罪,我也能利用这一点,确保他不用坐牢。"

爱丽丝没有做任何反应。也许她正在思考我将如何帮这位患有 PTSD 的当事人免于坐牢。我也在盘算如何解决这一问题。他可能根本就不会被定罪,那我也就不用再动这个心思了。事实证明,爱丽丝关心的不是案件本身。她终于刮掉桌上那处墨迹,正在检查那几个精致的美甲是否有损伤。她终于点明了话题。

"你最近接了不少性侵案。"

我耸了耸肩,心想:那又怎样?她究竟想说什么?我立刻反应过来,她在以一种中产阶级惯用的方式,暗示我接的案子比她多,我应该为此感到内疚。我的确有一个案子可以分给她,又担心那个案子太无聊,反倒惹她生气。

但很快,我就从她的眼神中看出,她想表达的绝不仅仅是我接的案子太多,而是特指某一类案件,比如性侵案。爱丽丝分明在装傻,我顿时有种被欺骗的感觉。她本人也代理过性侵案,此类案件不是我一个人的专属。律师的工作就是如此,不容你擅自决定哪种案子不能接。她既然明白这一点,为何还跟我说这些?她看着我的眼睛,等待我给出回应。我听见自己毫不客气地说道:"这就是'出租车站原则'①。"

她点头承认。我继续说道:"我无权选择案子,是案子选择了我。"

这句话一脱口就像是被悬在了空中,双方都没有了下文。众所周知,这个原则是为了确保每个人在面对法律事务时,都能平等地享有被代理权。爱丽丝的表情有些异常。

"你到底怎么了,爱丽丝?"

"我只是在想,我可能不想再接性侵案了。"

"这可轮不到律师来选择,否则,有些被告会永远找不到代理人。"

我很想发火,心想:她身为一名诉讼律师,怎能对这一原则发起挑战?我等待她做出解释,而她一直在斟酌如何开口,我不禁担心接下来的对话会很危险。

律师的工作向来由书记官安排。每当有委托人打电话来寻求代理,案子正好属于你的业务范畴,而你当天又恰巧不用出庭,

---

① "Cab rank rule",英国刑事辩护中的一项原则,禁止辩护律师中途放弃或拒绝为被告提供法律帮助的行为。

书记官就会把这个案子派给你,而你无论如何都得接下这个案子。这就好比你从机场出来,或是在任何地方排队等候出租车,那些出租车司机同样无法预知下一位乘客是什么人、要前往什么目的地。只要有乘客上车,就必须把对方安全送达其指定的地点,不能拒载。这个原则一直以来都被称为"出租车站原则"。所有律师都清楚并且接受这一原则。对此,爱丽丝有何疑问?她终于开口说道:"我当然明白这是原则问题,泰莎,但总有办法回避这类案子。"

"拜托!爱丽丝,且不说我是个女权主义者,即便不是,你也该明白,律师无权选择当事人吧。"

"我认为那些性侵案的被告都刻意选择女律师为他们辩护,因为女律师在为强奸案或性侵案辩护的时候,比较能够与人共情。"

我目不转睛地盯着她。

"你说的或许有道理,可我们一旦被委托,就不能拒绝辩护。他们有权委托我们中的任何一个人,这无可厚非。"

我小心地控制着音量,对她再次强调:"原则就是原则。"

但她仍不以为然,看上去心事重重。

"我只是觉得,很多律师用各种借口躲过了这一原则。"

我感觉手里这个盛满绿茶的精美茶杯快要被我捏碎了。我不想从她口中听见这句话。她所说的情况恰好符合很多外行人对律师工作的想象——如果不想接某个案子,你就会让书记官给对方回话,声称自己正在"休假"或者"有家务缠身"。然而,这完全是误解,关于这一点,爱丽丝是知道的。况且,没有书记官会配合你这么做。我放下手里的茶杯,看着爱丽丝的眼睛,郑重地对她说:"不,爱丽丝。我们绝不能违反原则。"

"我知道。对不起。我只是……算了,不说了。上帝啊,泰丝,很抱歉让你担心了。"

她总算放弃了,目光重新回到桌上那沓卷宗上。我不禁想起她最近接连输掉的四场听证会。她也知道事情的严重性。虽然我们常常故作洒脱地表示无所谓,但心里却无时无刻不在担心自己的前途和命运。看着手头的案子越来越少,她开始焦虑自己能否保住这份工作。她捧起一沓卷宗——一旦律师做出这个动作,就等于在告诉你"我要开始忙了"。然而,我并不打算就此离开。

"要不要我把这周的案子分给你一些?"

她思考片刻,又勉强装出一副工作多到应接不暇的样子,说道:"下周再说吧。我这周的工作已经满了。"

不过,她还是点头表示感谢,当然也免不了一丝尴尬。我们相对无言地坐着。我暗自庆幸自己不是无理取闹的那一方,因为我实在丢不起这份工作。首先,律师事务所的门槛和收入都很高;其次,爱丽丝即使丢了工作,她的父母也能在经济上支援她——他们之前就这么做过,尽管她需要帮助时从来不肯主动开口。律师这份职业真是矛盾,案子太多,人就忙得不可开交;案子少了,我们又开始担心饭碗不保。

米娅告诉过我,演员同样要面对这种矛盾。我提醒自己,要打电话祝她在格拉斯哥(Glasgow)的最后一场演出顺利。我前一阵子作为受邀嘉宾,北上去往特隆剧场(the Tron),观看了前媒体之夜的首场演出,她在台上简直光彩照人。这部戏的编剧是丹尼斯·凯利(Dennis Kelly)。米娅说,她很欣赏他。演出结束后,米娅把我隆重介绍给她的演员朋友们。他们大多来自苏格兰,其中一位能随时随地模仿任何一种口音,也包括我的口音。米娅不停地跟他们说,我总有一天会成为法官。她夸我聪慧过人,具备成为法官的一切能力。我嘴上一个劲儿地谦虚,说我这个好朋友太高看我了,心里却美滋滋的,毕竟这个评价来自一个前法官的亲孙女。没准儿这个评价很中肯,因为她对法官的了解肯定比我多。就目前来看,法官的位子我连想都不敢想,成为皇家律师才是我近期的主要目标。假如我今年评上律所的年度最佳律师,我的成绩就会被关注,我离目标也将更近一步。

但是,我不喜欢操之过急。小时候母亲总说,一旦操之过急,就会出现无法预知的后果。她认为做人要知足常乐,我就很知足常乐。有时想想,我能走到今天这一步已经是奇迹了。

亚当路过爱丽丝的办公室,探了个头进来,询问我是否有空跟他讨论案情。我感到既荣幸又开心,总算有理由离开这间办公室了。

我来到亚当的办公室,发现朱利安也在这里。刚结束与爱丽丝的奇怪谈话,还没来得及松一口气,就进入与朱利安同处一室的尴尬。亚当向我简要介绍了他代理的持刀伤人案,朱利安不时地补充了一些观点。这个案子很复杂,涉及多个角度的问题。

"看来,你可以从自卫的角度进行辩护。可是,他一开始就不应该把刀带在身上。关于这一点,他有什么正当理由吗?"

这时,亚当桌上的内线电话响了,他直接按了免提。海莉(Hailey)在电话里问他是否和我在一起,我直接告诉她我在。

"太好了,接待处有一个客户想见你。"

我很纳闷,今天并没有约见客户。

海莉挂断电话，两位男士同时看向我。我向他们表明自己对这位"客户"一无所知。朱利安看着我说："所以你又接了一个'无预约客户'？"

他口中所谓的"无预约客户"，是指我偶然接到的一桩没有事先打电话预约就上门咨询的案子。那位客户在被告知我将代理他的案子后，就迫不及待地查明了我的工作地点，还没等在电话里约好面谈时间，就直接找上门来。朱利安的表情有点儿暧昧，我必须打破这种尴尬气氛，以免被亚当看出端倪。我对着亚当把朱利安数落了一番："我的客户都是真正需要法律援助的，我可不像朱利安那么精挑细选，专门替金主爸爸的朋友擦屁股！"

亚当的脸上露出吃惊的表情。他没想到我会毫不掩饰地说出之前议论过的话题。我意识到此举非但没有转移注意力，反而让亚当嗅到了些什么。

朱利安大度地给出简短评价："说得好，一针见血！"

我一边纠结着刚才的表现，一边来到接待处。只见一个身穿破旧牛仔裤和T恤衫的男人正站在海莉的桌旁。海莉显然不怎么待见他，自顾自地低头在电话里聊着。当我发现眼前这个人是约翰尼的时候，整个人都惊呆了。我的两个世界居然在这个小小的空间里重合了。

我突然有种不祥的预感，本能地问道："妈妈还好吗？"

他点了点头。我回忆起上次见面时的吵架，以及他马上要当爸爸的喜讯，便接着问道："你来这里做什么？"

"我就是进城来帮谢丽尔买点儿东西。"

他听上去像是在说谎。他显得浑身不自在，这让我注意到他与这间接待室有点儿格格不入，尤其是与那个大理石打造的壁炉和那张复古风格的椅子。不知为什么，我讨厌他把我和这里的环境联系在一起。他一定猜到了我的想法，于是果断地提出了建议。

"我们要不要出去走走？"

海莉见我挽着约翰尼的胳膊走出去，着实吓了一跳。我们安静地朝河边走去。印象中，我们从未如此相敬如宾过。我在一家小小的外卖店前面驻足，想要点两杯咖啡。当被问到喜欢什么口味的咖啡时，约翰尼表示他不知道，并提出把咖啡换成茶。我们在泰晤士河边找了张椅子坐下。此时太阳已落山，他一边喝茶一边看着我。我迫不及待地喊道："没想到你居然要当爸爸了！"

他忍不住大笑起来。直到那一刻，我们才又变回原来的约翰尼和泰丝。我感觉心里的某些东西被点亮了，温暖熟悉之余，还有一丝淡淡的忧伤。约翰尼说道："很奇怪，对吧？"

此刻，我仿佛在他脸上看到了他 12 岁那年的模样——那个尚未辍学、没有文身，也没有官司缠身的温暖大哥哥。他大大的眼睛里充满了希望，却从不肯轻易流露。我把头靠在他的肩上，说道："祝贺你。我真为你和谢丽尔高兴。这个消息太棒了。"

约翰尼表示不敢相信。

"你真这么高兴吗？"

"那当然。"

他停顿片刻，显然还有话要说。我们彼此心照不宣，直到他不好意思地说出："我一定会做得比他好。"

"必须的。"

约翰尼望着远处的河对岸。

"还记得那天晚上你对我说的话吗？你真以为我会动手打

你吗?"

泪水刺痛了我的双眼。他看上去是那么受伤。

"不,不是的。"

我发觉自己的声音有点儿颤抖,稍作停顿,我接着说道:"对不起,我不该那么说。"

眼前忽然闪过约翰尼小时候被父亲扇过的脸,我赶紧把这一幕从脑海里赶出去。

事实上,除了那些可怕的画面,我对父亲几乎没什么记忆。因此,我不像约翰尼那样偶尔会想念他。我唯一一次与约翰尼一起怀念父亲,是在他好不容易得到一辆自行车,却被街头那群坏孩子追打的时候。我记得当时自己焦急地看着他骑上自行车正准备逃跑,却突然急刹车,整个人越过车把手飞了出去,重重地摔在坚硬的路面上。那群坏孩子围上来对着自行车一通乱踩。约翰尼只能痛苦地躺在地上,眼睁睁地看着这一切。年仅7岁的我顾不上害怕,愤怒地冲上前去制止。那帮人一边笑话我,一边一个劲儿地往约翰尼身上踢,临走前还不忘对着自行车补上两脚。约翰尼满嘴是血,他看着我,问我他是否摔断了牙齿。我年龄虽小,却懂得自己的反应将决定这件事对他的影响。令我害怕的不仅是他痛苦的脸和摔断的牙齿,以及那辆变了形的自行车,还包括他此时的不堪一击和眼神里不愿接受现实的哀求。我多么希望有人能把那群坏孩子找出来,狠狠地教训他们一顿。在那一刻,我希望父亲就在身边,替他的儿子报仇。

我瞬间感觉约翰尼在这个男人的世界里是如此势单力薄,心里痛恨那个狠心抛弃儿子的父亲,恨他没能陪伴约翰尼长大,没有给予约翰尼足够的爱来支撑漫长而艰苦的成长岁月。我自己倒是无所谓,只是一味地替约翰尼和母亲感到不值。我恨父亲动不动就对他俩拳打脚踢,使他们活得毫无尊严和价值。

我虽然只比约翰尼小3岁,却从未挨过父亲的打,或许他根本就忽略了我的存在。

约翰尼告诉我,他粉刷房子的工作已告一段落,目前有一份新工作在等着他。我高兴极了。他的新工作是搭脚手架。不知是因为在家暴的环境中长大所带来的厄运感,还是因为一直以来被哥哥保护得太好,我的第一反应居然是担心是否会发生工伤事故。约翰尼一定看出了我的矛盾心理,但他认为,这都是因为我不了解这份工作有多简单。他向我解释自己是如何接到这个活,又是如何计划将它做大做强的。或许他以为我听完这些就能放心了。

"眼下那几个波兰人正在手把手地教我,然后,我只需申请一笔贷款,再买一辆卡车,就可以自立门户了。"

我的心仍然放不下来。多年的法律经验告诉我,这件事不靠谱,但内心更多是为约翰尼可能遭遇的不测而感到焦虑。我提的第一个问题就完全出乎他的意料。

"那几个波兰人,有买保险吗?"

约翰尼做了个奇怪的表情。

"不知道,应该没有吧。"

他忍不住笑了起来。

"即使他们想买也买不起吧。"

这样一来,我就更不放心了。

"那你呢?我能不能帮你买一份保险?"

话一出口,我就感到难为情,因为约翰尼特别反感我为他花钱。我即使要做,也只能瞒着他,不让他发现。他先是眉头一皱,但很快又舒展开来。

"用不着。那是他们的事,我只要有钱赚就好。"

我的心不断地往下沉。

"好吧。"

约翰尼的脸上突然有了光。

"谢丽尔还为我做了广告传单。"

到底是我的好闺密,她如此地信任约翰尼。我究竟怎么啦?就不能热情一点儿吗?我在心里骂自己。

"太棒了!"

他一脸神秘地看着我,心中暗自窃喜。

"怎么啦?"

"你想看看吗?"

"好呀。"

我很想提议把这些传单带到单位里发,但我深知自己做不到。我感到一阵心酸,因为我知道所里那些有钱的同事不可能冒险雇用约翰尼和他的波兰工友去为他们装修。他们雇用的都是和建筑商签约的建筑师和设计师,搭脚手架的活也是由建筑商指定的团队来做。我暗自庆幸这一秒的心酸没有被察觉,否则他肯定会被激怒,并开始自暴自弃。我故作平淡地建议道:"你干脆直接发到我的邮箱。"

约翰尼没有听出丝毫异样,又恢复了原来的热情。

"我已经印了一部分,稍等。"

他从背包里翻出一张传单的复印件，一脸自豪地递给我。

我不禁发出各种赞叹。虽然我们早晚都会用到那些服务，但我很难过自己无法像其他同事那样把传单带去所里，并塞进每个同事的文件格，大大方方地为亲友的生意做宣传。

我第一次发现，有钱人的做事方式与普通人不同。我起初一直无法理解，直到花了很长时间才想明白。看见他们花钱雇用一些人，对一所好好的房子进行重新设计或装修，并不是因为屋顶漏雨或门窗坏了，我才彻底感受到人与人之间的不同。我与约翰尼之间的距离，并不在于我离开家到伦敦生活，而在于我接触到的是一个为他人而运行的世界。一些别人认为理所当然的事情，我却要费尽心思地仔细聆听以及思考才能明白。我不停地奋力追赶，差距却永远存在。这种新生活所带来的孤独，除了米娅，我无法向任何人诉说，有时甚至连米娅也无法理解。那些有权有势的人，根本不知差距为何物，只有约翰尼和我这样的人，才能时刻感受到差距的存在，而且直到现在，才看清差距究竟在哪里。我在两个世界中进退两难，既无法进入他们的世界（其实我并不想成为他们），也无法回到那个无知的世界，变回一只井底之蛙。在进入大学之前，我的世界里从不曾出现过爱丽丝、朱利安和菲比这样的人。他们或许也无法想象，我和我母亲以及约翰尼这样的人是如何生活的——一步一个脚印地生活。

那种在酒吧里被嘲笑说话有口音的感受，我仍记忆犹新。虽然我从小就随母亲自利物浦（Liverpool）搬来卢顿，但那一口利物浦方言怎么也改不掉。大学期间，我从未在意过自己的口音，米娅总说"千万别改，这样说话才真实"。如今我的口音已纠正了一些——好吧,不止一些,是许多。尤其在法庭上,它更是神奇地消失了。我曾在等候开庭时与一位苏格兰律师聊过天。我们彼此都操着浓重的口音,语速很快,几乎听不懂对方在说什么,只能一个劲儿地傻笑。然而,一到法庭上,她立刻切换成庭审模式,不紧不慢,字正腔圆;再加上全程使用法律语言,根本听不出任何口音。大家都认为我们是装出来的。即便是装的,也已足够自然了。那位苏格兰律师一点儿也不嫌弃自己的口音,我也因米娅的那句话而喜欢上自己的口音,但口音的确会暴露很多信息。就我而言,口音不仅暴露了我生活的地区,也暴露了我所处的阶级。就拿一些用词来说,我承认自己在离开剑桥的时候已经不再使用某些特别引人注意的表达。但我仍不太确定,口音是被自己故意掩盖的,还是随着时间的推移自动弱化的。然而,只要一回到家,那口纯正的利物浦方言就原原本本地回来了,仿佛这些年我从未离开过这里。但凡有一个词听起来不像"这儿的人"说的,或是有一个元音发得太矫情,约翰尼就会毫不留情地取笑我。

约翰尼热情高涨地向我展示着他的广告传单,还送给我一张留作纪念,我将它塞进挎包里。我告诉他,我为他感到骄傲,不仅因为他有了新工作,还因为他正在努力成为一个好父亲。有那么一瞬间,我们彼此感受到对方的温柔,却又不知该如何回应。我很纳闷,为何我们不习惯这样的温柔,常常下意识地躲开。有一件事可以用来衡量我的过去与现在之间出现的那道鸿沟,那就是我对这个世界的了解程度。了解得越深,那道鸿沟也就越深。我在一堆没说出口的话题中拼命挣扎,最后抓住了一个最为安全的。

"终于要抱孙子了,妈妈肯定高兴坏了。"

"是啊,总得有人帮她完成这个心愿,你是指望不上了!"

我俩都笑了。他突然靠了过来,小声说道:"是女孩。我们想让她继承妈妈的名字,到时候给她一个惊喜。"

我的眼睛像揉进了什么,情绪饱满到必须用一两句玩笑来释放。

"什么?难道要叫她'小朱'①?"说完,我自己先笑了。约翰尼深情地看着我。

"我们想叫她'朱妮'(Junie)。"

我点头称赞。分别时,我拥抱了他,闻着他身上的汗味儿,感受他从里到外的质朴,然后依依不舍地从他怀中抽离。全家人的生命里即将迎来一个小女孩。她的到来使我再次感受到家的存在。或许这件事把我又带回那个曾经的自己,使我再次为自己的成长之路感到骄傲,尽管其中也包含各种痛苦。

---

① 原文为"June Junior",意为"朱恩二世"或"小朱恩",此处为主人公故意开的玩笑。

第十二章

往事

我们到达内殿①（Inner Temple）时，律师学院的朋友一个都还没有到。今天是我们授业期满获得出庭律师资格的大日子，所有人都会到场。我老远就看见一个和我一样拿优秀奖学金的男生。一个月前，我俩同时被拉去和基金会的人面谈，以体现这笔奖学金的作用。此举让我们清醒地认识到自己与其他人不同，而这又是个我们无法逃避的事实。雅各布（Jacob）是来自苏丹（the Sudan）的难民。他曾为我们的特殊身份编了一句标语：

"一朝获得（法学院奖学金），终身'享用'（法学院奖学金）。"

母亲和约翰尼为今天的场合特意打扮了一番。母亲穿了一双新鞋，那鞋一看就知道不便宜。我还为她买了一件时髦的深蓝色外套，她穿在身上看起来容光焕发。约翰尼身上的西装是找朋友

---

① 内殿律师学院始创于1505年，与林肯（Lincoln's Inn）、中殿（Middle Temple）和格雷（Gray's Inn）并称为英国的四大律师学院（Inns of Court），是英国专门培养诉讼律师的最高法学院。

借的,有些大,这是他有生以来第一次穿衬衫、打领带。这两样都是我买来送给他的,为此,我使出了在玛莎百货学到的技能,亲自为他挑选和搭配。倒也无所谓,反正约翰尼也穿不出什么好的效果。

看见另一位女士戴了顶帽子,母亲就有些坐不住了。我赶紧安慰她,今天的场合没必要穿那么隆重。

我们用约翰尼的手机拍了几组照片,先拍了几张母亲和我的双人照,再拍约翰尼和我,最后再来一张约翰尼和母亲的。接着,我们就无所事事地随意站着。雅各布领着他的父亲过来跟我们打招呼,母亲下意识地紧张起来。我顺便请雅各布帮我们母子三人拍了张合影。尽管母亲很高兴终于有了一张打扮得体的全家福,但照片里的她显得很拘谨。

雅各布和他的父亲又去别处打招呼了。约翰尼把身边的几家人挨个儿扫视了一遍。我们退到一旁,仔细观察那几个人数众多的大家庭,其中一家竟有两个穿戴齐整的大律师。我今天这身行头全是借来的,因为我还没攒够买律师袍和假发的钱,家里更是没有"衣钵"可继承。

母亲看着那些家庭,总结道:"这里全是有钱人。"

我说:"你看上去也不差。"

这话已经是我今天说的第一百遍了。我知道她很紧张。

约翰尼说道:"你看着比那个最有钱的还有派头。"

他点燃一支香烟,面对着我说道:"说说,那人是谁?待会儿由谁来'叫你进去'[①]？"

"不知道，可能是管理委员会的委员（Master of the Bench）吧。"

"原来是堂堂的法官大人。"

他意识到自己的话听起来有点儿不对劲。

"了不起啊，泰丝。我的小妹妹马上要变成上等人了。"

我白了他一眼。他把我锁在臂弯里，用他唯一擅长的方式跟我开玩笑。

"小心我的假发。"

约翰尼拍拍我的假发，继续抽着烟。我有些过意不去，就主动跟他套近乎。

"分我一口呗。"

他将手里的烟递给我，我接了过来。

"我紧张死了。"

他看着我，语气开始恢复正常。

"紧张什么？你向来跟子弹似的快、准、狠。"

他环顾这个古老的场地，想不出任何安慰人的话。我知道他很害怕这样的场合。他将注意力转向周围的人群。一群穿着上流社会风格服装的大律师从我们跟前走过，其中一位不耐烦地用手使劲扇着空气中残留的烟味，看都不看约翰尼一眼。他立刻像刚补完弹药的机枪似的，一直说个不停。

"你不用把这些人放在眼里，听见了吗？只管想着自己要做什么，别管其他人怎么看，自己想干什么就干什么。"

[①] 原文为"call to the bar"，是英国律师被授予出庭律师资格的一种仪式。按照程序，学员必须被"叫到"名字才能进入学院被授予资格。

他用一只手捏住我的脸。

"听明白了吗?"

真烦人!我瞪了他一眼,并用力把他的手掰开。

"好,我知道了。把你的手拿开,我已经不是那个12岁的小孩子了。"

所有被叫到名字的新晋律师开始排队进入内殿,准备参加接下来的仪式。内场的座位是分开的,亲友们只能坐在观众席。约翰尼抓着我的肩膀,把我转向面朝队伍的方向。

"快进去吧。待会儿听到你的名字,我们就会在人群里为你欢呼。"

我害怕把他们俩丢在这里,嘴里着急地喊着:"妈妈!"

母亲摇了摇头,约翰尼则朝我眨了眨眼睛。我走在队伍里,忽然听见有人喊我的名字。我回过头去,发现米娅已经到了,她的穿着打扮还是她一贯的风格,在哪儿都不会显得突兀。她趴在母亲和约翰尼的身上,热情地朝我挥手。我如释重负,她一定会帮他们找到座位,确保他们在接下来的时间里不至于手足无措。一进入内殿,我便大口呼吸着殿内古老的气息,想象无数律师前辈曾经踏着我脚下的路,坐在我此刻的座位上。我的呼吸里夹杂着崭新的律师袍以及各种须后水、香水、除臭剂和发胶散发的香气,还有运行了几百年的法律体系遗留的略带潮湿的味道。虽然这只是一场浸透着历史的仪式,我却有一种强烈的归属感。有生以来,我第一次觉得自己配得上这里的一切。我有着优异的成绩,还有比大多数人聪明的脑袋,没人可以反对我成为他们中的一员。

第十三章

傍晚，我搭乘地铁回家，照例在韦斯特伯恩公园（Westbourne Park）站下车，再沿着哈罗路（Harrow Road）步行一小段，我一路躲避着那些在人行道上来回骑滑板车的孩子，还顺道在合作社买了一份面条。我很喜欢这个地段，这里地处伦敦西部，位于许多大律师住所的北方。在这个地段的中心，我拥有一套可爱的公寓，周围如同一个社区。一条运河将哈罗路与诺丁山（Notting Hill）及北肯辛顿区（North Kensington）分隔成两岸。对我来说，相比河对岸的富人区，这边的世界更加美好。这里既有公共住房，也有翻新的公寓和住宅，我莫名地被这里的建筑吸引，并在这里找到了归属感。往北是女王公园（Queen's Park）和地铁的贝克鲁线（Bakerloo line）。每天上午，我搭乘这条地铁线去律所上班，下班时改乘汉默史密斯及城市线（Hammersmith and City line），这样，我就能在哈罗路上走一走，这让我有一种回家的感觉。

母亲每次来都会在附近的几家小型家庭杂货店里购物，那段时间，家里总少不了绿色的小袋子。有时，我们也会在温暖的夜晚沿着河边散步。一到夏天，这里就像进入了什么庆典，与伦敦的大部分地方相比，街道布置的隆重程度简直有过之而无不及。街道比平时热闹了许多，除了平日里玩耍的孩童，还有不少家庭在门廊上聚会。老人们怡然自得，不用担心会被衣着华贵的年轻人驱赶着让路。这里的一切仿佛都在与自命不凡的理想社区对着干。

我穿过大楼前厅的那扇门，沿着楼梯往上爬，回到公寓。今天太累了。我拖着疲惫的身躯坐在沙发边缘，吃着刚打包回来的面条。我从挎包里抽出一份案情摘要往地上一扔，随手抓起遥控器。我一边吃面，一边漫无目的地浏览着电视频道。我整个人瘫在沙发里，无意识地观看着一些免费播出的真人秀和电视剧片段，其实这些节目我早就看过。我很喜欢这套公寓，它的装修风格以白色和大地色为主，拥有不大不小的两间卧室，不仅足够舒适，朝向也很好。总体来说，这套公寓让我非常有家的感觉。虽然大多数同事纷纷搬到离工作地近一些的地方，我却不着急搬家。楼下那几套公寓里住的都是航空公司的空乘。他们经常到处飞，偶尔回来就喊我一同到一楼的花园里饮酒畅聊。我聆听他们分享的旅途见闻，他们听我讲述有趣的案子。此刻，楼下一个人也没有，我把手机连接到蓝牙音箱上，放肆地把音量调至最高，甚至连电视都懒得关。我花了很长时间才把面吃完。简单收拾过后，我闭上双眼，关掉电视，在沙发上躺了一会儿。

我给母亲打了个电话，但她没有接。她的语音信箱提示录得过于呆板和正式，我觉得听上去很陌生。这一次，我没有留言，而是发短信告诉她："今天见到约翰尼了，我们和好了，爱你哟。""爱你哟"这句话用文字表达一点儿也不难，见面时我却根本说不出口。

我打电话给米娅,她立刻就接了。我告诉她,谢丽尔和约翰尼要有孩子了,她表示很高兴,但听起来她有点儿心不在焉的。这很正常,毕竟她们家有 5 个小孩。米娅也有消息要告诉我,她们即将把在苏格兰演出的那部戏搬上澳大利亚的舞台。她的声音里有几分醉意,我猜她这会儿肯定在庆祝。她一直都向往澳大利亚,想去欣赏那里奇特的动物和迷人的沙滩。听说她很快就要动身,我连忙提醒她,如今的南半球正值冬天。她表示无所谓,制作方计划举办巡回演出,因此她冬夏两季都有机会去。她说悉尼和南澳大利亚将轮流举办戏剧节,原定参演的一个节目突然取消,她们剧团被临时邀请过去填补那个空档。我为米娅感到激动,她是个好演员,而且一路走来全靠自己的努力,从没依靠家人的帮助,这一点是很值得敬佩的。每当我赞赏她从不动用家庭关系时,她总是对我说:"那是因为我暂时不需要,真到了需要他们的时候,我一定会尽量发挥他们的作用。如果有人要帮你,你也不要不领情。"她的确很务实,需要我的时候从不吝啬开口。

我们在电话里有说有笑,她越说越兴奋。她下周就出发,因为他们计划途经东南亚,再一路南下去澳大利亚。这趟行程是演员们自发决定的,其中的一名男演员貌似正在和米娅交往。她向我详细描述他俩交往的过程,不放过任何细节。我为自己倒上一杯长相思①(Sauvignon Blanc),走到乔治式风格②(Georgian-

---

① 长相思,又名白苏维翁,是酿酒葡萄的一个品种,原产自法国波尔多。

② 指英国乔治一世到乔治四世(1714—1830)统治时期的建筑、艺术和设计风格,以对称、平衡和古典主义特征为主。

style）的阳台上，点上一支烟，俯瞰伦敦西部的夜景，不时地问她几个问题。我还把腿架在阳台栏杆上，整个人躺进户外的沙发里。她总是有讲不完的故事和说不完的话。

她的这名新男友名叫伦纳德（Leonard）。米娅跟我描述了许多他俩的性生活细节，以及和他交往的感受。听起来他俩有很多共同点——善解人意、有创造力、很有天赋，还有那么一点点自我放纵。他的家庭问题似乎没那么严重，也不像她之前交往的男演员那么无聊。

邻居家传来孩子们的笑声。我一边品着葡萄酒，一边听闺密在电话里分享床笫之欢。

聊到最后，她问起我的私生活。我实在没什么可汇报的，只好随口说单位里有个家伙似乎对我感兴趣。米娅就是米娅，她立刻就意识到这绝不是两人间一时的暧昧。她盘问起人来比任何大律师都厉害。她对我了如指掌，很快就从我的语气中读出不少潜台词，一针见血地指出我在迷恋朱利安。我立刻否认了这一点，眼前却不断浮现出米娅所描述的二人世界，只不过画面里的女主角是我，光是想想就觉得很美妙。她让我形容一下朱利安的样子，我告诉她朱利安相貌堂堂，但不是我喜欢的类型。她笑了。我们又说起大一那年我老家的男朋友来剑桥看我的事情。

贾森（Jason）的外形足以成为优秀男性的范本，但他终究不属于剑桥的世界。我满怀深情地回忆起当年他长途跋涉来看我，结果却被米娅和其他朋友评价为配不上我。

实际上，他们的评价并不全面。他或许没读过什么书，也没受过任何教育，但他性格极好，床上功夫也很棒。这些话我当年不好意思对米娅说,如今却张口就来,而米娅对此并不感到惊讶。

"好吧,他必然有自己的优势,但绝对不是谈话技巧。"

米娅提醒我,别忘了当年贾森竟然为了一个小护士而跟我分手,那个护士曾在他修水管弄伤肩膀时照顾过他。其实在她提醒我之前,我就已经在生他的气了。我告诉米娅,他这么做反而让我松了一口气。因为我发现,自己对他的忠诚已远远超过其他感情,对于我们那儿的人来说,彼此忠诚比什么都重要。

我们再次回到朱利安的话题上,米娅再三叮嘱我:"这种男人早晚会让你伤心,所以千万不要陷得太深,除非他先爱上你。"

我向她保证,自己绝不可能爱上朱利安。她笑了,并且告诉我,她太了解这群上过私立学校的男生了,尤其是像朱利安这种上过贵族私立学校的。她说那些人的眼里只有乡村庄园、五线谱和信托基金。

我笑着说道:"他倒是工作努力,野心勃勃,所以不完全是单纯的纨绔子弟。"

她似乎放心了一些。借着酒劲儿,我开始埋怨她说走就走,而且要离开那么长时间。她让我随时飞去东南亚或澳大利亚找她。我知道自己根本抛不下手头的这些案子,还有需要定期缴纳房贷和办公室租金的压力。梦想虽然遥不可及,但想想总是可以的。

挂断电话前,米娅向我吐露了心声。前段时间,她虽然忙于巡回演出,但是经历了一次信心危机。她觉得自己本该有更好的发展,但至今没有做出什么成绩。如果不借助父母在戏剧和电影领域的人脉,她就很难在这个行业里出人头地。我很清楚,她只需一点儿帮助就能迅速崭露头角。我甚至觉得她是在征求我的同意，以便心安理得地利用那些人脉来推进演艺事业。

"前提是你得有足够的天赋和才华，否则再多的人脉也没有用。"

我们都知道这么说是为了鼓励她，让她不再纠结。尽管如此，她还是很感激。然而，对我们而言，挂断电话可不是件容易的事，每次说再见之前都会冒出一个新话题。

我突然想起还有一件事要告诉她，我在一次行业聚会上遇到了法学院入学第一堂课上坐在我左手边的那个男生——本尼迪克特。

"他现在是专攻银行和金融业务的事务律师。"

米娅和我都笑了，因为我们早就预料到他会是这样，而他果真按部就班地实现了自己的人生目标。米娅问我，还记不记得那个"三分之一的人无法顺利毕业"的预言。她认为自己就是那三分之一。

我安慰她："放弃学法律并不等于失败！"

接着我又告诉她："对了，本尼迪克特根本不知道我是谁！但他记得你。我告诉他你现在是个著名的演员。"

我们都笑出了眼泪，终于，在一片欢声笑语中，我们结束了通话。

一个人回到房间，我的脑子又进入了工作状态。

第十四章

次日晚上九点多,我还在律所为一项咨询事务做收尾工作。我靠在椅子上,凝视着面前的办公桌。桌上有四杯没人喝过的茶水,我必须把这些杯子及时送回茶水间清洗,否则杯子就会不够用。桌面上的文件被摆放得乱七八糟,在我看来,眼前的混乱却是如此条理分明,因为我清楚地知道每一份文件是什么,以及为何被摆放在那里。桌上还倒扣着几本法律书,每一本都被翻到我需要参考的那一页。电脑上显示着几个案例,书架上堆满白色的活页夹和一些小摆件。在这间小小的办公室里,我的确堆积了太多工作所需的东西,几乎没有空间来摆放个人物品,除了一张在律师资格授予仪式上和母亲、约翰尼的合影。

律所里空荡荡的,寂静到听得见空调发出的嗡嗡声。我瞥了一眼窗外,夜幕已降临,我短暂考虑了一下是否要回家,但手头还有很多工作需要完成,更何况,我还不觉得累。我伸了个懒腰,随即又埋头对着笔记本电脑,继续在一份案情摘要上画重点。我手头有一桩大型非法闯入案即将开庭，这份摘要将帮助我更好地完成盘问。正当我全神贯注时，被一个突如其来的声音吓了一跳，差点儿从椅子上弹起来。是朱利安！他在门口探了个头。

"嘿？"

"该死，你吓到我了。我本以为，今晚就我一个人在加班。"

"这里除了你和我，还有……老哈里森（Harrison）。"

他微笑着扫了一眼我的办公桌，明白我正在投入地工作。

"还在忙吗？"

"不，快完成了，只差把盘问环节再过一遍。"

他沉默了片刻，脸上出现一个半试探、半请求的表情。

"我……我手头那起重伤案的审理材料，可以征求一下你的意见吗？"

那可是涉及"严重人身伤害罪"，属于情节严重的可公诉罪行。我们都意识到彼此接手的全是备受关注的严重刑事案件，不禁有点儿惺惺相惜。我重新在椅子上坐稳，享受着被他求助的感觉，咧嘴笑道："我还以为，像你这样的高手只肯接受亚当的建议呢。"

朱利安笑了，笑容朴实而甜美。

"你不是也被提名为今年的最佳律师了吗？"

他一句话就哄得我很开心，也彻底消除了我的戒备心理。好在我没有被他的话冲昏头脑，因为这个奖项太大了，我实在没把握能把它拿下。我的谦虚可不是装出来的。

"我能被提名是因为亚当去年被评上过一次。"

无论如何，他的做法还是赢得了我的好感。我很开心自己得到了他的认可。在他的眼里，我是值得信任的，拥有一个可以与他和亚当媲美的聪明大脑。他比我早一年获得律师资格，向来自视甚高。然而，今天他的气场与往日明显不同。

我冲他微笑了一下。

"马上就来。我先做完手头的事情，剩下的时间都归你了。"

他色眯眯地瞪大了双眼，我的脸唰地一下就红了。可他没等我重新组织一遍语言，就转头离开了。我完成摘要上的标记，又收拾好自己的东西。考虑到明早直接从家里去法院会更快一些，于是，我又把律师袍卷起来，连同那顶假发一起塞进律师公文包。我抹了一点儿身体除臭剂，对着书架上的那面小镜子整理了一下发型，又涂了一遍唇彩，一边进行以上动作，一边用余光查看朱利安会不会突然出现在门口。

能够被单独邀请至朱利安的办公室，我感到既紧张又兴奋。他的父亲可是皇家大律师。他们家简直称得上法律界的贵族，虽然他的律师头衔不是世袭的，但他父亲的父亲，以及他父亲的父亲的父亲，几代人全都是大律师。可是，这些跟我有什么关系呢？难道我可悲到需要获得他和他家人的认可吗？难道除了超强的业务能力，我还需要别的东西来证明自己吗？我究竟要通过多少考验，才能让自己心安理得地待在这个圈子里？

我翻遍所有地方才找到一小瓶香水，本想喷一点儿在身上，突然又改变了主意，除臭剂就够了。我回想起那晚在舞池里朱利安的抚摸——温柔中带着几分令人无法抗拒的自信，每个肢体动作都恰到好处。尽管我不想承认，但那天晚上我的确很享受。

我走进朱利安的办公室，尽量把这想象成例行公事，不去想现在已是晚上九点多,也不去想这可能是室内陈设最豪华的办公室之一。这间办公室面积虽小,但经过他的一番拾掇变得气派十足。这里的一切都符合我的审美——书架是嵌入式的;那张红色现代沙发仿佛专为那个角落而设计,大小刚刚好;那张地毯乍看像是被随意扔在地上的,但显然用了不少巧思;为了匹配这间不大的办公室,他精心挑选了一张小巧的、用昂贵的深色木料做成的办公桌,搭配一张皮革椅子;沙发前面有一张小茶几,上面整齐地摆放着一个白色活页夹,旁边放着一沓笔记,其中几页还是手写的。那是朱利安的字迹,线条优美、清晰可读,一看就是私立学校教出来的。房间里所有的一切都令我着迷。

他指了指那份案情摘要,我坐下来仔细翻阅。朱利安拉下书架上的一块嵌板,那里立刻出现一个小吧台。他取出酒杯和一瓶伏特加,走过来挨着我坐在沙发上。我能感觉到他正在观察我。他用的须后水或古龙水的香味直达我的鼻孔,我不得不将它吸进去。他脱掉西装外套,卷起白色衬衫的袖子,露出晒成古铜色的手臂。朱利安完全没有意识到我此刻正在开小差。他将身体靠了过来,问了我一个法律问题,还在一堆文件里翻找着他觉得有问题的地方。

他靠过来的时候,我感到一阵眩晕,像是喝醉了,却又不全是伏特加的作用。我翻阅着手里的材料,渐渐被案情吸引。当所有的杂念被抛开,我的脑子一下清空了,取而代之的是那台无私的法律机器。我开始用法律原则来解析案情,将证词片段与立法条款一一进行对比。我对朱利安说,这个案子对他的当事人不利。他笑着表示赞同:"我苦苦找寻突破口,无论大小都行,可就是找不到。我是不是应该做量刑辩护,申请从轻判决?"

朱利安陷入了困境，这是所有律师都避免不了的。当你手里真实地掌握着一个人的命运，每一个对策都决定着要面对或回避风险的时候，我们难免会举棋不定。我询问朱利安关于他当事人的情况。

"他有犯罪记录吗？"

朱利安叹了一口气，又往我们的杯子里倒了点儿伏特加。

"是的，他有前科，而且都是相同类型的暴力犯罪。"

我们四目相对，心里清楚像他这样有前科的人一旦认罪，就一定会被判刑，而且刑期一般都不短。但是和打输官司比起来，认罪服刑的刑期肯定会打一点儿折扣，真是个伤脑筋的案子！我们认真讨论了警方提供的笔录和证据。这个案子的唯一希望在于，让事实对警方不利，这也是决定朱利安打无罪辩护还是罪轻辩护的关键点。

我仔细研究着摘要里整齐罗列的证词和证据。房间里鸦雀无声，我能感觉到朱利安正充满期待，希望我能找到一点儿蛛丝马迹。我能感受到他灼热的目光，因此我根本不敢抬头。我扫视着每一页证词，不放过任何一个标点符号，还真让我找到了漏洞。我翻回到上一页，发现有一处证词不一致。我扬扬得意地将它指给朱利安看。

"你看，那位接到报案的警察是这么说的，可是字里行间都暗示着相反的意思。看来他们修改过证词，以掩盖某些疑点。"

朱利安看完，脸上顿时神采奕奕。

"该死。这个点找得太妙了。"

只要有一处证词不一致，就能为盘问环节打开一扇门，让法官和陪审团意识到证人在说谎，或是有人故意捏造事实。找到突破口的感觉太棒了。我继续询问案子的情况。

"提出指控的受害人是谁?"

朱利安还在低头研究那份笔录,我拿起一沓标记着"犯罪现场调查员"的照片。

朱利安这才回答道:"就是某个在酒吧里游手好闲的人。当时双方都喝多了。"

"你的当事人开口了吗?"

"是啊,做了笔录,但他自己也不干净,所以没说太多。"

我在那几张照片里有了新的发现,瞬间兴奋不已。

"朱利安,摘要里有提供监控录像视频吗?"

朱利安顺着我手指的方向看去。

"没有。"

"照片显示,洗手间上方有一个监控摄像头亮着灯,说明它是开着的。"

"没错!"

朱利安直接靠了上来。

"该死。既然有摄像头,摘要里又没有视频片段,毫无疑问,证据肯定'意外损坏'了。"

他抬头看着我。我耸了耸肩。我们相视而笑。

"谁知道呢?"

他继续看着我,说道:"真是好眼力。我总算看到了一点儿希望。"

我对自己的表现感到很满意,于是轻松地靠在沙发上,任由伏特加游遍我全身的血管。朱利安还在专心致志地研究那份摘要,一头乱蓬蓬的头发几乎垂到文件上。我注意到他衬衫的牌子，简直和我预料的一模一样。他脖子后面看起来很光滑，呈现出温暖的古铜色。由于靠得太近，我几乎能感受到他的体温，于是稍稍挪开了一点儿。我刚才不该喝那么多伏特加。

我抬头看见他办公室的门是关着的。我刚才一直没有注意到这一点。他仍低着头，只是侧过脸来，用手将额前的头发捋上去，脸上缓缓荡起一个令人窒息的微笑。他的目光落在我的脸上，我已完全不能动弹。他坐直身子，并往我这边挪了挪，手臂触及我的一瞬间，一股电流穿透了我的全身。他的一只手臂几乎贴在我身上，那件衬衫的纹路已近在眼前。

当我意识到自己正在亲吻朱利安，房间里的气氛已完全不同，没有案情摘要，只有体内加速流动的伏特加、那张沙发，还有他近在咫尺的脸，以及我们分不开的嘴唇。他比我想象的要温柔许多，青涩中带着一点儿羞怯。哦，朱利安！谁能想到呢？那个成天吵吵嚷嚷、爱开玩笑、满嘴足球、人前傲慢的大男人，私底下竟是个温柔的大男孩儿。

仅看外表，他绝不是我通常会喜欢的类型。我一边亲吻他，一边快速想起昨晚与米娅的谈话。米娅一定会说，他绝不是那种能吸引到我的男生，他衣冠楚楚，养尊处优，一看就是爱花钱的。但此时此刻，在这张沙发上，我的眼里只有他。

我们一边亲吻一边宽衣解带，其间没有任何语言交流。这张沙发舒适极了，我们可以在上面尽享鱼水之欢。每当换成我在他上面时，都能从他眼里看出无限的渴望，那眼神既性感又充满鼓励。我被他鼓励得越发大胆，直勾勾地看着他抚摸和亲吻我的全身。我自信地告诉他怎么做才能让我觉得舒服，并用身体回应他的每一个正确动作。我们在沙发上疯狂地做爱，四肢缠绕在一起，高潮来临前，他不得不提醒我小声一点儿。我这才意识到自己的动静太大，隔壁的哈里森似乎还没走。我们双双抵达高潮，累得瘫倒在沙发上，浑身燥热，身体却难舍难分。他专注地看着我，瞳孔放大，双唇微张，汗珠从两道浓密的眉毛里渗出来。

在我忍不住笑出来之前，他及时给出了评价。

"你太厉害了。"

语气真诚得有点儿不切实际。他目不转睛地看着我，轻抚我的脸颊和脖子。

我及时打断他。

"这是什么狗血剧情啊，两个律师在办公室里情不自禁。"

他终于笑了，我如释重负，那个往日的朱利安又回来了。可下一秒他又捧起我的脸，吻得我无法呼吸。一阵热吻之后，他继续专注地看着我。此时的他，既有平日里的霸气，又有今晚的温柔，脸上还多了几分严肃。

"我一直以为你不会看上我。"

我惊讶不已。

"真的吗？"

我开始重新审视自己。我怎么就成了朱利安·布鲁克斯（Julian Brooks）自认为追不上的那种女孩，或者说女人了？我突然意识到自己还光着身子，竟然有脸对自己的身体如此自信。我慌忙穿上衣服。朱利安并不知道我的思想变化，但我的表现逃不过他的眼睛。

"嘿？"

他轻声问道，暧昧得让人受不了。我迅速穿上内衣和衬衫，他也开始找自己的衣服。我的脑子一片混乱,但还没开始后悔,虽然那是迟早的事。我还在试图回忆刚才究竟发生了什么。此时他光着上身,面对他几乎完美的躯体,我有种莫名的熟悉感。他看着我,似乎很沮丧,又有些迷茫。为了解释态度上的转变,我试着给他一点儿提示。

"我和你来自不同的世界,朱利安。"

他一脸困惑。我也不清楚自己为何要这么说,我并不比他差,尤其是现在,我更加肯定这一点。该死,他一定以为我还要做进一步解释,于是不想轻易罢休,微笑着问道:"你来自什么世界?"

我从他怀里挣脱出来,快速穿上裤子。我脑子转得飞快,必须想办法淡化刚才那份声明。情急之下,我对他做了一个贱兮兮的表情。

"但我可以做到比那些私校女更像私校女。"

他一脸诧异地看着我,我惟妙惟肖地模仿私校女走路和拨弄头发的样子给他看,甚至把头抬得比她们还高。事实上,我曾花费数年时间研究这些女孩,就连米娅也是我的研究对象。我观察她们如何大方地表现自己,如何自信敢言,如何拥有安全感。实话实说,我对她们既崇拜又害怕。然而,身为一名律师,我意识到自己在法庭上经常需要演技,而让自己有底气的最佳方式就是模仿她们,模仿她们走路的姿态,模仿她们说话时善用停顿来引起别人的注意。我甚至观察过她们在律师更衣室里无拘无束地聊起各自的家庭生活时的样子。我模仿她们的发型,研究她们的着装,尤其是鞋子,惊叹她们的着装品位和优雅站姿。我无非是想让朱利安知道,我不是什么富家女,只是在东施效颦。我想用开玩笑的方式告诉他自己的真实身份，同时强调自己并不在意什么阶级地位。他并没完全明白，但也明白了大概意思。我故意放肆地取笑自己的模仿对象，就是想告诉他，我不在乎。可我没法不在乎。因为你一旦成为别人口中的下等人，即便是茶余饭后的玩笑话，只要承认自己低人一等，心里那道自卑的伤口就会越来越深，永远难以愈合。

我考虑到这段模仿或许会被朱利安看成是对他及他的同类的嘲讽。他这么想也没错，虽然我的初衷是逃离那个尴尬的时刻，顺便过一过当"富家女"的瘾。朱利安并没有生气，相反，他发自内心地笑了。我觉得有必要再多补充一点。

"我只是想说，你不是我平日里喜欢的类型……毕竟，你生来就属于伊顿（Eton）和牛津（Oxford）。"

朱利安迅速回应道："你说得我都难为情了。"

我没想到他会有如此反应。以他的能力，他应该会快速机智地将我一军。我打算挽回一下局面，毕竟我可不是那种故意让人难受的人，更别说制造难堪了。

"什么？怎么会呢？"

我对此提出合理的困惑，并渴望得到答案。难不成我上当了？可他看上去是那么严肃和真诚。他从容不迫地解释道："事实上，如果不是因为我的父亲，我也不知道自己有没有这个能力。"

看着他眼里那赤裸裸的坦诚，我已经完全失去方向。我在脑子里搜寻那天晚上鼓励和劝慰米娅的话。还没等我开口，他又继续说道："当然，我指的是继承他的聪明头脑。"

我笑了。来了，那个自以为是的朱利安。不过他说得没错，他的确很聪明，不是一般的聪明。他继续说道："但除此之外……"

我们之间的沉默非但没有使我感到不安,反而让我觉得刚才发生的一切是真实的。在他英俊的脸上,我看到了前所未有的率真和坦诚。他信任我。我问起他母亲的工作。

"她是伦敦大学的现代语言学教授。"

我想了一下,发现这和我想象的差不多。这个职业很符合她的身份。一切都是那么地顺理成章。他的身后有一张坚不可摧的安全网。想都没想,我就脱口而出道:"真令人羡慕。"

我俩同时愣住了。我吃惊是因为不小心说出了心里话;他则是因为不理解我在羡慕什么。他疑惑地看着我。

"你父亲是干什么的?"

我打趣道:"不用问,肯定不是皇家大律师。"

这句话在他看来一点儿也不好笑。我们之间似乎已建立起互相坦诚的共识,他已经做出了表率,此刻正期待我的响应。我觉得有必要跟他说实话,因为眼前这个人已不再是朱利安·布鲁克斯,而是那个刚和我做爱,在办公室里深情吻我的男人。

"我不知道他是干什么的。"

停顿片刻后,我又半开玩笑地说道:"没准儿已经在监狱里了。"

朱利安饶有兴趣地睁大双眼,这个答案显然超出了他的期待。我发现玩笑开大了,赶忙又找补回来。

"我开玩笑的。他在我6岁那年就离开了。"

我从未想过要告诉他这么多。朱利安一定看到了我眼里的脆弱,他温柔地牵起我的一只手,把它放在自己的脸颊上。如此贴心的举动,让我放松了不少。我渐渐靠了过去,接着,他又问了一个问题。

"那你母亲呢?"

我已经累到不想再躲避了。我把头靠在他身上,再也装不下去了。事已至此,我没必要继续逞强。

"她是个清洁工。"

我耳边传来他的心跳声,不紧不慢,令人安心。他没有做任何评论,只是轻吻着我的头顶,接着,小声说道:"她一定很辛苦吧。"

我听见他的血液有节奏地流经心脏,心想:是啊,这种辛苦,你一辈子也体会不到。我默不作声地被他搂在怀里,疲惫地闭上眼睛。过了一会儿,我听见他发出轻微的鼾声,知道他已经睡着了。

我小心翼翼地从沙发上站了起来,环顾办公室的四周。我走到他的桌前,看着桌上那一大排照片。其中一张是全家福,他的父母和哥哥全都很好看,一家人微笑着搂着彼此的肩膀,身后是一座巨大的乡间别墅。另一张是他和他父亲的合影,两人都身穿律师袍,头戴假发。照片的不远处摆放着一本书,是他父亲写的关于诽谤法的书。我拿起来翻阅了几页,书的最后一页出现了朱利安的名字,另外两个名字一看便知是朱利安的母亲和哥哥——阿拉明塔(Araminta)和鲁珀特(Rupert)。我看了一眼沙发上的朱利安,决定继续从他的书架上找一本书来看。我选中了一本关于判例法的书。如今已经没人看这种装订版的书了,网上的案例应有尽有。这套书一定是他父亲送给他们兄弟俩的礼物,因为我一翻开就看见上面有一个浅色的签名——"鲁珀特·布鲁克斯"。

不可思议的是,我居然能静下心来,一个接一个地阅读这本书里的案例,可见它是多么引人入胜。我一时不知道接下来要做什么。我不想把朱利安一个人留在这里睡觉,生怕他第二天一早要面对所有人的八卦。于是我穿好鞋袜,轻轻地将他摇醒。

"朱利安,你醒了吗?"

叫醒他着实花了一点儿时间。他醒来后怔怔地看着我。我一边拿起外套,一边说道:"我得回家了。现在是凌晨三点钟,我明早还有一个大案要处理。"他睡眼惺忪的样子的确有点儿可爱。

他翻了个身,可怜巴巴地问道:"你今晚必须回家吗?"

我不是刚说过今晚必须回家吗?但既然他需要一个理由,我就编一个理由给他。

"我得回去喂猫。"

这下好了,我的故事里又多了一只猫。此刻他已完全清醒,正在将散落在身边的衣服一件一件地穿上。

他一边起来走动,一边抱歉地说道:"当然得回去,不好意思,我快好了。"

我拿出手机为自己叫了一辆网约车。等他穿好衣服,我们一起离开了律所,路上发生了尴尬的一幕——他自然地牵起我的手,我慌忙把手抽了出来,又怕伤他的面子,于是假装要看手机,他只能微笑着点头表示理解。

我们并肩站在律所外面等车。我不确定他是真心想当一回"护花使者",特地护送我下楼等车,还是打算为自己也拦一辆出租车回家。此时的天色还很暗,但我知道最近的日出都比较早,我只想趁天亮之前赶快离开这里。我手里提着律师公文包,里面装着我的律师袍和假发,明天要用的案情摘要也已经放进包里了。我的车到了,朱利安挠着头,我快速亲了一下他的脸颊,打开前排车门钻了进去。这不是我一贯的表现,然而他就站在那里,我总得有所表示吧。我正在跟司机打招呼,发现朱利安已经打开后车门正准备上车。我愣住了,不明白他是什么意思。

"唔?你要和我一起回家吗?"

朱利安尴尬地退了出去,一只手仍扶着车门。司机回头瞥了他一眼。他把头探进来对我说:"也可以……不去……如果你不愿意的话。"

我实在猜不透他的想法,于是陷入一阵尴尬的沉默。难道他想跟我回家?回我家?这算怎么一回事?我试图挽回这个尴尬的局面。

"我只是……想好好睡一觉。"

朱利安点了点头。他关上车门,来到前排。此时前排的车门还开着,我以为他会弯下腰来和我吻别,可他没有,只是说了一句:"我们这周要不要……找个时间一起做点儿什么?"

我能感觉到他的紧张。天啊,朱利安·布鲁克斯居然也有紧张的时候。我更没想到他会因为想要约我出去而紧张。我给不出任何答案,除了不知该说什么,最主要还是被他那慌张的样子给惊呆了。好在司机很有耐心,全程都没有转过头来。

朱利安又开口说道:"我是说,如果你……"

看着朱利安支支吾吾的样子,我感到很荣幸。司机一定是受了他的影响,也跟着皱了一下眉头,毕竟他俩都在等待我的回答。朱利安又忍不住说道:"如果你觉得别扭,也不用勉强。"

他显得那么卑微脆弱,不堪一击。我的确感觉很别扭。我们在同一家律所,每天抬头不见低头见,如果被同事们发现了该怎么办?我看向他,心里仍没有答案,直到那句话从我嘴里脱口而出:"我愿意。"

所有人顿时都松了一口气。朱利安眉开眼笑,伸过头来亲了亲我的脸颊,一边替我关上车门,一边挥手道别。司机也长长地舒了一口气,整个人看上去放松了许多。我看着前方空无一人、安静得有点儿陌生的伦敦街道,愉快地憧憬着感情生活里即将发生的变化。

第十五章

几天后,我在律所和谢丽尔打视频电话,电话里传出谢丽尔的尖叫声:"那一'战'刺激吗?"我连忙把音量调小。谢丽尔最近经常一大早起来晨吐,我今天也来得特别早,因为待会儿还要走很长一段路去法院。我慌忙提醒她:"谢丽尔,我在工作呢,而且还开着免提!"

她把脸凑近摄像头,又小声重复了一遍刚才那个问题。我的表情立刻出卖了我。她发出一阵兴奋的尖叫,然后对着镜头端详起我来。

"我的天啊,你居然脸红了。"

真该死。

"你喜欢他,对不对?"

"才不是呢。"

谢丽尔拆穿了我的心口不一,还编了首小曲儿揶揄我:"泰丝和朱利安,朱利安和泰丝。泰丝和朱利安,朱利安和泰丝。"

我连忙打断她。

"嘘！他也在这里上班。拜托，谢丽尔……"

她总算停了下来，换了一个严肃的表情，开始研究我。

"你该不会是爱上他了吧？上帝啊，真被我说中了！"

"我要挂电话了。再见。"

我果断地结束了通话，正想安静地坐一会儿，谢丽尔的短信就来了，上面除了"泰莎和朱利安"，还特意加了一颗红心。那晚之后我就没见过朱利安，心里七上八下的，担心他会把那件事说出去。他会不会告诉亚当？我简直不敢想象。我担心的是亚当对这件事的看法，以及这件事可能会影响我和亚当在工作上的默契。他一直是我的盟友，是值得信任的伙伴。或许亚当会认为我的选择很奇怪。哦，别再胡思乱想了。我为何如此在乎别人的看法？尤其是亚当的。他不但是朱利安的朋友，也是我的朋友。我只希望自己的性生活不要发生在工作时间，也不要与工作有任何交集，除了这一次。我忽然想起朱利安说过的一些趣事，不知不觉又多了几分对他的喜欢。

菲比轻快地走进来，她和我一样穿了一双运动鞋。我们决定步行去法院，这样可以边走边讨论案情，在路上完成一些思路上的同步。我们选择走法院街[①]（Chancery Lane），因为我要去那里取一个之前定做的律师假领。我们都是埃德和雷文斯克罗夫特[②]（Ede and Ravenscroft）的常客。这家店历史悠久，是一家专门制

[①] 位于英国伦敦市中心的一条单行道，历史可追溯到1161年。这条街曾和法律界有着密切的关系，现在这里仍有不少咨询公司。

[②] 英国最古老的成衣制造商之一，创立于1689年，专门定制各类庆典礼服和法律、学术用途的服饰。

作律师假发、律师袍和假领的商店，同时售卖昂贵的商务衬衫、男袜和法官服饰。这家店独有的一种黑金色假发收纳盒常常被作为礼物送给刚获得从业资格的新手律师。盒子上除了有这家店的店名，还会把律师姓名的首字母也印上去或刻上去。

埃德和雷文斯克罗夫特是一家将我们与历史上所有的大律师紧密联系在一起的商店。皇家律师和法官所佩戴的假发也都出自这家店。正是这些象征等级和神秘感的奇怪符号使这个行业永远显得高不可攀，同时一如既往的做作。货架的顶端陈列着几个大号的假发收纳盒，它们是所有盒子里最大的，被用来存放司法界最位高权重的人的假发——法官的假发。

其中一个盒子上印有丹宁勋爵[1]（Lord Denning）的名字，我每回进店都要抬头瞻仰它一番。我在法学院读到的很多判决书上都有他的名字，在这里，我可以如此接近他可能接触过的东西。不过话说回来，老一辈的大法官在更衣时都有专人伺候，他们的法袍和假发也都是由专人来保管和准备的。店铺内只有少数儿名女工懂得如何用专利方法制作他们品牌的假发。店铺下面的工作室就是她们工作的地方。她们灵活地穿针引线，神奇地将马尾上的鬃毛编结成一个个律师或法官专用的崭新头饰。没人知道这些假发是怎样设计出来的，这群上了年纪的女工所传承的技艺和积累的经验也从不为外人所知。法律这一行处处讲究传承，唯独这方面的传承我非但不反感，反而有点儿喜欢。

---

[1] 即阿尔弗雷德·汤普森·丹宁（Alfred Thompson Denning）。他是二战后英国最著名的法官和享有世界声誉的法学家之一。由于在法律方面有突出贡献，他在58岁时被封为丹宁勋爵，成为终身贵族。

我想起上次约翰尼和母亲陪我来这家店试装的时候,我告诉他楼下就是女工们制作假发的地方,他开玩笑说她们该不会偷偷往自己讨厌的律师和法官的假发里吐唾沫吧。尽管这不是约翰尼的本意,我却莫名地感到兴奋,因为这不仅意味着对父权制度的蔑视与颠覆,也使楼下那群女工的辛苦劳作瞬间有了意义。但那一刻,我本人也正在排队等候属于自己的那顶假发。

第十六章

往事

　　约翰尼和母亲陪我来埃德和雷文斯克罗夫特服装店,算是一脚踏入了我的世界。我在律师资格授予仪式上所穿戴的律师袍和假发都是从一位年长的律师前辈那儿借来的。他退休后便把这些行头存起来,借给我这种"家庭不太宽裕"的年轻律师使用。通常,他可以一直出借到我们买得起自己的行头为止。这位年长的律师个子应该不高,因为那件律师袍穿在我身上也只是稍稍有点儿显长,但他却拥有一颗被约翰尼戏称为"脑容量爆棚"的大脑袋,因为那顶假发比我的头围大了好几圈,动不动就会从我的头上滑下来,有时还掉得很不是时候。一连几个月,我都戴着那顶假发出庭,且随时都在担心它会掉下来。不仅如此,它还散发着一股奇怪的味道。虽然我很快就适应了,但有时在周末也能闻到它,我便开始担心那个味道已不知不觉吸附在了我的头发上。

　　约翰尼的举止让我很不放心。他好奇地四处乱摸,还不时对着那些价格不菲的衬衫吹口哨。

　　"哎哟喂,光这一件衬衫的钱就足够我保养一辆车了。"

我看见汤米（Tommy）一边捂着嘴笑，一边冲我使眼色。汤米是这里的一名店员，不仅人长得又高又帅，说话还带有利物浦口音。我们一见如故，当时店里一个时髦的矮胖男人正在为我量身，这个自称鲍威尔（Powell）先生的男人不满我一直跟汤米聊天，在我身后发出一连串的啧啧声。想到这里，我不禁翻了个白眼。鲍威尔先生可不是好惹的，他今天也在店里，眼下正在服务一位年长的顾客。我认出这位年长的顾客不久前刚刚晋升为皇家律师，他在店内得到的尊重与鲍威尔对我家人的鄙视形成了鲜明的对比。

好在母亲和约翰尼都没有注意到这一点。

汤米刚巧也有其他顾客，因此，我们只能等鲍威尔先生结束手头的工作。店内有一张椅子，但母亲从不习惯坐着让人伺候。这间店铺不大，若没有收银台上那些现代的数字化付款工具，你定会以为自己穿越到了17世纪的英国。我抬头寻找丹宁勋爵的假发存放盒，那是一个巨大的老古董，上面刻着他的姓名。他那顶大大的法官假发应该就存放在里面，他本人或许也曾在我所在的位置驻足。

终于轮到我们了，鲍威尔先生取出我定制的长袍和假发，小心翼翼地将它们展示给我看，仿佛在赐予我什么珍贵的礼物，似乎忘了我为这套行头花了一大笔钱。见我迫不及待想要试穿，他又大惊小怪地担心我不懂正确的穿法。接着，他有条不紊地将一个女式假领套在我的脖子上。在此之前，我一直佩戴着一个男式假领，但我并不介意。除了不小心溅过几次咖啡，这个男式假领几乎没什么缺点。我其实不太想要这款女士专用的假领，但我实在不好意思说出口。

我估算着买这个假领要多花多少钱，暗暗骂自己不敢大胆拒绝。鲍威尔用一种矫情到令人生厌的语气"礼貌"地请约翰尼"不要碰那些货架",听上去就像一个谈吐优雅的大人在教训熊孩子,就差把"嫌弃"二字写在脸上了。母亲恨不得找个地洞钻进去,约翰尼则躲得远远的。

鲍威尔先生小心翼翼地取出我的新假发,他以为这将是我们全家人翘首以盼的神圣时刻。然而,此时的约翰尼正一边看着我,一边对鲍威尔先生微微竖起两根中指。也许就在此时,我第一次喜欢上汤米。当我转身去查看这一幕是否被旁人看见时,我发现汤米正张大嘴,努力克制不让自己笑出来,无声地为我们喝彩。毫无疑问,他全都看见了。这让我瞬间对这个小动作感到很骄傲。凭什么我们要在这里束手束脚、如履薄冰?!我是一名律师,我在这里消费了一单昂贵的东西,鲍威尔先生没理由这么对我!

戴在我头上的那顶假发就像一顶王冠。那一刻,我看着镜子中的自己——崭新的长袍配上全新的白色假领,再加上这顶我自认为是专门为我量身定做的崭新假发。我站在那里,房间里不再有鲍威尔先生的身影,我看着自己戴假发的样子,这顶假发将伴随我很多年,我会把自己的名字绣在里面,这将是一顶属于我自己的假发,是我为自己赢得的荣誉与冠冕。下一秒,我又觉得自己像个穿新校服的小学生,那套校服被熨得整齐服帖,穿在身上既合身又得体。

汤米忽然出现在镜子里。他站在我身后,温柔地对着我笑。我转身问他试穿的效果如何。他说:"漂亮极了!"

他准是在开玩笑。母亲看得目瞪口呆,看来还不太适应我的新"发型"。约翰尼本想抓乱我的头发,结果只抓到了一撮假发上的马毛。他笑着说道:"瞧瞧你自己,像不像一匹马?"

在将所有东西打包好之前,鲍威尔先生对约翰尼和母亲说:"按照惯例,家人们会考虑订购一个印有本店名首字母的假发收纳盒作为礼物,以使假发始终保持最佳形状。"

我摇了摇头。

从店里出来后,我们互相道别。我目送母亲和约翰尼走到道路尽头的十字路口,看着他们在那里等红绿灯。在伦敦这座大城市里,他们显得弱小而无助。难道是因为我还没有完全证明自己的实力?我为何做不到像约翰尼那样,对自己讨厌的人竖起中指,然后扭头就跑?毫无疑问的是,约翰尼和母亲从我的视线里消失的那一刻,我感到无比孤独。然而,更可怕的是,有时我即便和他们在一起,那种孤独感也依然存在。无论是在过去那个生我养我的地方,还是在现在这个我渴望留下来的地方,我都必须带着伪装。我靠着努力读书把自己带出原来那片小天地,无奈眼前这个新世界需要的不仅仅是聪明的脑袋,还需要一套完美的装扮,而这些装扮目前就在我手里这个印有漂亮店名的大袋子里。

上周发生的一件事一直让我耿耿于怀。我们一帮人当时正在聊学生时代的假期是如何度过的,我提到和家人一起出游的一次经历。那一次,母亲带着我们去湖区(the Lake District)玩了两天。当时约翰尼和我的年纪都不小了,但我们都开心得像是出了一趟国。我不假思索地描绘着那里的旖旎风光和与众不同的景色。当时在场的还有一名和我同一届获得律师资格的同学,名叫瓦妮莎(Vanessa)。听完我的描述,有人忽然把头转向她,好奇地询问她家那幢乡间别墅是否还在那里。看起来,那人不像是别有用心。瓦妮莎回答得很平静,丝毫没有炫耀的意思。

"我不太清楚。应该还在吧。不过,我们现在家庭聚会都去法国南部，不怎么去那里了。"

对我来说，瓦妮莎漠然的态度和模糊的记忆既不是威胁也不是挑衅。但她的确应该考虑一下其他人的反应，因为大家对我的描述既没有发出惊叹，也没有表示赞同，而这就足够令我羞愧了。事实上，大家并没有拿我和他们做比较，只是在陈述事实而已。他们并没有羞辱我，只是他们让我想起了自己的出身，不免让我感到心酸。我无法像别人一样对自己的出身感到自豪。尽管我知道不该这样，但还是会尴尬到无法自拔。我后悔暴露了自己太多短板，恨自己竟然不知道自己有多无知。

这件事让我了解到，我不仅不属于这里，而且从来都不知道自己在哪些方面不属于这里。一次完全没有伤害的坦诚交流，就能让自己瞬间"鹤立鸡群"，而且不是自己想要的那种。过去的经验告诉我，就算没人主动提起你的背景，你和他们之间的区别也是显而易见的。在以男性为主的司法界当一名女律师已经够显眼的了，我不需要再被视为另一种异类。

当天的晚些时候，在法院的餐厅里，丹妮尔（Danielle）主动上前，和我坐在一起。她的父亲是一名事务律师，因此，她对自己的工作环境并不陌生。但作为一名黑人女性，她了解被认为与众不同是什么感受，也深知在司法界拥有立足之地是多么困难。丹妮尔是律所里决定能否给我的办公室派实习律师的小组成员之一。她知道我是靠奖学金读完大学的，了解我的家庭背景，并且无论何时何地都能站出来为我说话。每当我不好意思地向她表示感谢，她都直截了当地安慰我说："不用感谢我。要谢就谢你的大学成绩、你在法庭上的表现以及你的能力。"

我永远感激她对我的评价。

第十七章

菲比陪我来到埃德和雷文斯克罗夫特服装店。推门进去时，门上的小铃铛响了一下。汤米迎了上来，身上穿着一套男式晨礼服。他已经快 60 岁了，却还在这家店工作。一旁的菲比看着我和汤米谈笑风生。我突然意识到汤米就是我在这个城市的人脉，他和其他朋友一样，默默地在幕后为我提供一切可能的帮助。汤米一边帮我整理衣领，一边向我透露这款假领的库存不足，是他悄悄帮我留了一个。

我得意地看了菲比一眼，她正温顺地站在我身边。

我将她介绍给汤米，汤米礼貌地打了招呼，迫不及待地跟我吐槽起前不久接待的一位皇家律师。那位皇家律师坚持要试戴一款长可及肩的长假发[1]，因为他们在一些庆典仪式上可以佩戴这种长度的假发。笑声刚落，汤米就严肃认真地问我："你认为自己什

---

[1] 司法假发主要有两种样式：一种是长可及肩的长假发，用于盛大活动和礼仪场合；另一种是只盖头顶的短假发，是平时在法庭上戴的。

么时候能成为皇家律师？"

并不是说我从未想过这个问题，或从未谋划过这件事，只是我们同行之间很少真正讨论这个话题。汤米的直接发问让我瞬间感到了压力，尤其是当着菲比的面。我本想一笑了之，但明显效果不佳。菲比好奇地看着我。她目前还是实习律师，属于资历最浅的新手律师（这虽然不是什么正式头衔，但我们都这么叫），而我马上就是一名资深初级律师了。实习律师终将成长为一名合格的初级律师，进而成为资深初级律师。只有被指定为皇家律师，才有资格成为资深大律师。

你必须先经过大法官批准，才有机会被任命为皇家律师。你可以做到成绩斐然，但评选过程却从不公开透明，因为它体现的根本不是什么优绩主义（meritocracy）。

菲比和我离开了服装店，路上打包了两杯拿铁，然后继续前行。我们一路穿过几个小公园，又经过一些大大小小的男性雕像，过桥之后又继续前行，我们的目的地是内伦敦刑事法庭（London Inner Court）。

菲比突然提起那个关于"出租车站原则"的话题。她最近一直在思考这个问题。有人告诉她，如果认为自己无法替客户解决问题，不想接某个案子，就可以想办法让自己"没空"。

我忍不住打断她的话："菲比，这么做是违法的，否则所有律师都会选择放弃手头的法律援助案子，而去接手一些报酬丰厚的私人案件。这样一来，那些无权无势的穷人要找谁来替他们打官司呢？"

菲比接受过职业道德培训，不可能不知道这一点。她只是想确定，被指定的案子在什么情况下可以退回。在此之前，已经有很多实习律师问过我同样的问题。

律师只有在认为这个案子超出自己的专业领域,确信自己无法为客户提供很好的帮助时,才能将案情摘要退回。我被这个关于"出租车站原则"的话题搞得汗流浃背,于是决定接下来的路程用出租车来代步。车里的空调让我瞬间轻松了许多。

我对司机说:"麻烦送我们去内伦敦法庭。"

我们系上安全带,突然,菲比没头没脑地说了一句让我大为震惊的话。

"我爸爸被捕过。"

我完全没有思想准备,于是瞪大眼睛向她求证。她继续说道:"那一年,我13岁。"

关于家庭成员被捕的事情我屡见不鲜,可这件事发生在菲比身上,我怎么也没想到。我忽然有种同病相怜的感觉。在这个八卦满天飞的圈子里,她竟然勇敢地将这件事告诉了我。我知道这是一种信任的表现。

"方便告诉我,他是因为什么而被捕的吗?"

我突然意识到这个问题有点儿越界。通常,就算是在监狱里服刑的犯人也不会轻易向狱友透露自己是因为什么进去的。但菲比不假思索就给出了回应。

"与性犯罪无关!"

我很难过,她的第一反应居然是向我做这个保证,其实我压根儿就没往那方面想。

"他是因为金融诈骗被捕的。"

我们都明白这意味着什么——白领犯罪。她继续说道:"当时的情况很糟糕。"

我点头表示理解。我很好奇，像她父亲这种有权有势的人被捕时是不是和我哥当时一样害怕。她越说越激动。

"可他是无辜的。"

她停了几秒才引出这句重要的话："他后来被无罪释放了。"

我们都知道这个结果并不能证明他就是无辜的。

她叹了口气道："但是，他的精神已严重崩溃。"

车子开始蜿蜒地驶向法庭。我十分同情她，我能感受到，她简单的几句话背后隐藏着无数创伤。

"天啊，菲比，真令人难过。"

她转过头来，看着我的眼睛。

"我知道那不是他干的，他是无辜的。"

我很想安慰她。

"被捕并不意味着有罪。"

我很想保护她，但又不清楚有多少人知道这件事。毋庸置疑的是，关于她父亲被捕的消息，新闻里一定有报道。她看上去很受打击。

"当天，在法庭上简直……太可怕了。"

她稍微振作了一点儿，语气里多了几分熟悉的愤怒。

"我坚决不接控方的案子。"

车子眼看就要到法庭了，我再次被她的话吓了一跳。我想起自己过去也曾发过誓，再也不接控方的案子，直到有一天，控方给我派来一份摘要。"出租车站原则"就是在这种时候起作用的。这时，你才发现，原来这些规则在保护你不受无知冲动的伤害。它们会提醒你，律师的工作就是替客户发声；每一名律师都是客户的代言人，替客户将他们的故事以专业的形式呈上法庭，让陪审团和社会来裁定哪个版本的故事更值得相信。我试着用幽默的方式回应菲比的决心。

"如果控方坚持要派给你案子,那么你就必须为他们打官司。"

我能感觉到她的痛苦,但车子已经在法院门口停下,我们只好暂停讨论,刷卡进入法庭。从此,我们之间又多了一根纽带。尽管我们不再提起这个话题,两个案子的性质也不尽相同——她的父亲涉嫌白领犯罪,我的哥哥则是参与街头暴力,但我们两家人都吃过法律的亏。不同的是,她父亲最终被判无罪。然而,无论有罪还是无罪,他们俩都在各自的档案里留下了永久的犯罪标记。

过安检时,我们必须把随身携带的瓶装水拿出来,并当场喝一口,以证明我们没有携带易燃液体或爆炸物。这种方式虽然不算高明,但确实有效。我与那个名叫莱昂内尔(Lionel)的保安聊了起来,问到他那只狗的近况时,他不禁喜笑颜开。我注意到菲比在一旁听得津津有味,于是问道:"怎么啦?"

"这里所有的人你都认识?"

我仔细想了一下,这句话在某种程度上是对的。我的确认识一些菲比、爱丽丝和朱利安都不认识的人。我喜欢和人交谈。离开时,我转头向莱昂内尔挥了挥手,他也向我做了个脱帽致敬的动作,尽管他头上并没有帽子。

我们来到女律师更衣室,其中的一张小桌子旁已经挤满了在笔记本电脑上埋头工作的资深初级律师。我们互相点头致意。我们熟悉彼此的工作,对对方的生活却不甚了解,这种感觉很不可思议。我喜欢待在更衣室里,尽管以前总感觉在这里待着格格不入。我还记得刚工作那一年,我就被那群女律师选购鞋子的眼光给吸引了。她们的审美几乎完全一致——昂贵的价格、低调的设计,既舒适又时尚,就连颜色也十分接近。

当我首次尝试购买一双跟她们类似的鞋子时,我被上面的价格标签吓得目瞪口呆。我想不通,为何有人愿意花大价钱买一双如此无聊的鞋子——不仅不引人注目,还朴素得有点儿像骨科的矫形鞋。比它好看的鞋子多的是,而且价格还不到它的四分之一。

有一次,我忍不住问了爱丽丝这个问题,她笑我连这么简单的道理都不明白:"在法庭上最好穿那种没人注意的鞋子,而且要确保穿着它站一整天都不觉得累。"

这双鞋子就像是某种徽章或制服,是所有女律师心照不宣的秘密。穿上它,你就是她们中的一员了。

当我第一次在一个私人案件上收入了一笔可观的律师费后,我便毫不犹豫地买下了那双自己曾经无比嫌弃的鞋子。我安慰自己它一定物超所值,但实话实说,那两个足弓垫真不值这个价钱。

我一边换下脚上的运动鞋,一边朝菲比看去。显然,在她成为律师之前,已有专人指点过她如何挑选鞋子,因为她所穿的鞋正出自那个知名的品牌。

菲比拿出她的假发盒,快速取出那顶不算太新的假发。她的伯父曾经执意要把自己的假发传给她,但被她拒绝了。她选择了一顶符合自己饮食习惯的假发——"素食"假发。在第一次听说还有这样的假发时,我笑个不停。这是一款由植物制作而成的假发。我佩服她敢于反抗，忠于自己。她一贯勇气可嘉，对那些所谓的阶级地位从来都不屑一顾。

或许正因为她来自律师家庭，本身拥有一定的地位，才有底气横眉冷对。也许这是一种来自体制内部的反叛，她想用独特的方式来表达自己对父亲被捕一事的愤怒。

然而，我却只能靠一些含蓄的反抗来表达自己的态度。而且，随着在律师这一行工作的时间越来越长，我就连这样的反抗也越来越少了。所有女律师在穿着打扮上都有着自己的小心思，如在西装里面搭配一件无领衬衫，穿彩色的连裤袜，或者戴一对显眼的耳环等。长久以来，女性都无缘进入法律界。到目前为止，女性律师和女性法官的比例仍然很低。多年来，我曾目睹无数男性律师和男性法官自认为智慧超群，却忘了这都是没有女性、有色人种和工人阶级背景的人参与竞争的缘故。由此看来，女律师这些自我表达的小心机的确令人欣慰且值得鼓励。

最令人兴奋的是在法官席上看见自己的同类。这种时候，女法官和女律师之间就会互相传递一种无声的自豪感。同样地，在法庭上，如果一位男性法官刁难一位女律师，另一位女律师也会向她的同类投去支持的目光。

我拿出随身携带的特百惠收纳盒，这个盒子是我几年前从母亲那里"偷"来的。起初它是用来装那顶借来的假发的，结果一用就用到了现在。去年，有人提出要送我一个假发专用的收纳盒，理由是不忍心看到我这么"寒酸"。这当然是句玩笑话，然而，我的回答却大大出乎自己的意料。

"我用这个盒子来告诉自己不要忘本，它是我与众不同的象征，时刻提醒我要脚踏实地。"

对方吃惊地看着我,不得不承认自己平时太缺乏洞察力。随身携带这个来自母亲厨房的塑料盒,就如同随时随地都拥有自己的生活一样令我安心。菲比已经把自己的假发盒塞回律师公文包,此刻正微笑地注视着我的塑料收纳盒。我再也不用将它藏着掖着了。

那位名叫瓦妮莎的律师此时也在更衣室里。她主动跟我打招呼道:

"我今天是跟皇家检控署(Crown Prosecution Services)的人来的。你还是一个人在负责那起性侵案吗?"

我一边戴假发,一边回答:"没错。今天有一个实习律师跟着我,这位是菲比。"

不等我介绍,她就急着说道:"我认识菲比。"

她冲菲比点了点头,菲比也大方地跟她打招呼道:"你好呀。"

我们从更衣室出来,正打算走向会议室去接受客户的进一步指示,菲比提醒我道:"为何你要独立负责一起案子,而她却有皇家律师带着?你们不是同一届毕业的吗?"

对于这种问题,我连想都不敢想。在律师界,竞争无处不在。你必须忽略它的存在,否则就会开始疑神疑鬼。

就今天的案子来看,控方只有两名目击证人。其中一名是原告受害者,另一名则是她的姐姐。我已经读过她们姐妹俩的笔录。

菲比按捺不住地兴奋。

"我已经迫不及待想要看你的表现了。"

我的当事人已经到场。我们到一个小房间里进行了短暂的会面。我问了他一些常规的问题,如知不知道我为何不传唤他出庭做证。他很赞成这一决定。他自认为不讨人喜欢，而且知道我已查出他有家暴的记录。他一口咬定自己没有强奸原告，并且坚决不肯认罪。

菲比对他很礼貌。她还从未接手过有关强奸的案子。他显然想给菲比留下一个好印象，回答问题时不停地看向她，像是在查看她的反应。他坚持说原告同意与他发生性关系，他俩在外面玩了一晚上，最后一起回了女方的家。

我尽可能多地记录一些细节，以便对原告进行盘问。我的脑子在不停地运转，记的笔记也越来越多。这是起典型的案子，但我着实想在菲比面前好好露一手。当我的当事人去和家人见面时，我提醒菲比要牢记亚当所说的性侵案盘问要诀。

"不要置对方于死地，一切以检验事实为主。"

她当然记得那次在律所的谈话。那可是亚当的经验之谈。

"好的，绝对忘不了。一旦发现他们的证词有漏洞，就要毫不犹豫地指出来。"

直到出庭前，我还在一路叮嘱她："保持冷静，要让对方觉得你只是在和她确认案件信息，直到你有足够把握，再指出原告证词的不合理之处。放心，这并没有想象的那么难。"

"好的。"

"我发现，只要越同情对方，对方就越愿意向你提供信息。"

"可你的当事人会不会觉得你没有尽力？"

我笑着回答："当事人的想法并不重要，赢得陪审团的票数才是打赢官司的重点。"

我朝一位认识的律师挥了挥手。我们沿走廊快步走向法庭，两件律师袍摩擦得沙沙作响。

"关键之处在于,向法庭传递被告'并不想伤害这位女士'的信息,通过某种方式让陪审团觉得,你相信原告今天站在这里是有原因的,因为她被误解了。你全程都要表现得很为难,因为她很可能没有撒谎,只是在处理方式上被对方误解了。"

菲比仔细思考着这段话,突然提出:"万一她真的在撒谎呢?"

"一样的道理。要克服那种把原告证人摧毁的冲动,我一贯是这么做的。原告的故事大多经不起推敲,我并不是说她们满口谎言,只是不符合法律事实。而法庭只接受法律事实,你也只能依靠它来解救你的当事人。"

菲比说她在大学时曾观摩过一场强奸案的庭审,律师在盘问时竟然举起原告受害者穿过的内衣,指责她穿这种蕾丝内衣分明是想展示而不是自娱自乐。我们都见识过这种闹剧,但它早已成为过去时。至少,我认识的律师里还没有人愚蠢到敢在陪审团面前做出这样的傻事。

我告诉菲比有些尺度是很难把握的。

"辩护律师必须使出一切手段来证明当事人的违法行为事出有因,并且对这些原因提出疑问,这就是你的任务。但所有手段都不能违规,如果法庭允许你提供某项证据,或是在盘问过程中使用某种技巧,你就要考虑,怎么做对你的当事人才有利。亚当和我都认为,太过强势会适得其反。"

菲比一边点头,一边继续说道:"你分享的策略太棒了,听得我都有信心去打这种官司了。无论如何,原告证人遇到你,或者和你一样只论事实而不威胁恐吓的辩护律师,都算是幸运的。"

真是孺子可教也。

我希望爱丽丝能通过菲比了解到我今天在法庭上的表现。我对她那天提出的关于我接手太多性侵案的指责，仍然感到愤愤不平。优秀的律师可以为任何人代理案件，无论对方的罪行大小，这是最基本的法律常识。优秀的辩护律师是为司法体系服务的，必须保证从一开始就维护司法的公正。

快要进入法庭时，我发现门口有一堆媒体在争相报道着什么。在众多男记者中，我看见了几张熟悉的面孔，她们是常年蹲守在法院门口的女记者，从报道风格上看更像女作家。我一眼就看见了人群里的雷切尔·迈尔斯（Rachel Myers），她是《泰晤士报》（*The Times*）的记者，她显然接受过司法培训，报道出来的文章专业性很强。

我一度以为他们是冲着我的案子来的，但很快就发现，他们另有目标——隔壁法庭正在审理一起贩毒案，被告是一名著名的橄榄球运动员。那群记者很快就消失了。我和菲比进入法庭，那个当事人已经被带上被告席。法警跟我打了个招呼，我按规矩向他介绍了菲比的身份。刚一落座，我们就开始整理各种文件和卷宗。菲比甚至扛来一本厚厚的《证据法》。我已经知道自己需要什么，然而，她不想错过法庭上提到的任何条款。

皇家检控署的人带着刚才在更衣室遇见的那位律师进来了，一同到场的还有负责本案的皇家律师。从这一刻起，就必须保持警惕，但我仍然无惧任何挑战。这样的官司如果打赢了，胜利的果实必定更加甜蜜。那位皇家律师浑身上下透着一股厌倦和冷漠，大部分上了年纪的大律师都是这副做派。这么做至少能让大家对他肃然起敬。他们在法庭上享有优先权，这早已是约定俗成的事，年轻的皇家律师反倒没那么多讲究。这位皇家律师向来是控方的首选，接手过很多他们的案子。我抬头看向坐在被告席上的当事人，他的家人就坐在他上方的旁听席上。他们互相看不见对方，我却能把他们放在同一个画面里——好一幅体现家族相似性的奇怪画面。旁听席的另一侧坐着两位30来岁的女士，像是原告的朋友。我提醒菲比不要盯着她们看。她感觉其中一个人看起来很眼熟，经过确认才发现是她自己看错了。

待陪审团成员全部到场就座，案件正式进入审理阶段。警方提供的证据毫无争议。我方当事人的陈述也无懈可击。我猜他可能从之前的家暴案中学到了不少经验。

控方传唤原告出庭做证。她在自报姓名的时候，我也同时在笔记里写下：詹娜·奎因（Jenna Quinn）。她走上证人席，环顾整个法庭，接着，抬头对旁听席里的朋友，也可能是姐妹，亲切地笑了一下，最后，将目光落在我身上，让我一时间没反应过来自己在为被告辩护。我亲切地向她点头致意。她跟我想象的完全不一样，长了一张充满智慧的脸。虽然精心打扮过，但并没有穿公诉人通常要求的那种千篇一律的套装。相反，她穿了一条很符合自己个性的亮色裙子。詹娜在提供证词时没有哭哭啼啼，也没有大吵大闹。我非常认真地在一页纸上记下她说的每一句话，那页纸的反面正是我在盘问环节想要提出的问题。在整个过程中，我不时地站起来，毕恭毕敬地提出申辩。

"法官大人，请原谅我冒昧地站起来，因为我博学的同行所提的问题已超出证据的范围。"

我的部分反对意见得到了法官的支持。我这么做主要是为了让菲比欣赏到更多的表演，同时让我的当事人和他的亲友看到我的努力。法官似乎看出了我的意图，开始对我的起立感到有些不耐烦。我面带微笑，试图博得陪审团的好感。我针对本案的主要证据做了大量笔记，从中找出了不少可以攻击的漏洞，控方的失利点我已了如指掌，现在只需将那些漏洞在盘问过程中一一指出来。这就需要我表现出满满的同情心，鼓励证人放心大胆地向我坦白，但也要适可而止，要做到让她看不出我的意图。这种盘问风格是她怎么也想不到的。

詹娜30来岁，是一名小学教师。她和我的当事人相识于一家酒吧，并同意与他交往。我的当事人40来岁，离异，经营着一家体育用品公司。我们事先已经协商好，控方不准提他的犯罪记录，除非我先提出他"品格高尚"。既然知道他有家暴的前科，我绝不会冒险在陪审团面前提到这几个字。我研究过他家暴的犯罪细节，他家暴的原因是家里的门锁被换了，他进不去，于是用暴力砸开了那扇门。说实话，我见过比这更糟糕的。

起身之前，我特意看了一眼证人席上的詹娜。她正看着我，平静地等待我的发问。坐在我身边的菲比也将目光投了过来。我缓缓起身，清了清嗓子，用一种我在这个环节屡试不爽的口吻，开始了我的提问。我的语气充满同情，因为我真的很同情她不得不站在这里，经历如此侵犯个人隐私的事情。但我也意识到，庭上另一个人的自由此刻正受到威胁。一旦被判有罪，他就要被送进监狱，这一点毋庸置疑。

我对詹娜说："抱歉，奎因女士，你知道的，接下来，我必须问你几个问题，它将涉及你和我的当事人共度的那一晚。"

詹娜点了点头，用清晰响亮的声音回答道："是的，我知道。"

我立刻开门见山："你在证词中说，是你自己把身上的衣服脱掉的？"

"是的。"

我缓和了一下语气。

"我们都知道，你当晚在夜总会有饮酒，具体包括两杯金汤力、一杯伏特加莱姆，外加两到三杯葡萄酒，我如此表述，你同意吗？"

"我想是的。"

我记录下这个她不太确定的问题，稳稳地控制着自己的声音和语气，继续问道："我是否可以认为，以上这些酒精饮料全都是……"

我看了一眼手里的笔记。

"按标准杯[1]（standard-size drinks）计算的？"

詹娜毫不畏缩。

"是的。"

"接着，你主动邀请我的当事人去你家，你们两人又在你家中饮用了更多酒精饮料，具体包括每人两杯龙舌兰酒，以及一起喝光了一瓶葡萄酒，对吗？"

詹娜并没有看着我，回答道："是的，没错。"

我抬起头来，迅速地瞥了一眼陪审团，发现他们每个人的神情都很专注。接着，我转身面向詹娜，用真诚的语气，问出那个

---

[1] 欧美国家用于计算饮酒量的度量方法，这是一个较为抽象的概念，指一杯含有特定分量的酒精的饮料（包括啤酒、葡萄酒和烈酒等），与杯子的容量大小无关，目的在于为安全饮酒提供简单的标识，如学界公认男性每日饮酒最好不超过4个标准杯，女性每日最好不超过2个标准杯。

我早就知道答案的问题:"有没有可能,你当晚喝醉了?"

她并没有马上回答。庭上传来微小的窃笑声,我没有理会。菲比在一旁拼命地记录着什么。这时,詹娜回答道:"是的,我是有一点儿喝醉。但是我……"

她话说一半又吞了回去,我连忙追问道:"你说的'是的',是指你的确喝醉了吗?"

"是的。"

我不再继续追问,而是快速提出下一个问题。

"当你喝醉的时候,是否对当晚发生的事情有一点儿……"

我看着笔记说道:"'记忆模糊',正如你在主要证词里说的那样?"

我耐心等待她的回答。这时,法官咳嗽了一声。我能感觉到控方那位皇家律师恨不得从座位上跳起来,但他控制住了。

"是的,我是这么说的。"

我的心跳开始加速,但声音必须保持镇定、柔和。我又问出下一个问题:"那么,你脱衣服的时候,并没有拒绝和他发生性关系,对吗?"

她几乎是抢着回答的,可见,她早就料到我会提出这个问题。

"不,我记得当时我并不想和他发生关系。"

这样的证词非但没有任何意义,还帮我引出了下一个问题。我继续小心翼翼、满怀同情地问道:"即使如你所说,你改变主意了,但你并没有在任何阶段把这一想法说出来,对吗?"

她回答得斩钉截铁,显然已经排练过,甚至有高人指点。

"不!我请他离开。我拒绝他了。"

我在下一个问题上稍微缓了缓,一是不想激怒陪审团,二是不想把原告证人击垮,但证词里的错误我一个也不会放过。

"那么我就有点儿困惑了,奎因女士,你不是说直到'几天后'你姐姐问起你那天的约会,你才第一次感觉到……就像你在证词中说到的……'自己可能被性侵了'?"

她一时语塞。我耐心等待她的回答。很明显,她有些慌了,支支吾吾地说道:"那个……"

我假装翻阅手里的文件,等待陪审团弄明白目前的状况,又接着问道:"嗯,确切地说,是三天以后,对吗?"

"是的。"

我停止一切动作,注视着她,用提问的语气说出了一个词:"可能?"

接下来的停顿时间足以让所有人明白这一重要观点——就连受害者本人都不确定自己是否遭到了性侵,这可是她的原话。我至少可以对这一点提出合理怀疑。既然当事人自己都模棱两可,罪名自然无法成立。我等待着詹娜的反应。

她没有任何反应。于是,我小声提醒她:"这是不是你的原话,詹娜?"

喊出她名字的那一刻,连我自己也吓了一跳。我立刻意识到这种亲切的称呼未免过于做作,于是又重复了一遍刚才的问题。

"你在证词里是这么说的,没错吧,奎因女士?而且今天,你姐姐也在法庭上确认了这一说法,认为你'可能'遭到了性侵。也就是说,你们俩对这件事情都不确定。"

她显得很沮丧。

"我确定,只是……"

她再也说不下去了。我表示自己已经问完了。这一分赢得漂亮。菲比不停地用眼神发出"哇哦"的赞叹,其实这一点儿也不难。法警走过去准备把詹娜带离证人席,陪审团的成员们在座位上不安地调整着坐姿。离开证人席前,詹娜倾身向前,直视着我,用一种轻柔但音量足以让法庭上所有人都听得见的声音说道:"对我来说,出庭做证没有任何好处。我并不想站在这里。我这么做的目的,是防止其他女性受这个男人的伤害。我希望你明白这一点。"

她的眼神告诉我,这句话是说给我听的。在她眼里,此时的我已不再是辩方律师,而是一个女人。话虽简单,却意味深长。我通常不会被这样的话击中。

我顿时呆若木鸡。法官等着我提出无犯罪事实可辩的主张,见我半天都没有反应,便等不及发话道:"感谢你的配合,奎因女士,你现在可以走了。"

我目送她离开证人席,看着她坚强优雅、泰然自若,头也不回地朝门口走去。她会因此而恨我吗?我敢肯定,她会的。紧接着,她毫无征兆地失去了先前的镇静,发出一声哽咽的抽泣,整个人难过得蹲了下去。陪审团席位上传来一阵低语。法警连忙上前将她扶起来并带离法庭。我的眼睛一刻也没有离开过她。

庭审结束后,我们坐在法院外面享受夏日的温暖。我打开手机,菲比仍无比兴奋地在我耳边不停地叽叽喳喳。

"刚才真是太精彩了。"

我点燃一支香烟,冷冷地说道:"人们总是忘了自己说过的话。"

菲比并不知道我接下去要说什么,便随口答道:"是啊。"

她又把话题拉回刚才的案子上。

"总之你赢了,你帮他成功脱罪了。这是我见过的最精彩的盘问。"

我点了点头。菲比以为我对打赢这场官司满不在乎。事实上,我感觉自己赢得太轻而易举了。在场的所有人都看得出来,唯独菲比一厢情愿地将我视为英雄。

我们眼看着我的当事人和他的家人从法院出来,兴高采烈地欢庆这一胜利。庭审结束后,我已将庭审结果三言两语地向他汇报完,此刻并不打算再与他有更多交流。然而,他看见菲比热情地向他招手,便朝我们走了过来,我连忙作势离开。我把那支抽了一半的烟踩灭,菲比诡秘地看着我,说:"难道你认为他有罪?他真的侵犯了那位女士?"

我耸了耸肩。

她仔细研究着我的表情,我在心里叹了一口气,说:"拜托,菲比,你知道这不是问题的关键。这么说吧,就算他有罪,对方也没有足够的证据起诉他,不是吗?"

她会心地笑了。我站起身来,说道:"我得走了。你如果真想问他,就尽管去问吧。"

她笑着和我一起离开了。她一边走,一边查看自己的手机,直到遇见一位朋友。她俩驻足聊了起来,我并没有等她,而是继续往前走。我的脑子里有一个声音一直在小声地重复着菲比的话:"万一真是他干的,我们却把他放走了怎么办?"我费了好大的劲儿才把那个声音赶出去。可现实就是如此,在没有足够证据的情况下,你无权将一个人送进监狱。我回想起詹娜离开法庭的那一幕，她脚上那双鞋正是我过去常穿的那一款。我只能不断提醒自己，那家伙固然很坏，但很可能不是强奸犯。身为律师，你只能依法办事，无条件地相信司法体系所认定的真相。

我回头看着还在不远处聊天的菲比，这时，我的手机振动了一下，是朱利安发来的短信："这周五晚上八点，能否赏光与我共进晚餐？去那家新开的网红日本餐厅如何？"他居然还在短信的末尾连发了三个吻的表情。我感觉呼吸急促，匆忙回了他一个竖拇指的表情，但怎么看都感觉太敷衍，于是又补了一句"好极了"。我知道他一整周都在忙一个案子，我有很多工作也必须在周五前完成。

我给母亲打了个电话，拨通后挂掉再打第二遍，这样她就知道是我打的，即使她在上班也会接。在电话里，母亲有点儿喘不过气来，原因是她跑了一路，最终还是没赶上公交车。

她问我最近好吗，我向她问起约翰尼和谢丽尔的近况以及家里是否一切都好。她知道约翰尼来找过我，于是不停地跟我聊他的创业计划，以及她有多为他感到骄傲。我听出她有些夸大其词，因为她不希望看到我和约翰尼之间有任何摩擦。最后，她提到谢丽尔又去做了一次超声检查。

我瞬间警觉，连忙问道："怎么啦？她没事吧？"

"当然没事，你怎么反应那么大？谢丽尔必须定期去产检，宝宝发育得很好，而且，你猜怎么着？"

"什么？"

"她怀的是女孩。"

我假装不知道，因为我不清楚约翰尼和谢丽尔是否已经告诉她，宝宝要以她的名字来命名。她没再主动透露什么消息。我告诉她,我下下周再回家,到时候可以共进晚餐。她并没有立刻答应。

停了一会儿,我又说道:"妈,上回的事我很抱歉。我不该……"

没等我说完她就挂了电话,因为她等的公交车来了。

接下来的几天,我忙得晕头转向,几乎每天都有案子要出庭。先是一起律师费很高的私人案件,然后是一起复杂的法律援助案。周五,法官宣布那起法律援助案暂时休庭,回律所的路上我正好可以顺路买几样东西。我突然想到晚上要和朱利安一起吃饭,于是迅速为自己挑选了一条漂亮的裙子。刚一试穿,我就爱上了这条性感的裙子。它丝质的面料柔软贴身,我正好有一双鞋子可以搭配它。

我还缺一套全新的内衣,于是又去了位于科文特花园(Covent Garden)的Bravissimo①内衣专卖店。接待我的店员一开始态度很差,似乎认为我的身材撑不起她家的内衣,直到眼见为实,她才彻底放心。我试了几套文胸和内裤,其中,有一套精美的黑色丝质内衣配上我的新裙子简直天衣无缝。我从未穿过这么奢华的内衣,穿上它的那一刻,我才真正懂得什么叫成熟的魅力。我抚摸着它的面料,轻触那几片精心缝制上去的蕾丝,对着试衣间的全身镜感叹,自己终于变成那个自己一直想要成为的女人了。我想起之前读过的一篇文章,说的是一套体验感良好的内衣会让成功女性倍感自信。虽然听着像是一派胡言,但一想到自己严肃的

---

① 英国知名内衣品牌,主营大尺码大罩杯的女性内衣。

外表下，隐藏着成套的性感装束，这何尝不是一种放肆且不为人知的性感？

在返回律所的出租车上，我的臂弯里已多了两大袋看上去价格不菲的东西。我在林肯律师学院附近下了车，穿过一片漂亮的小花园。过去我总觉得这里很不友好，四处可见写着"勿踩草坪"的警示牌，让人不禁怀疑周围一定埋伏着一双双监视的眼睛。如今的它，在我眼里不过是一个陌生的传统花园，甚至让人耳目一新，并且乐在其中。我大胆预测着今晚将发生什么，朱利安和我又将擦出怎样的火花。那一晚的缠绵至今还历历在目，每每想起，都令我血流加速。我发现自己是喜欢他的，而且不是一般的喜欢。想到这儿，我不禁笑出声来。

我身上背着重重的挎包和律师公文包，臂弯里挎着两个装满新鲜"战利品"的漂亮袋子，在门口差点儿撞上一位名叫休·道尔顿（Hugh Dalton）的皇家律师。他先是吓了一跳，但很快就缓过神来。

"恩斯勒女士，我正要找你呢。我刚从你的律所出来。"

这回轮到我犯迷糊了，甚至还有点儿担心。道尔顿为何要找我？

他一定是从我的脸上看出了我的焦虑。于是他面带微笑、和蔼可亲地说道："我有一个提议。我们不妨到那边去说，好吗？"

他移步到路边，我恭敬地跟在他身后，脚底下的碎石被踩得沙沙作响。接着，道尔顿用他悦耳的嗓音流畅地说出如下这段话。

"我就开门见山了，恩斯勒女士。我们律所有一间办公室还空着，我们想找一位有竞争力的年轻律师一起共事。我们希望那个人是你。"

他一定知道这对我来说是个大好的机会。他笑脸盈盈地看着我,对自己能够为我带来这个令人振奋的好消息而沾沾自喜。我吃惊得一时说不出话来。这一切都是真的吗?

"我受宠若惊。"

道尔顿充满期待地望着我,说道:"我想,你一定知道这个消息要暂时保密。"

我疯狂地点头表示肯定。他继续说道:"你的表现没有逃过我们的眼睛,确切地说,是我的眼睛。你近期赢了好几件复杂的案子,而且还获得一个重要奖项的提名。"

他停顿片刻,我趁机打起了腹稿,还没等我给出回应,他又继续说道:"我们一致认为,你的加入将会为我们双方都带来利益。"

终于轮到我开口了:"感谢您的好意,先生。"

我心里不停地盘算着,去这家顶尖的律所,办公室租金会比目前高出许多,将远远超过我的收入。道尔顿仍不放弃,他将身体的重心从一只脚转移到另一只脚上,又增加了一些手部动作。

"或许,你下周可以顺道来喝杯咖啡?"

我无言以对。只听见脑子里有一个声音在训斥我:"拜托你点个头说声'谢谢'吧。"

"十分感谢,道尔顿先生。"

他从口袋里掏出一张名片,上面有他的联系方式。我伸手接过来,道尔顿不自觉地注意到我手里的两个大袋子。我低头一看,脸唰地一下红了,因为其中一个袋子上用一种常见于床上用品的性感字体印着"贴身内衣"几个字。他并没有做过多猜测,我连忙害羞地把它藏到另一个袋子的后面。

"我期待你的答复。"

他说完就走了。林肯学院里遍布着大大小小的公共花园，你可以随心所欲地踏上任何一片草坪。我如孩子一般叛逆地在草地上跳来跳去。我感到既兴奋又吃惊，脑子里不停地思考着要如何做选择。

假如我和朱利安的关系有所进展，我就不得不考虑换一家律所，不是吗？一对男女朋友在同一家律所会有很多麻烦，况且他在这家律所的资历比我老。"别胡思乱想了。该死，你们之间八字还没一撇呢！再说，以你目前的收入根本承担不起在新律所的租金和费用。"

我几乎是偷偷溜回律所的，当然，这件事我无法跟任何人谈。道尔顿所在的律所承担过不少激动人心的维权案子，还处理过一些极其复杂的国际业务。他们的邀请使我倍感荣幸。但当我一回到律所，现实告诉我目前的收入不允许我动别的心思。我不希望比现在更加辛苦地赚钱，去支付高昂的办公费用。那样的话，我的经济压力会很大，我必须没日没夜地工作，连假都不敢请。再说，那里的办公室大得吓人，我在里面没准儿会迷路。我喜欢目前的办公室，这里就像我的另一个家。我提醒自己，千万别跟任何人提起这件事，否则，大家会以为我真动了跳槽的心思。

第十八章

律所里没有全身镜,我只有一面可以拿在手上的小镜子。我扯掉新内衣的标签,脱掉身上的衣服以及那套洗得发白的旧内衣。新内衣的肩带已被刚才那位店员调整到合适的长度,只需轻轻一扣就能完美地穿在身上。我对镜欣赏着这套新内衣,还没来得及套上那条新裙子,就听见有人在敲门。我急忙大喊:"稍等,我在换衣服。"

门外传来爱丽丝的声音:"只有我,没有别人。"

我毫不费力地穿上那条裙子,赶紧将爱丽丝请进门,心想,被她发现我"全副武装"去赴约一定会很尴尬。爱丽丝被眼前的一幕惊呆了。

"哇,你今晚有活动吗?"

我点了点头。幸亏她没有多想。

"你看起来棒极了,想不到,你打扮起来会这么好看。"

听她这么说,我多少有点儿不高兴。但老实说,我自己也没想到。我已经习惯了和其他女律师一样,身着西装、表情冷漠,几乎把所有性感装备都留到约会和泡吧时使用。爱丽丝告诉我她要出去一趟,并且想要回之前借给我的那本关于侵权的书。那本书一直原封不动地放着,找起来一点儿也不难。我把书递给她,她又多看了两眼我的裙子,顿时恍然大悟。

"难道是佳人有约?"

我白了她一眼。

"当然不是。"

我不明白自己为何要否认。我完全可以大方地承认,但不必告诉她对方是谁。可转念一想,朱利安是她的好朋友,而且她不止一次地向我抱怨过她的朋友都已结婚生子,只有她还在干着急。况且,在这个节骨眼上,实在不适合提这件事,因为这不是一两句话能说得清的。再说,她一直认为自己在约会这件事上绝不会输给我,而我莫名地接受了这一看法,或许这就是事实吧。总之,今晚这么兴奋完全不是我的风格。

爱丽丝还不肯走。

"今晚要参加什么活动?"

我反应迅速。

"画廊之类的。"

她愣了一下。我这才想起,我们俩之间的话题从未涉及任何画廊,只好假装不耐烦道:"我不是跟你说过,我有一个朋友要办画展嘛。"

她假装想起来了,我差点儿以为她会提出跟我一起去,好在她没有。

爱丽丝终于走了。我穿上鞋子,快步朝洗手间走去。洗手间没有全身镜，我只能站在马桶上查看这条裙子的下半身是什么效果。我看了看时间，然后打开化妆包准备化妆。此时的我就像个奇怪的结合体，骨子里仍是严肃认真的女律师，外表却已换上放松大胆的皮囊，这种感觉很奇妙。我开始蠢蠢欲动，先是为自己化了个底妆，再整理了一下发型，然后丝滑地涂上一层鲜红的口红，用纸巾吸去多余的油脂，再轻轻地盖上一层。刷完睫毛膏，整个妆容就算完成了。我退后一步，欣赏着镜中的自己。我放松地拍了一张自拍照，并把它发给米娅，邮件的主题就叫"约会之夜"。我知道她没那么快查看，但我实在太喜欢这张照片了。

从律所出来时，我没有遇见任何人。接待处的海莉早早就回家了，按照惯例，其余的人这会儿都在酒吧里喝酒（这里面当然不包括回家陪老婆孩子的亚当）。我放在律所的这双鞋子与我的裙子简直绝配。由于这双鞋我只穿过一次，鞋后跟的部位仍有一点儿磨脚，所以穿上它之后，我只能缓慢地行走。然而，这个速度刚好适合我今晚的心情和这条漂亮的裙子，能让我一路自信起来，尽管从律所到那家新开的日本餐厅不过短短几分钟路程。

我拐了个弯，发现那家餐厅的入口就在不远处。朱利安已经看见我了。他是不是多看了我两眼？他冲我笑了一下，默默地说了句"该死"，立刻朝我走了过来。

"你今晚简直太性感了。"

我扭捏了一下，说道："谢谢。"

不知不觉间，这句话被我说得风情万种。我发觉他正在用眼神勾勒我这条裙子的线条。这一刻，我完全掌握了主动权，即使像朱利安这种充满自信的男人也会紧张到哑口无言。

他半天才说出一句话："天啊。"

他靠了过来,眼神挑逗,轻咬着下唇。

"我预约了座位。"

"好极了。"

他假装绅士地让我走在前面,其实是想从身后打量我,用眼神掠过我身体的每一寸。而我很享受这种感觉。女人是一种奇怪的生物,有时只需一套杀伤力十足的衣服、一副性感的妆容,外加一双高跟鞋,就觉得自己无所不能了。然而,当一切条件都具备,你又开始担心这一切会转瞬即逝,仿佛自己抓住了什么不该抓住的东西。这并不仅仅是因为魅力无法永存,而且因为你无法控制这些因素——既无法保证皮肤永远光洁如初,也无法让月经前期的体态不臃肿。因为这一切都是由一种无可名状的内在能量在控制,它是所有因素的总和,而你只能接受和利用它。你既兴奋又赞叹,还有一点儿想要抓住它。这就跟我在法庭上知道自己有把握能打赢一场官司的感觉一模一样。既然胜券在握,就尽情享受这一刻,不必急于求成。这是一种奇怪的权力感,感觉自己拥有一切能力,同时又无须对任何人隐藏。

眼下,轮到我来享受朱利安对我的敬畏了。我差点儿就忘乎所以地告诉他,道尔顿来找过我,幸亏我最终忍住了。因为我们之间始终存在竞争,即便我十分热衷这种竞争。朱利安比我年长几岁,经验自然更加丰富,但我并没有因此认输,而是一心想迎头赶上。有一点我非常欣赏他,那就是他不会被聪明的女人吓倒,这也为他赢得了不少印象分。

朱利安环顾这家餐厅,高兴地宣布,这里没有我们认识的人。我本想点不加冰的清酒,结果我头一回见识到那么多种类的清酒。然而,朱利安非常专业地和服务员商量起来,我不禁怀疑他是这里的常客。他前几次都是和谁来的？难不成也是约会？顿时，我的心里很不是滋味。是出于好奇吗？不，这显然是嫉妒心在作祟。天啊，我这是怎么了？

对于朱利安后面说的话，我一句也没听进去。我们坐得很近，中间只隔了一张小小的原木餐桌。清酒端上来以后，他先是替我倒了一杯，随后又用手势提醒我学他的样子给他也倒一杯。据说，这是日本的用餐传统。无论他多么热情健谈，那名女服务员都乐意奉陪，这就是朱利安的人格魅力。他婉转地将话题带到我们的工作上，说我俩都是律师，刚刚结束一周繁重的工作。那名身材娇小、皮肤白皙的女服务员一边放下手里的菜单，一边迅速瞥了我一眼。在她的眼里，我们应该是一对情侣。我看出她在思考着什么，因为当朱利安冲她微笑时，她稍稍皱了一下眉头。我瞬间读懂了她的想法——朱利安表面随和，笑容里却包含着一些其他的东西，比如对她的期待，以及一丝傲慢的慷慨。朱利安是想向我证明，他并不歧视服务行业的人，还是在和她调情？女服务员稍稍绷直了一下脖子，用几乎令人察觉不到的方式瞥了我一眼。我明白朱利安的意图，他在向我展示，他并不是我想象中那种带有阶级主义偏见的人。他在竭力证明自己是个好人。

一阵轻微的反冲之后，那杯清酒不仅温暖了我的口腔，还沿着我的喉咙直下，温暖了我的全身。在这一点上，朱利安和我又同步了。他问我今天过得怎么样，我用尽可能轻松的语气与他分享我一天的工作，其中穿插了几个关于其他律师的圈内笑话。朱利安耐心倾听，并适时地表现出兴趣，时不时地探过身来一问究竟。此刻，他所有的注意力都集中在我身上，眼神热切而专注。若不是清酒的缘故，我一定会非常难为情，但眼下我很享受他的关注。

在等待上菜的时候,朱利安把一只手放在我的小臂上,一股电流瞬间流过我的全身。这种感觉和几天前一模一样。我在心里倒吸了一口气,手臂下意识地动了一下,随后,又被前来上菜的服务员吓得一惊一乍。摆在我们中间的有寿司和生鱼片、清酒、五香豆,以及不同种类的蔬菜和鱼肉,每一盘食物的摆盘都设计得小巧且令人惊艳。朱利安拿起筷子,熟练地操作起来。我不顾尴尬,向服务员要了一把叉子,心想朱利安肯定会笑话我。殊不知,他吃饭的时候简直像变了一个人。

他一整周都不在伦敦,而是跟随一起案子巡回出庭。那是一起谋杀案,目击证人的指认掺着复杂的利益关系。我听得全神贯注。

我们一杯接着一杯地喝着清酒,我喜欢它温暖醇厚的口感,入喉时如糖浆一般丝滑。朱利安向我详细描述控方在这个案子中出现的严重失误,我不时发出一阵笑声,这一反应令他十分欣喜。他用筷子夹起一块食物送过来,我默默地张开嘴。他瞳孔放大,嘴唇微张,一脸渴望地把食物喂进我嘴里。我顾不上辨别嘴里的食物,就一口吞了下去。我感觉到他的一条腿在桌子下面向我靠了过来。

正当朱利安把下一块美食送进我嘴里的时候,那名女服务员走了过来,我没办法说话,朱利安则完全没有注意到她的存在。女服务员见时机不对,又快速走开了。我忽然反应过来,餐厅是个公共场所。一块细布屏风把我们和其他客人隔开了。我偷偷看了一眼屏风后面,发现没有我认识的人。然而,刚才那一刻已被打断,朱利安不再给我喂食,只是他的那条腿还在不断地向我逼近。

我看见朱利安做了个手势,示意服务员再给我们上一些清酒。

我跟他分享了在一次研讨会上做过的练习。所有律师都必须观看一段街头犯罪的录像,而且要看两遍。作为律师,我们当然知道测试的内容就在这段录像里,我们都清楚接下去要做什么。看完录像,我们每个人都要完成一张问卷,而且必须独立完成,不能交流答案。

朱利安一下子就明白了。

"啊,就像证人出庭做证一样,彼此不能串供。"

"没错。于是,我们各自完成了那份问卷。我对大部分答案十分肯定,只有几处不确定,但经过一番思考,还是能勉强回忆起来。"

我停下来,喝了一点儿清酒。朱利安插话道:"你肯定全答对了。"

"不,还是出错了。"

"不会吧,杰出律师泰莎·恩斯勒居然也会犯错?"

"杰出"这两个字深得我心,我预感到在接下来的几天里,我还会不断地重温这句话。朱利安·布鲁克斯,一个水平和资历都在我之上,父亲是鼎鼎大名的皇家律师的人,居然称我为"杰出律师"。

"不,朱利安。最令人震惊的是,没有一个人的正确率达到40%以上。"

这个结果出乎朱利安的意料。

"问题里设了不少陷阱吧?"

"没有陷阱。这个练习就是为了证明所有的身份证据都是有缺陷的。即使是一群目标明确的律师,也无法将所有细节记得一清二楚。我们一群人坐在那里,在处理证据方面个个训练有素,也都事先知道如何避免不可靠的身份证据,却怎么也想不到,自己会在这个环节上表现得如此不可靠。"

朱利安笑着摇头。

"不可能,出题的人绝对动了手脚。"

不知为什么,我被他的反应给激怒了,声音瞬间提高了八度。

"我们是自己对着录像改的答案。我连那辆汽车的颜色都记错了。事实就摆在那儿。"

他摆了摆手,拒绝接受这一结论。

"我不知道。换作我肯定记得住。"

我无奈地张大了嘴,开玩笑地在他的小臂上拍了一下。

"什么意思,难道你觉得自己比当天在场的所有律师都厉害?"

他一边点头,一边又为我倒了些清酒,然后笑着跟我分享了一个关于他客户的故事。他一边说着,一边不时地用手去拨弄头发,眼神充满挑逗。他的腿依然紧贴着我的腿,说话的语气却丝毫不受影响,甚至还绘声绘色地加了不少表情。每喝一口酒,我们都会先轻轻地碰一下杯。我感觉到一种久违的熟悉感,既为将要发生的事情感到兴奋,又对目前的对话感到安心。我没想到自己会这么喜欢和朱利安探讨法律问题。我通常只跟亚当讨论工作上的事,我们在深挖案子背后的信息上很有默契,这一做法通常能为当事人的行为提供不少解释。与朱利安聊工作则是一种完全不同的愉快经历。他会从自己的视角,把故事讲得生动有趣,叙述过程中少不了一些夸张的白眼和突如其来的搞笑,以及经常挖苦自己与客户的立场相差万里。如果说那一晚的亲密接触他展现给我的是柔软脆弱的一面,那么,此时他展现的又是完全不同的一面。我感受到一种先前认为不存在的东西,那就是他对自己所处的社会地位的认知。他从不降低自己的身份去迎合别人,这一点非常吸引我。

我看着朱利安,听他侃侃而谈,突然想到,他的叙述从不感情用事,这对听众来说是何等的轻松。他巧妙避开了多愁善感,只保留娱乐的部分。并不是每一个案子都令人唏嘘,我们也犯不着为每一个当事人的处境全情投入。

我欣赏他能够从故事中抽离出来,这样的分享使那些案子听起来不至于太沉重。我从中学到不少,至少,我可以更轻松地面对每一个案子,不再那么紧张。我需要做到更加去个人化。

或许朱利安是有意教我学会如何放松。

也可能一切只是清酒在作祟。

我的血流开始加速。朱利安已经交代了故事的时间、场景以及那位难搞的法官,其中不乏让我发笑的细节。他说在法庭外面有位女士怀里的婴儿差点儿吐了他一身。我脑海里想象着朱利安被自己那身名牌西服上的呕吐物吓到的样子。我本想放声大笑,可马上又想到谢丽尔,想象她有一天也可能怀抱着呕吐的婴儿站在法庭外,焦急地等待着约翰尼触犯法律的结果。面对像朱利安这样的人冲她发火,她该多么害怕,又该多么紧张,她可能会在众目睽睽之下失去她本该拥有的权力与主张。想到这里,我不知不觉又多喝了几杯清酒。朱利安被我之前的笑声鼓舞,越发兴奋地讲述着他的故事。

故事越来越吸引人。

"我在拘留室见完当事人,出来时发现他的家人全都在等我。他们都快急疯了。那位父亲大概是一位牧师,一位虔诚的基督徒,属于五旬节派信徒,他们全家都是。我被他们团团围住,那位母亲哭得稀里哗啦,女儿也跟着一起哭。他们还有另外五个兄弟姐妹,外加一位叔叔守候在前厅。"

"那个女儿,一定很漂亮吧?"

我一脸坏笑地看着他。

他笑着说道:"她20来岁,一边哭一边扯着我的衣袖。我最不擅长处理家属的情绪,心里不停地骂亚当,将这么重的任务丢给我。"

"这个案子一开始是亚当接的吗?"

"是啊。开庭那天正巧遇上他的妻子分娩。"

我点了点头。听上去像是亚当会接的案子。

朱利安似乎读懂了我的心思,继续说道:"亚当老是接这种法律援助案!救命啊!原来这个案子来自教会的法律中心,他们看准了亚当有一颗仁慈的心。那位父亲一边祷告一边告诉我,被告是个好孩子,诸如'我的孩子绝不可能干这种事'之类的话。他的妻子抱着我的律师袍放声大哭,那个妹妹几乎整个人挂在我身上。警方的记录表明,当天有三个人参与了银行抢劫。警方突击搜查了当事人的房子,找到了与案发现场留下的脚印相符的那双球鞋。"

我一边点头,一边等着剧情的反转。

"我通读了亚当的笔记。亚当的辩护思路很清晰,他把一切都计划好了。至于那双球鞋，亚当准备了充足的证据证明那是一双销量很高的球鞋，和它同品牌、同款式、同颜色的鞋子在英国随处可见，几乎人手一双。由此可见，这个证据并不充分。被告所在的街区，几乎人人都穿这样的鞋。在笔记里，亚当列举了警方一直在针对该地区黑人的详细情况，甚至提供了一位法官在法庭上针对这一现象做出的评论。说起这位法官，你认识艾德（Ad）吗？"

我笑了一下。

朱利安继续说道："于是，我就去拘留室见了这个当事人。由于案情严重，他被拒绝保释。这孩子刚满18岁，一脸惊恐，瞪大眼睛看着我，眼神中满是哀求，仿佛在求我救救他。他基本上连胡子都不太会刮，下巴上还有几处刮胡子留下的小伤口，看上去顶多也就15岁。我对他说，如果他被判有罪，就一定会坐牢，如果他主动认罪，刑期会相对短一点。他哭得泪流满面。我又对他说'别担心'，我们不见得会输，我建议做无罪辩护。于是我把流程走了一遍，告诉他，我将为他辩护，除非他还有什么话要说，否则我就要进行下一个流程了。他睁着一双小狗一样的大眼睛，拼命地冲我点头，一遍又一遍地说着'我什么也没干，那不是我干的'，一个劲儿地恳求我，问我'他们为何说是我干的'。"

朱利安用筷子夹起一小片生鱼片朝我的嘴送来。我们四目相望。那片生鱼片顺利进入我的口腔。

"案发当天，那个孩子什么也没干，乖乖在家里帮母亲做家务。他父亲去了教堂。他很爱自己的家人。我突然对自己说，'管他呢，我这次一定要把控方的证据搞砸'。事实很明显，这个孩子与本案无关。"

他战术性地停顿了一下,吊足了我的胃口。

"于是,我在法庭外叫住那位愁得满脸皱纹的父亲,对他说,我会尽力为他的孩子辩护。他们全家人,尤其是那几个孩子,眼巴巴地望着我,仿佛我会施什么魔法。我感到司法体系的重担压在我的肩上。那一刻,我就是亚当。该死,我甚至变成了你。"

他向我抛来一个暧昧的眼神。我很享受当下这个氛围。

"我为开庭做足了准备。陪审团宣誓就位。早在宣读庭审程序的时候,我就已经燃起来了,感觉肚子里有一团火在熊熊燃烧。我已经很久没有这种感觉了。"

此时,那名女服务员又出现了,礼貌地问我们,对今晚的饭菜是否满意。我简单地给了个好评,朱利安向她要了账单。她比刚才多了几分焦虑,对我们也不似先前那么热情了。是紧张的缘故吗?她把账单放在朱利安面前。朱利安迅速掏出一张信用卡,将它放进那个皮质的付款袋里,连账单都懒得看。他把账单夹交还给那名女服务员,顺势碰了一下她的手,说:"别忘了给自己多刷 30% 的小费。"

他一定是想用一大笔小费来让人记住他,也可能他是想证明自己的地位?女服务员的脸上露出不愉快的表情,但很快就消失了。我虽然有些醉了,但仍然敬业地想知道这个故事的结局。

"继续说呀,后来又发生了什么?"

朱利安喝完最后一口清酒,说道:"公诉人突然提出,他们刚拿到一份新的证据,很显然,他们拿到的是案发时的监控录像。此前,那个柜台主任一直以为监控摄像头没有开。他们说上面有拍摄日期。我拿到了其中一份备份。法官宣布暂时休庭。我急忙回到更衣室,在电脑上将它从头到尾看了一遍。这一看差点儿没把我气死。在镜头前拿着一把刀晃来晃去的那个人分明就是我的当事人。"

他继续说道："我冲到楼下的拘留室，把录像放给他看，仔细观察他观看录像时的表情。他一动不动，依旧是一脸的稚气和无辜。他从头看到尾，眼睛都不眨一下，直到结束时才转过头来对我说——他原话是这么说的，'可是录像里的那个人有山羊胡子'。"

我深表同情地叹了一口气。

"我忍不住发飙了。我对他说，难道你想让我回到法庭上，告诉陪审团和法官，监控录像里的那个人不是你？他没有躲避我的眼睛，而是愣愣地看着我。我必须把话说得更明白。我说，'朋友，我是站在你这边的。可就连我都看得出来，那个人就是你'。他还在犹豫不决。我猛地站了起来，说道：'真该死，你下巴上明明有刮胡子留下的伤口！谁不知道山羊胡子是可以刮掉的？'他这才叹了一口气。可见之前那一套全是他演出来的。"

听完，我笑个不停，我们都经历过类似的案件。看着他们从"我是被冤枉的"变成"我玩儿完了"是一件令人崩溃的事。

我对朱利安说："他当时一定吓坏了。"

朱利安气得提高了音调。

"并没有。他立马不再装模作样，而是换了一种声音，平静地说道：'看来是时候主动认罪了。'你别看他清清白白没有前科，却把我耍得团团转。很显然，他虽然没有犯罪记录，但干起坏事来绝对是个老手。"

看到他沦为那个小孩的手下败将，我竟然有些幸灾乐祸。毕竟，骗倒一个经验丰富的刑辩律师可不是件容易的事。入行这么多年，我们还会时不时为一些侵犯人权的案子义愤填膺。我们一直将自己视为替弱势群体和蒙冤之人打抱不平的斗士。然而，一旦发现自己被信任的客户彻底欺骗或利用，我们会感到莫名的羞辱。尽管我们经常提醒自己，律师只负责替客户发声，无权做任何评判，可事实上，每当我们认为某人很可能是无辜的，是系统偏差、种族歧视和公检部门草率定论的受害者，我们就会变得满腔热血、斗志昂扬，觉得自己的工作是有价值的。虽然这种情节往往只出现在影视剧里和少数英雄人物身上，但在私底下，我们却一直希望能通过一些判例、庭审和案件，来证明自己改变了这个世界。虽然我们表面看起来个个都玩世不恭、愤世嫉俗，但其实我们迫切地想要证明法律是惩恶扬善的工具。

我刚入行时，一位年长的律师曾对我说，她越是认定自己的当事人是清白的，在法庭上就越紧张害怕。如今，我对这句话已深有体会。我们的工作，通常就是对证据提出疑问，追究司法系统的责任，在法庭上强调正当程序，以保护当事人的合法权益。我们从不深究他们到底是不是清白的，而是尽到以上义务，由法庭来做出判决。

但是，如果我们受当事人的影响太深，对他们的清白深信不疑，那么我们就成了为他们争取人身自由的唯一希望。在这种情况下，出庭是最令我们害怕的。

在那些输掉的案子中，总有一两件会一直困扰着我们。即使事后我们会安慰自己，或许当事人不是被冤枉的，而是罪有应得。因为我们错误地认为自己理应帮他们脱罪。一旦我们确信他们是无辜的，那么，打输官司对我们自己和当事人来说就都是灾难性的打击。这件事会让我们夜不能寐，甚至恨那些公诉人随随便便就提起诉讼。这时候,只有我们的律师同行才能帮我们从无限自责中解脱出来,我们可以建议当事人提出上诉,而且不用说也知道,这一次必须由其他律师接手,因为我们知道自己投入太多,是时候放手了。

尽管我们做的都是"客观"陈述,是法庭上的"工具人",并且经常莫名其妙地以"我们并不重要,只是一个叙事者"来自我催眠,但我们终究是个普通人,无法时刻预知自己的情绪反应。当事人获得律师的好感与同情,其原因和方式并无规律可循,可一旦形成这样的局面就危险了。这种危险并不只针对律师,也包括当事人本人,因为律师如果过于依赖当事人的陈述,就不会再从控方的角度去分析案情,就会失去有效辩护所需的客观冷静。讽刺的是,只有杜绝情感上的投入,你才能为当事人提供最好的辩护。

一群律师能玩到一起是有原因的。因为这种依法受制于各种原则和职业操守的无奈只有我们自己才能体会。《每日电讯报》(*The Daily Telegragh*)刊登过一篇指责律师破坏公共安全的文章,对于那些读过这篇文章的外行人,我们很难做出回应。一开始我们难免会因此而愤愤不平,到后来就渐渐把这口气咽到肚子里了,只能抛开对这类问题的强烈不满,微笑着回应那些亲戚朋友或是大学里其他专业的同学:"这实际上要比报纸上说得复杂得多。"然后迅速转移话题。在任何选举之前,全国上下都会围绕法律与秩序发表各种说辞,发泄对满大街都是罪犯的不满。然而,在法庭上成为被告的,大多是因贫困、弱势、受到歧视和无能为力而触犯刑法的底层人民。诚然,我们不能总是为罪犯找理由,但至少在喊他们"罪犯"之前,应该先让他们有机会在各方面享受平等的待遇。并非所有犯罪都源于贫穷和迫不得已,还有很多是明知故犯;并非所有当事人都和托尼一样傻人有傻福,也不是所有人都和我哥一样倒霉。当事情不是绝对的时候,一切就很难评说。每个人都在做是非对错、非此即彼的选择题。他们相信,一个人不是无罪的就是有罪的,认为世上只存在两种人——同类和异类——姑且称之为"我们"和"他们"。可是,当我们自己有一天变成"他们"时,对错就更难分辨了。

我显然高估了自己的酒量。朱利安扶我站起来,瞥了一眼四周,小声嘟囔着:"糟糕,遇见熟人了,是咱们律所楼上的安德森(Anderson)、莫索普(Mossop)和那个经常跟他们在一起的朋友。"

我完全理解他为何如此慌张,毕竟,谁都不想被律所的皇家律师们发现自己出来约会,而且还喝得醉醺醺的。此时,我也只能傻笑着靠在朱利安身上,虽然他也好不到哪儿去,我们连站都站不稳。我看见远处有三个神情严肃的男人在用餐。三个大男人硬生生地挤在一张小小的原木桌旁,别提有多别扭了。他们全都打着领带、戴着眼镜,在不熟的人眼里,这三位的长相简直如出一辙。只有我们这些在法庭上抬头不见低头见的人,才能分辨出他们之间的细微差别,尽管他们很可能根本就不认识我们。

刚才那名女服务员突然冒了出来,一个劲儿地表示感谢。我猜,刚才那笔小费一定很可观。

我们低着头默默地朝门口走去。其间朱利安不知说了句什么,把我逗得差点儿笑出声来。刚一出门,他二话不说就吻了我,吻得热烈而缠绵,他紧贴着我的身体也随之有节奏地起伏。

我听见自己含糊不清地建议道:"我们得找个地方。"

我们再度接吻。他温柔地拨开挡在我脸上的几缕头发,说道:"我们叫一辆车去你家吧。"

我完全没有思想准备,然而我的嘴已经被吻住了,只好一边点头,一边回忆早上出门时家里有多凌乱——衣服丢得到处都是,厨房里堆满待洗的盘子。

"我们去高档餐厅吃点儿冰激凌吧。"

我再次被他吻得无法呼吸。我想伸手去抱他,无奈整个身体已被他紧紧搂住。我们相拥着走向附近的一家冰激凌店。

店内灯火通明。我一心想速战速决,朱利安则在各种新奇的口味之间举棋不定。我定了定神,感觉到一种难得的放松,从头到脚都是轻飘飘的。趁朱利安与店员交流之际,我隔着衬衫抚摸着他的背,指尖滑过他的背脊,他条件反射地抖了一下。一想到他今晚很可能会在我家过夜,眼前的景象似乎瞬间被快进到了明天。我仿佛看见我们漫步到诺丁山去吃早餐,他一定会爱上那里的咖啡馆,我们还可以顺便逛一逛附近的早市。

他每颤动一下,我的脑子里就浮现出一幅我们共进早餐的画面。看来我是真的喜欢上他了。或许这就是人们常说的日久生情。两人天天在一起工作,有说有笑,志同道合,自然而然就走到一起了。

我将手伸到他脖子后面,他也自然地将一只手搭在我的手上。

从冰激凌店出来,朱利安又走进一家商店,买了两瓶昂贵的红酒,然后向我要了公寓的地址。很快,我们就坐上了一辆银色的普锐斯,司机委婉地笑我们喝醉的样子很有趣。车子一路向西,飞快地驶过伦敦的大街小巷。还没等我把后座的安全带调整好,朱利安就又吻了上来。我惊讶于他娴熟的吻技,转念一想,觉得这或许是他这类男人的必修课,就跟学习拉丁语和板球一样。他们被精心打造成备受女性青睐的贵公子,以确保将来的婚姻门当户对。他突然停了下来,看着我的脸说:"你这个该死的接吻高手。"

我立刻停止了短暂的愤世嫉俗,一把将他拉了过来,不再感到难为情,也不再胡思乱想,一心只想贴着他温暖而性感的身体,牢牢地将他吻住。

在上楼梯的过程中,我渐渐意识到自己已醉得不轻。然而,一打开房门——朱利安从身后紧紧地抱着我,下半身几乎和我贴在了一起——面对一屋子的脏乱,我顿时酒醒了一大半。门边堆着几个外卖的打包盒,客厅里随处可见乱丢的衣服。我把朱利安挡在门外,告诉他,等我收拾好了再进来,他拒绝了。于是我让他闭上眼睛,先把他带到厨房,求他在那里等我几分钟。我虽然酒醒了,但脚下仍有些不稳,好不容易才把那些衣服都踢到沙发下面,又把其他东西收拾了一番。一切就绪,我喊朱利安出来,却听见厨房里传来拔出瓶塞的声音。

"你不是喜欢酷玩乐队(Coldplay)吗?"

我微笑着问了他这个问题,本想提醒他几周前他在酒吧里跟着那首 *Yellow*(《黄》)载歌载舞的样子,嘲笑他"虽然外表时髦,骨子里却是个'酷玩'迷"。没想到他一点儿也不否认,并且打趣地回答道:"如假包换。"

我拿起手机,打开蓝牙,对家里那台智能音箱发出指令:

"Alexa，播放酷玩乐队的歌曲。"

随着音乐声响起，朱利安神奇地出现在画面里，手里多了两只酒杯、一瓶打开的葡萄酒、两把勺子和一盒冰激凌。我一把扔掉手机，和他一起把茶几挪得近一点儿，看着他把酒倒进酒杯里。那盒冰激凌的口味是我以前从没尝过的。这张宽大豪华的沙发是这间公寓里我最喜欢待的地方，也是我最任性奢侈的一笔消费。我整个人陷进沙发里，他毫不犹豫地跟了过来，紧挨着我坐下，指尖在我的大腿上游走，瞬间勾起了我很多回忆。上一次，我俩也是这样并肩坐在沙发上，不同的是，这一次我们不是在他的办公室，而是在我的公寓里，坐在我的沙发上。今晚的他看起来很不一样，具体哪里不同，我也说不上来。他停止手上的动作，打开那盒冰激凌，开始你一勺我一勺地喂吃冰激凌。随着冰激凌一口接一口地滑进我嘴里，我感觉两片嘴唇凉飕飕的。吃完冰激凌，我们又各自喝了一大口红酒，然后情不自禁地吻了起来。冰激凌的冰凉，加上红酒的温润，使这个吻格外甜美和亲密。我们又为自己倒了一些红酒，朱利安的话渐渐少了。我试着重新开始聊天。

"跟我聊一聊你的事情吧。"

"你想听什么？"

我的语气和眼神瞬间变得不老实起来。

"最好是能让我佩服的。"

朱利安想了一下。

"好吧。那天，我们在律所聊完无偿法律服务后不久，我就报名参加了一个为无家可归者提供法律服务的项目。"

我高兴坏了。

"太赞了!"

我忍不住夸张地表扬了他,他笑了。

"没什么好激动的,也就一个月接手一个案子吧。"

我打心眼儿里喜欢这个全新的朱利安,尤其是他毫不张扬地默默做出改变,仿佛正在将自己有意无意地变成我欣赏的样子。我们很快就喝完了一瓶酒,于是,他又起身去厨房拿来另一瓶。我此刻已被他迷得神魂颠倒,恨不得用眼神将他的衣服扒光。他为我倒了一杯酒,还没等我喝上一口,就将我一把抱了起来,转了个方向,与他面对面地坐在沙发上。他全程毫不费力,岂止是强壮,简直是性张力拉满。

"看来有人一直在健身哟。"

他已没心思聊天,而是深情地吻着我的脖子,又一路吻到嘴唇,再到耳朵。他的手已不知不觉伸进了我的裙子。我深吸了一口气,轻轻将他拨开,起身为自己倒了一杯酒,开始有一搭没一搭地问起他家里的情况以及他父亲的律所,接着,又把话题扯到他的情感经历上。他被我问得心烦意乱,不耐烦地喘着粗气,随口说了一句"确实交过不少"。我惊讶不已,除了几个交往时间不长的女朋友,他还谈过几段较长的恋爱,萍水相逢的情人更是多到数不胜数。反观我自己,只谈过一段相当长的恋爱,其余是没有感情的性伴侣,以及一个差点儿交往的对象。我尽量轻描淡写,他却频频点头,仿佛早就料到我有丰富的性史。对此,我并不感到奇怪,只是在潜意识里提醒自己,他显然考虑过这个问题。

我们又聊了一会儿,直到喝光了第二瓶酒。不知不觉中,我们的身体已缠绕在一起。朱利安中途停顿了片刻,他脱掉衬衫,拉下裤子拉链，接下来发生的事情便可想而知了。我一把将他拉近，迷乱之中，发现他已经熟练地脱去了我的裙子；一低头才发现，我的文胸早已不知去向，一对乳房正被他托在手上，等待迎接他的热吻。我们用双手抚慰着彼此的身体，气氛比那一晚在律所还要热烈，虽不及上一次温柔，兴奋度却有增无减。我一边接吻，一边感觉头晕目眩。

醉人的究竟是吻，还是酒？

我记不清朱利安是怎么把我带进卧室的，反正公寓就这么大，他很快就熟门熟路了。我们双双躺在床上，我甚至都没有注意到早上起来后没有铺床，不过一切都无所谓了。此时的我们犹如干柴烈火，恨不得下一秒就开始做爱。这一次他依然很自信，也依旧很渴望我的身体。

做爱的时候我全程闭着眼。

激情过后，我们累得连话都懒得说，以一种奇怪的睡姿，互相纠缠着躺在床上，身下连床单和被套都不剩。

我们一定是睡着了，直到凌晨两点，我被迫醒来，发现他的手正在急切地探寻着我的身体。我转身面向他，他用力地吻了上来，此刻的他已完全清醒。我抚摸着他，身体渐渐靠了上去。我们居然如此同频，如此甚好。我用身体告诉他"我想要"。然而下一秒，我突然感觉到一阵强烈的……呕吐感袭来。情急之下，我连滚带爬地从床上下来，踉踉跄跄地冲进浴室，对着马桶一阵狂吐，几乎把五脏六腑都吐出来了。一时间，所有的感官都被打开了——我不仅能闻到马桶里的潮气，还感觉到喉咙一阵刺痛，太阳穴突突直跳。我低头看了一眼自己。

天啊，我居然赤身裸体地蹲在地上。

床上的朱利安听见了我的呕吐声，于是大声问道："你还好吗？"

我绝望地装作没事的样子，尽量以一种我自认为正常的声音回答道："嗯，嗯，我没事，就是红酒喝多了……"

一想到"喝多了"三个字，我的胃里再度翻江倒海，吐得像一头垂死挣扎的大象。我拼命控制着音量，结果却适得其反。

我试图把刚才那句话讲完："可能是红酒和冰激凌混在一起吃的缘故！"

那盒奇怪的开心果味冰激凌和红酒混在一起的画面又一次触发了我的呕吐神经，迫使我发出一声声干呕，每一声干呕都被陶瓷马桶自带的扩音效果放大了好几倍。

吐完之后，我仍然无力站起身来，只能伸手去够马桶上方的按钮，想要将那些呕吐物冲掉。费了九牛二虎之力，我才按下那个按钮，水流喷涌而出，发出惊天动地的声响。

我痛苦地闭上眼睛，不愿面对这尴尬的一刻。

我整个人瘫倒在地。地上的瓷砖很冰凉，正好可以舒缓我狂跳的太阳穴。值得庆幸的是，朱利安没有冒险进来看一眼。只要不被他发现我此刻的狼狈，我就心满意足了。我感觉浑身难受，却又无法动弹。我的脑袋正对着厕纸卷筒下方，奇怪的是，卷筒下面的颜色居然和上面不同。我莫名其妙地开始钻研这个问题，想不通为何要将它设计成上下颜色不统一，尽管除了此刻躺在地上的我，不会有人注意到这一点。

我应该在地上躺了……有一阵子，没准儿还闭上眼睛睡了一会儿。我也说不清楚。然后，我感觉自己被一双强有力的臂膀从地上抱了起来。是朱利安。他将我的手臂绕在他的脖子上，小心翼翼地将我抱回床上。我不敢想象自己有多狼狈，于是一直躲避着他的目光。我的身上一定很难闻。

朱利安小声地在我耳边说："你还好吗？"

我还在极力掩饰，只是不太敢睁眼。

"嗯，我还好，除了有一点儿……恶心。"

这个形容够含蓄。

回到柔软舒适的床上，头枕着清爽的枕套，不知不觉间，我感觉舒服了许多。我清楚地知道自己仍一丝不挂，于是尽量面朝下躺着。我以为可以就此慢慢睡着，没想到还是被朱利安吵醒了。他把我翻了过来，开始亲吻我的脖子。我挣扎了一下，说道："我得去刷个牙。"

他一边轻吻我，一边温柔地抚摸我赤裸的身体。我努力挣脱出来，四下摸索着，想要找点儿东西来把自己盖上。我的脑袋重得抬不起来。然而，他并未停止进攻，双手紧握着我的腰，再次吻了上来。我一边尽力躲闪，一边说道："我现在真的没法接吻。"

我仍感觉酒醉、头晕，浑身上下都很不适。他开始舔我的脸。

"我觉得恶心。"

我双眼紧闭，不愿面对这一时刻。我感觉天旋地转，于是，我把头深深地埋进枕头里，恨不得下一秒就睡得不省人事。

他还不罢休，想要再次吻我。我只好再次提醒他："千万不要，我感觉很恶心。"

通过嗅觉就能判断朱利安正在向我凑近，此刻，那股浓烈的麝香味正刺激着我的感官神经，我担心那阵强烈的恶心感会卷土重来。朱利安还在不停地亲吻我的脸,用一种陌生的口吻说着什么,听上去像是在称赞我的美貌,语气却显得很不耐烦,就连吻我的方式也变得和之前不一样。我只能转头来回避他的亲吻,可身体却逃不过他的一双大手。我仍在不停地反胃。我感觉到他赤裸亢奋的身体正在向我逼近。

在内心深处的某个角落,我听见他说:"乖乖躺着,让我来和你做爱。"

"不,不,这绝对不行。"

我再次不安地扭动着,可这一次,他用双手和双腿紧紧地抵住我,将我牢牢控制住。我感到一阵恐惧,瞬间清醒了许多。

我被他压在身下,他已经不再亲吻我的脸。

"等等,等等,这一切都太……不,朱利安,我快要窒息了。"

压在我身上的重量丝毫不减,并且坚如磐石。

"住手,朱利安。我,我……我需要先刷牙。"

我的脑子已经来不及想接下来会发生什么。我的话他一句也听不见,或者说,他此刻什么也听不进去,只顾在我身上不停地扭动着。

"朱利安,朱利安!住手!不要!"

我听到自己绝望困惑的声音,我无法正常地呼吸。我用力将他推开,他却将一只大手盖在我脸上,封住我的口鼻。他的思想去到了另一个地方,我已经完全跟不上了。他对周围的一切已不再关心,就像完全变了个人。他怎么可能不知道,这一切并不是我想要的!他怎么可能不知道?

我的双手突然被举过头顶。他把身体的重心前移,更加用力地压住我的脸，我根本无法呼吸。我百思不得其解，难道他听不见我说话吗？他当然听得见。我越来越慌。我的双手被他牢牢控制在头顶，疼得受不了，双腿也被他的大腿压住，根本无法动弹。我什么也干不了，唯有脑子还在不停地回想刚才究竟发生了什么。我既害怕又愤怒，眼睛搜寻着房间里的每一样东西，试图找到脱身的办法——墙上那幅我用第一笔工资买来的女性油画，此时已成了一团上下颠倒的红色符号；角落里那个流苏灯罩；衣柜上那个银色光滑的把手……这些东西全都毫无意义，没有一件能帮得到我。我惊慌失措，想动却动不了，我想抓住点什么，身边却空无一物。

伴随着朱利安的一声呻吟，我感觉体内一阵灼热的疼痛，全身都受到剧烈的冲击。我拼命挣扎，却怎么也动不了，两条腿被他死死地压在身下。我再次想要呕吐。我不愿相信这一切就这么发生了，同时又害怕得不得了。捂住我口鼻的那只手此时更加用力了。就在几小时前，我还任由这只手探索我的身体。我试图咬它，却怎么也张不开嘴。我的鼻子已被压扁，鼻梁很可能已经断了。我不断地挣扎和撕咬，可一切都是徒劳。我就是个废物。耳边传来他的呻吟声，他的脸却高高在上，我不过是他胯下的一件玩物，一只困兽。体内的疼痛令我难以忍受。我绷紧每一块肌肉，心里不断祈求原先从不相信的超自然力量能帮我一把。米娅，亚当，约翰尼，谢丽尔，妈妈，快来救救我吧。

一切都来不及了。我两眼无神地盯着天花板，目光呆滞，视线模糊。四周安静了下来，我已听不见任何声音。

事情就这样发生了。

我就这样被强奸了。

这一刻，我感觉很奇怪，甚至有点儿脱离尘世。我感觉自己已离开那副坍塌的、任人摆布的僵硬皮囊。他仍未停止动作，我的内心在尖叫："快让他停下，让这一切停止吧！"可是我办不到。我听见床撞到墙上的砰砰声，随后，一切声音就都消失了。我成了一件没有生命的物品，在经历这一切之后，我已不再拥有自己的身体。我两眼无神地盯着天花板。事情还在无休止地进行着。我多希望将自己抽离，飞出窗外，把身体留在这里。我第一次发现天花板的左侧有一处污渍，于是就把目光锁定在那里。我头晕目眩，无法呼吸。再这样下去，我会死吗？天花板上这块偶然发现的污渍将是我死前看到的最后一样东西。生命如此渺小，而我又是如此地微不足道。此刻，我什么也不是，仅仅是他人泄欲的工具。我突然感到很自责，假如我就这么死了，母亲该怎么办？我仿佛看见她哭泣着上前来拥抱我——一具没有生命的躯体。我感觉自己被困在这具没有生命的躯体里。

他终于结束了。他的身体变得更沉了，但好在动作已经停止。有好一阵子，我听不见任何声音，也感受不到时间的流逝。此刻，周围的一切都静止了，也不再有任何意义。

我的嘴已不再被他封住，却不想开口说话；我的双手已不再被他控制，却仍然不想放下；我的目光仍停留在天花板上；我的内心充满莫名其妙的矛盾，身体却仍承受着他全部的重量。

我躺在这里，却又并不存在。

我又能听见了，却连呼吸都绝望极了。朱利安居然开始轻微地打鼾。我无声地哭泣着，咸咸的泪水顺着脸颊流到我的嘴角。我的脑子还没有完全恢复记忆。我从朱利安睡着的身体下面挣扎出来，四肢早已被他压得又酸又痛。成功脱身的那一刻，我泪如雨下。我四下寻找从床上滑落的被单,可怎么也找不着。我无法接受自己一丝不挂,于是再次冲进浴室,并锁上了门。我来到马桶边,吐了一轮又一轮。吐完之后,我立刻刷牙。我对着盥洗台上的镜子观察自己的脸,然而,我看到的不是自己,而是另一张脸,睫毛膏沾得到处都是,在皮肤上留下斑斑点点。

我伸手碰了一下自己的脸,竟然没有知觉。

我的身体仍感觉得到他的存在,到处都有他的汗和他身上的味道。一时间,我不知该怎么办,于是迷迷糊糊地走到淋浴间。我把水龙头开到最大,坐在地上,用指甲刷使劲擦洗自己的身体。我不停地擦洗,直到皮肤又红又痛。我蜷缩着坐在淋浴间里,背靠玻璃墙,怔怔地看着地上的马赛克瓷砖。我对自己说,这些瓷砖是我为装修这间浴室而精心挑选的。由于用力过猛,我的身上擦破了几处皮,鲜血顺着双腿流到地上,在排水孔周围形成了一个小漩涡,又渐渐被水流稀释成淡淡的粉色,直至被完全冲走。我感觉下身在隐隐作痛。这是一种我从未感觉过的疼痛。一股怒气瞬间冲上我的喉咙,我却只能在脑子里大声尖叫。

"你怎敢这么对我?"

我再次瘫倒在地。脑子里不停地闪过我在法庭上曾经提过的问题。我仿佛听见自己在盘问证人,声音如此铿锵有力,完全不同于我平日里的说话风格。我抬起头,那几柱水流还在不停地往我身上浇,我闭上眼,但求眼前的一切全都消失。

那个庭审的声音却怎么也赶不走:"餐厅的账单显示你们当晚喝了很多清酒。目击证人也表示你当时在傻笑,难道不是吗?"

"你家里有两个喝光的酒瓶,你同意这个说法吗?"

"你是否承认自己当晚喝醉了?"

"事实上,你是因饮酒过量而引起的呕吐,对吗?"

"你身上大部分的衣服都是你自己脱的,对吗?"

"你曾经对身边的人——包括朋友和家人——说自己'和他勾搭上了'。在此之前,你是否与被告发生过性关系?"

我呆呆地坐在淋浴间,全身通红。我用一条浴巾把自己包裹起来,心里一阵阵恐惧。朱利安还在我的卧室里。我走到另一个房间,打开那个专门用来存放换季衣服的衣柜。这个季节穿冬装显然太热了,幸好里面有一条我经常穿去旅游的绿色及地长裙,还有几双人字拖。我从窗户玻璃上看见自己这身打扮,觉得很不合时宜。

我朝卧室方向看了一眼,决定不再冒险进去。我径直来到客厅,动手打扫起来,尽管我知道应该保留现场,以防万一。天啊,以防什么万一?我究竟想干什么?我只想按下那个"倒退"键,然后……然后怎么样?

朱利安还在我的床上,一动不动。而我呢?我看着自己亲手打造的生活和事业,对自己说,"仔细想想,泰莎,再仔细想想"。这件事关乎你的职业生涯。

他怎么能这么对我?

我现在该怎么办?把自己变成原告证人吗?对手可是朱利安以及他父亲的那些高层人脉。他会找亚当做军师,传唤证人时,可以问米娅那封电子邮件的内容,还有爱丽丝和那个网约车司机,除此之外,还有餐厅的女服务员,以及当晚看见我们在一起大笑和接吻的人,其中包括卖酒的人和冰激凌店的店员。因为这些统统都属于法律事实,法律就是通过这些证据来理解和构建事实的。不不不,这么做行不通。我再次陷入迷茫。客厅里依旧很乱，我无法相信沙发上的那一幕发生在昨晚，明明只隔了几个小时，我却感觉漫长得仿佛过了一辈子。我环顾四周，发现智能音响还开着，才想起手机不知落在了何处，四处摸索一番之后，总算找到了。我真想走进卧室把他大骂一顿，然后打电话报警，吓得他屁滚尿流。

然而，我并没那么做，而是悄悄离开了。我说不清为什么，也不知该往哪里去。此时，天还没有大亮，周围一片寂静。我漫无目的地走着，一边自言自语，一边翻来覆去地思考该怎么办。我继续朝兰仆林（Ladbroke Grove）的方向走去，哈罗路此时还空无一人。我走着走着，路过那间叫塞恩斯伯里（Sainsbury's）的大型超市，又走过了地铁站，一路上经过无数的房子和公寓，人们还没从睡梦中醒来。我顾不上考虑头痛的问题，只觉得嗓子又干又渴，可是没地方买水喝。人们总是奇怪地认为喉咙的疼痛比身体其他部位的疼痛更轻，也更好解决。我继续往前走，左拐到了诺丁山大街。路上已有不少人在晨跑，其中一个长得又高又瘦，经过我身边时差点儿把我撞倒，我着实被吓了一跳。由于他耳朵里塞着耳机，他完全没听见我的尖叫声，头也不回地继续晨跑。此时，路上又多了几个骑自行车的人。他们要去哪儿？我走到大理石拱门（Marble Arch）处，又转身朝伦敦西区（West End）走去。此时我满脑子想的都是母亲，我想给她打电话，听听她的声音。于是我拿出手机，调出了她的号码。

你怎么忍心告诉母亲自己被强奸了？那个可怕的字眼，你又如何说得出口？我把手机放回口袋里，继续麻木地向前走着，只能在心里不停对自己说："我被强奸了。"

"我被强奸了。"

"朱利安刚刚强奸了我。"

"我被强奸了。"

这是多么可怕和可悲的一件事啊！然而可怜之人必有可恨之处，我竟然愚蠢到可以轻信任何人。像我这种出身的女孩竟妄想去高攀朱利安那样的贵公子？我感觉自己愚蠢至极，同时又羞愧难当。我居然跟他说了那么多家里的情况，他该不会因此而认为……我一遍又一遍地回忆他如何与那名女服务员调情，后悔自己当时没有看出什么端倪。我当时的确有点儿看不下去，但是……

我快要疯了。我听见体内有一个愤怒的声音在咆哮。我害怕极了。

我被强奸了，他却可以大摇大摆地离开，不用付出任何代价。我不停地问自己要不要任由他逍遥法外。如果那样的话，我就不是我了。我一贯相信公平和正义。难道我认为女人就应该忍气吞声？当然不是。我犹豫，是因为我的法律经验提醒我，这么做没有任何意义，我根本赢不了，这件事一旦上了法庭就无可挽回了；这么做只会毁了我。他们会认为对方误解了我的意思，或者否定这件事的发生。我心里已经打起了退堂鼓，不断地将真相撕碎。我必须做点儿什么，不能老是纠结这个问题，更不能假装什么也没有发生，而照常去上班。难道我是因为不好意思承认自己是一场暴力犯罪的受害者才不去报警的？难道我不再相信正义？不再相信法律会惩恶扬善？

天上突然下起了雨。细碎的雨点打在我的脸上，我像小时候那样本能地仰着头，张开嘴去接滴落的雨点。这种感觉是那么真实。我感觉自己还活着。雨越下越大，我已经走累了，浑身开始酸痛。我下定决心要回家去找妈妈。我需要她,必须马上见到她。我必须离开这里才能好好思考。我要去赶最早的那趟火车。我加快脚步,朝着附近的一个出租车站走去。

第十九章

当我走到出租车站时,全身都湿透了,可我并不在意。我已经走了好几个小时,直到走向最前面的那辆出租车时,我才突然意识到自己有多疲惫。此时的我简直不堪一击,不仅淋得像落汤鸡,还茫然不知所措。我只想快点儿回到母亲身边,这是我目前唯一的想法。我坐上一辆黑色的出租车,庆幸自己有了栖身之处——一辆熟悉的出租车。

"早上好。"

"早上好。"

我感觉司机在打量我,立刻反应过来自己此时看起来有多狼狈。那条湿透了的长裙紧紧地贴在身上,脚上只有一双橡胶人字拖。在经历了那一切之后,第二天早上,我还能是什么样子?他并没有说什么。我上了车,尽量保持自己的尊严。

"麻烦送我到圣潘克拉斯车站。"

他立刻回复道:"抱歉,亲爱的,今天早上只拉正常的活儿。"

"你说什么?"

他说得抑扬顿挫，以为自己的话合情合理。

"亲爱的，我已经等了一个小时，不想拉这种破活儿。"

他说得没错，从这里到车站的确不远。但此刻的我怒火中烧，提高声调大声地指责他："别忘了你开的是出租车！"

不用我提醒，司机也明白这个事实。他显然不喜欢我的语气。

"可是你把我的后座全弄湿了。"

他在回避我刚才的指责。我牢牢地坐在座位上，平静地说道："麻烦送我到圣潘克拉斯车站。"

他没有发动车子，打算继续跟我僵持。

"我说过了，我不想载你。还有满满一酒店的人在等着我把他们送去希思罗机场呢。"

"你猜怎么着，老兄，你没有其他选择。"

"我的出租车我说了算！"

"你既然把车停在出租车停靠站，乘客要去哪里，你就要把车开到哪里。这是规矩。"

他跟我较上劲儿了。

"这活儿我就是不拉。"

越是这种时候，我越要保持冷静。我把声音恢复到先前预设的庭审模式，说道："你一旦违规就会被停职。你不拉我，我就投诉你……"

我越说越气："……而且我保证你会被吊销驾照。"

事情并没有想象中顺利。

"我要你立刻开门从我的车上滚下去。"

"我就不。"

我看向窗外，雨越下越大了。司机已经失去了我刚上车时的友好与礼貌，蛮横无理地威胁道："你再不下车，我就报警了。"

我感觉身体里的每一根纤维都开始断裂。

"这不公平。"

我的声音开始颤抖。司机一定听出了我声音里的异样，于是不再通过后视镜和我搭话，而是转过头来，隔着驾驶室后面的有机玻璃观察我的情况。我从他眼里看到了一丝同情和理解，瞬间就绷不住了，哭着说道："这不公平。"

我的语气比刚才软了许多，几乎成了恳求。此刻，我的脑子里只有母亲，我只想快点儿回到她身边，坐在家里的旧沙发上，扑进她怀里，感受她温暖朴实的怀抱。

司机默默地递给我一张纸巾。我擤完鼻涕，将它揉成一个湿答答满是鼻涕的小纸团。这个男人并没有意识到，他此刻看到的是我最脆弱的一面。然而，从他的表情就可以看出，他已经猜到是怎么回事了。这个刚才还在跟我作对的陌生人，此刻却在安慰我。他突然变得很有耐心，安静地陪我坐在车里，无形中给了我许多力量。几分钟前，我还在为接下来会发生的事而担心，感到前所未有的孤独。如今，我的身边多了一个他。

"你还没告诉我要去哪儿。"

他的目光又回到后视镜上，眼神里充满善良。他在等待我做出决定，仿佛在提醒我，考虑好下一步该做什么。这个好心的出租车司机居然愿意等我。我看了一眼车上的时钟，现在是早上六点九分。我听见自己的呼吸加重。我的法律直觉告诉我，这个案子必输无疑。但是我总得做点儿什么，不能就这么坐以待毙。我必须相信这个自己为之奉献一生的制度。司法制度给了我如今的生活，使我有机会成为人上人。我理应信任和依靠它。

也许司法制度真能替我讨回公道。它必须做到。这个罪行发生了，而且就发生在我身上，这是千真万确的事实。我担心自己一旦把它永远地锁在心里，我所有的信仰就将变得毫无意义。我脑子里那个理性的声音一直在提醒我要静下心来，好好想一想。可是一旦我跨出这一步，事情就无可挽回了。

我不知道自己究竟是过于天真，还是求生欲太强，不想让自己被愤怒活活吞噬。一路走来，我始终相信，司法制度能够体现它应有的功能，替所有人找回公道。如今，验证这一信仰的时刻到了。

我抬起头对司机说："请送我去最近的警察局。"

PRIMA FACIE

第二部分

— AFTER —

事发后

（782天以后）

第二十章

庭审日

此刻的我已然成了旁观者,看着自己步入伦敦的老贝利法庭。今天的保安我一个也不认识,原先的老熟人,要么在轮休,要么已经调去别的法庭。对于这几个新来的,我从未与他们攀谈过,因此,我在他们眼里与其他陌生的到访者无异。我的鞋跟在地板上踏出清脆的声音。过安检时,我客观冷静,不带一丝感情。这一次,我不再随身携带我的律师公文包,自然看不到那顶时常冒出来的假发以及那件随风招展的律师袍。这一次过安检,没人认识我。没了律师身份证明,也就走不了快速通道。

我走过那道金属探测门,门上立刻响起一声警报。脱掉皮鞋再走一遍,警报依然会响。保安手持金属探测棒,将我从头到脚扫了一遍,我双臂平举,目视前方。他把我包里的那瓶水递了过来,我问都没问就掀开盖子喝了一口,于是,保安冲我点了点头。我等待他继续对我的包进行检查。包里没有书,只有一本笔记本、一支笔和几份折起来的文件。我快速把鞋子穿上,又整理了一下身上的裙子。我为今天的穿着花了不少心思。米娅那天突然出现,陪我翻遍了整个衣柜才找到一套裙装,这套深蓝色的裙装不知何时被我塞进了衣柜的最里侧。这套衣服,或者说这套戏服,是专为今天的表演准备的,非常适合我将要扮演的角色。"半身裙最好搭配高跟鞋,如果你有的话,这样穿显得职业一点,不至于太随便,既显气质又不会太暴露。"

我从来没有代理过性侵案的受害者,也从未当过这类案子的公诉人。我第一次意识到,不仅是被告,就连原告证人的穿着也是有讲究的。这么做的意义当然是尽可能地影响陪审团。但无论如何,我都不能接受戴珍珠项链,这个建议来自一位年长的警察。

最近,我的生活发生了翻天覆地的变化,就连头发也剪短了一些。我想,是否我所做的一切都是为了让自己看起来更好对付。我一边打消这种令人不安的想法,一边不由自主地看向对面。迎面来了几位出庭律师,他们头戴马鬃假发,走起路来律师袍沙沙作响。他们每个人都带了一堆的文件和文件夹,自信地一边聊天,一边等候过安检。一股强烈的渴望顿时涌上我的心头。天啊,他们中有人看见我了吗?一想到这里,我赶紧低下了头。

我慌忙取回传送带上的背包和手机。幸好排在我后面的那个人还在脱鞋。我跟着那位被指派来带我去证人会见室的女士一同走进电梯。我懒得告诉她,我对这里的一切都熟门熟路。尽管我们没怎么交流,但我很高兴有人陪伴。米娅和母亲都曾表示要陪我来,但都被我一口回绝了。我不希望自己被过度关注。我已经受够了同行们对这个案子的格外关注。他们特意将这个案子安排在老贝利开庭,要知道这里几乎从未审理过性侵案。我过去很喜欢来老贝利,尤其喜欢它的庄严雄伟。这里是历史上专门审理刑事案件的法庭,每回置身这个见证过历史上无数著名案件的法庭,我都激动不已。我的整个学习生涯几乎都在研究老贝利法庭审理的案例。我依然记得多年前第一次漫步于此的紧张与兴奋。当我第一次以律师的身份来这里出庭时,我总忍不住把目光飘向绘有精美图案的天花板,驻足这里就像置身于一个活生生的博物馆。我为自己有机会在这么有氛围、有格调的地方工作感到无比荣幸。我曾渴望能成为这里的一分子,于是我做到了。然而此时此刻,我在这里的身份却从代理律师变成了原告证人。从朱利安强奸我的那天晚上到现在的 782 天里,我无时无刻不在怀疑自己能否熬过这一关、这场庭审和这一天。

今天这场严重刑事案件的庭审,两名证人均为出庭律师,一名是犯罪嫌疑人,一名是控方受害者,分别是被告和原告。控辩双方均得由其他律师来代理。在今天之前,假如我听说有同事以当事人的身份出庭,我一定会有所警觉,并且非常想知道细节。在等电梯的时候,我突然感到手腕一阵刺痛,低头一看才发现一只手的指甲已深深嵌进另一只手的手腕,巧妙地将注意力从焦虑转移到身体的疼痛上。

我走进电梯,站在电梯门的一侧,全程不敢抬头。每到达一个楼层,电梯就发出叮的一声,电梯门打开又关上,不停地有事务律师、出庭律师和警察进进出出,直到到达自己的楼层。

我一眼就看见了墙上的庭审排期表,于是本能地将目光投向它。

眼前赫然出现一排以普通字体打印的通告:"皇家检控署诉朱利安·布鲁克斯案"。我居然成了皇家检控署的一名证人!深呼吸,事情马上就要见分晓了。我提醒自己抬起头,镇定地往前走。这名负责证人事务的后勤人员不动声色地将我带到证人会见室。我对这里并不陌生,只不过前几次来都是来见自己的当事人。我每次都来去匆匆,从未留意过这里的陈设。公共区域的墙是灰色的,显然经过岁月的洗礼。一款小孩的算术玩具被胡乱地扔在墙角,不远处还有一列蓝色的玩具小火车。那几张沙发全是20世纪90年代的产物,看似是谁家淘汰不要的。这座外观宏伟、令人生畏的著名历史建筑的内部竟是如此陈旧和局促,到处是官僚主义风格的墙漆,没有任何装饰,毫无美感可言。对于我们这群对这里里里外外都见识过的律师来说,那些威严的审判室、彩绘的天花板以及漂亮的走廊和门厅已变得司空见惯。可是,我能想象那些原告或被告会见室的常客,一定会为它朴素的内部陈设而大吃一惊,甚至很可能为此感到如释重负。

这位负责后勤的女士胸前别着一块写着"证人援助"的牌子。我突然想到,她很可能是一名志愿者,于是,便把她从头到脚打量了一番——深色皮肤,一头黑发被整齐干练地在脑后梳成一个发髻,一张上了年纪的脸上总挂着温暖的微笑。从业这么多年,我头一次对这些为证人提供帮助与支持的人肃然起敬。我此前从未想过,是什么激励他们承担起这个角色,不惜牺牲属于自己的时间来陪伴目击证人,让他们感受到人性的温暖。究竟是怎样的契机,让他们决定以此作为自己的志愿?难道他们也曾当过证人?还是曾经卷入过犯罪事件?是受害人还是被告?或者曾被告上法庭后又被判无罪?或者身边有亲朋好友经历过某种形式的犯罪?还是在报纸上读到过关于某人亲身经历的文章?我很感激她并没有表现得大惊小怪。我不禁怀疑,这些志愿者是否经过专业培训,就像律师要学会读懂证人的心理一样。无论如何,他们成功安抚了证人的情绪，尽量满足了证人的需求。每位律师都会利用法庭上套取的证据来形成一份自己的剧本。我听见其中一个房间里有人在哭，不禁心头一紧。我被带到指定的房间，那位后勤人员跟我简单聊了两句后就离开了。关门的一瞬间，她的脸上闪过一丝同情的微笑。我，泰莎·恩斯勒，此刻就坐在这间狭小的、没有窗户的房间里，我的面前只有一张白色的塑料桌。

我等啊等。

在此之前，我整整等了782天。过去的每一天，我都在反复思考要如何面对今天的这场庭审。

我回顾过去，想起了每一个本可以轻易放弃的时刻。试问，哪一位头脑清醒的律师会做出我这样的选择，宁愿在同行面前展现自己最脆弱的一面？这件事过后，必定会有一批事务律师拒绝给我案子，身边的人也不得不在我和朱利安之间做出选择，人们会忍不住质疑我所有的判断和决定。

我不知道其他律所的同行是如何谈论此事的，但我明显感觉到有人在回避我，更别提向我伸出援手了。支持别人来指控我们自己人或许是一件符合利益的事，然而，当控方本人就是一名律师时，事情就变得棘手了。我一直很好奇他们是如何看待这件事的。他们究竟希望我怎么做？忽略自己被强奸的事实吗？我明白，这么做能使我免遭羞辱，保全自己的名声。但这一想法反而会激怒我。我又没做错什么，凭什么我要担心自己的名誉受损？

和我一同获得律师资格的一名女同事曾经坦白地告诉我，圈内人都知道我"喜欢朱利安"，不理解我为何要这么对他。我迅速回击了她。

"那你们想没想过，他凭什么这么对我？"

她又说道:"难道,你不明白这么做是在自毁前程吗?如今力挺朱利安的正是决定你将来能否成为皇家律师的那帮人。"

我当然知道这一点。然而,听到这句话从别人口中大声说出,无疑为我敲响了一记警钟。我不仅感到吃惊,更多的还有感到害怕。我究竟是怎么想的?我必须为自己的行为做出解释。米娅是懂我的,谢丽尔也是。但是这么做明智吗?我知道,这一决定在众人眼里无异于"以身试法",是一个冲动大过勇气的莽撞决定。面对如此莽撞的一个人,有些人选择敬而远之,理由是"我跟她不熟"。他们"不偏袒任何一方"的中立态度,恰恰变相地支持了朱利安。我意识到,他们主要是不想主动挑衅朱利安和他的皇家律师父亲,以及他父亲的那帮皇家律师朋友。他们想要明哲保身,远离任何可能危及职业生涯的事情。一夜之间,我生活中的方方面面都发生了翻天覆地的变化,这让我感受到一种无助的痛苦。

然而,我并没有退缩,而是坚持到了最后。因为法律不仅给了我全新的生活,还给了我信念和勇气,使我有机会选择为守护正义而战。我需要证明,正义是可以通过法律实现的,否则,我凭什么相信它?如果我在朱利安和他的支持者面前选择了沉默,那么我出卖的就不仅仅是这个官司,还有我内心的平静、毁灭的信念和事实的真相。我等于放弃了自己多年来唯一坚信的事,放弃了自己经过专业训练所获得的追求真理的社会角色,也放弃了自己力证的观点——司法体系必须凌驾于一切金钱和权力之上。

对我来说,要把自己的身份从辩护律师切换成控方证人简直难上加难。但我必须相信,司法系统不仅能保护真正的受害者,也不会错怪任何一个好人。我必须相信,通过正当程序依法将某人告上法庭，法律就能还所有人一个真相，正义必将得到伸张。正因如此，我才会不断挑战自己的底线。如果连我自己都做不到，还指望谁来帮我呢？

我无法想象，若我自己不出庭做证，而是就此放过朱利安，我又会变成怎样的一个人。我拥有发言权，我是一名律师，我了解法庭。

强奸这件事不仅伤害了我，也彻底改变了我。

我被这个男人吓破了胆，而就在那件事发生的几小时之前，他还与我一起有说有笑地进出商店。

我再也无法相信任何人，尤其是男人。

从那之后，我不敢工作到深夜，因为我不知道同在律所加班的人会不会突然冒出来伤害我。

我无法接受自己的身体，再也感受不到亲密接触的快乐。我痛恨这种恐惧和羞辱。

然而，当我一遍又一遍地回忆起那晚发生的事情时，我总忍不住质问自己："你当时是怎么想的？你怎么可能不知道他会对你做那件事？"我受不了一次又一次地重温那种窒息的感觉，以及被人压在身下无力挣脱的痛苦。我感到软弱又可悲，我几乎感觉不到自己的身体，还愚蠢地以为自己能掌控局势。"你当时是怎么想的？真以为朱利安·布鲁克斯会看上你吗？你太好高骛远了，泰莎。"我快被这件事给逼疯了，但转念一想，如果我不这么做，我便失去了我努力维护的一件事，那就是我对公平的判断。我始终坚信，当你做了正确的选择，又有专业的人为你代言，你只要说出真相，司法体系的各个机能就会共同运作起来，为你伸张正义。

无尽的纠结使我筋疲力尽。我经历了三年的大学生活、一年在律师学院的学习，还积累了八年多的律所经验才走到今天。

我始终认为自己的选择是正确的。现在正是我需要法律帮助的时候。我提醒自己，如果让朱利安逃脱法律的惩罚，他会更加坚信自己没有错，然后肆无忌惮。他会认为自己有权将任何人放倒，不顾他人的拒绝和恳求，甚至可以为所欲为，不管他那么做会伤害到谁。

我的记忆又回到几年前。我坐在律所的办公桌前，对着一份看过无数遍的文件伤心落泪。这件事发生在我刚换律所一个月后的某天清晨。我以为自己的哭声不会传出去，可没过一会儿，就传来一阵轻轻的敲门声，一位女士探头进来问道："你还好吗？"

我尴尬地一边点头，一边转动身下的椅子。我并不认识这位女士，她看起来比我大，一头鬈发，化着浓浓的眼妆。

"我知道你的遭遇，亲爱的。"

该死。该不会所有人都知道了吧？就连这个陌生人也听说了。我沉默不语。

"你知道的，不少女人都经历过这种事。你必须尽快忘掉它。"

我感到很无语。她一定是看出了我的惊讶，连忙闪了进来。

"最好的方式就是假装没有发生，让这件事彻底过去。男人就是男人，他们永远无法理解女人！"

我知道她是出于好意，但还是忍不住对她的这番话感到不寒而栗，从而产生了强烈的抗拒。不仅对她，还包括所有和我一样出身的女性。你赢不了的。这是包括我母亲和谢丽尔在内的所有女性一直给我的暗示。所有人都在逃避现实，希望我尽快变回原来的样子。但我无论如何也做不到。我若什么也不做，假装什么事都没有发生，让朱利安逃脱惩罚，我的生活和灵魂从此将变得支离破碎。那个曾经埋头苦读将自己送进剑桥，并一路靠着奖学金拿到律师资格的我也将不复存在。此刻，我需要找回那个曾经的自己。

当我回过神来，那位女士已不见了踪影。办公室的门砰的一声被关上了。我感到很不安，愤怒地掐着自己的大腿，手指甲在腿上留下无数道深深的伤痕。

第二十一章

门开了,理查德走了进来。皇家律师理查德·劳森(Richard Lawson)是本案的公诉人。他又高又瘦,一副精明能干的样子。他为人善良,精通业务,还很善解人意。遇到像他这样既德高望重又熟悉业务的好律师,我感到非常幸运。此时,他身穿丝质长袍,头戴假发,做好了出庭的一切准备。

他设法让我提供一些自认为有助于打赢这场官司的策略和案例。但确切地说,理查德代理的不是我,而是控方,也就是皇家检控署。尽管整个案件都与我紧密相关,但我只是一名控方证人,无权决定由哪位事务律师和出庭律师来代理这个案子。得知理查德接手此案,我大大地松了一口气。我知道,理查德是皇家律师中的佼佼者,是业内数一数二的人物。因此,只要我提供的证据站得住脚,再加上理查德的大力相助,这个案子就有了胜算,甚至比大多数案子更有机会赢得陪审团的支持。

事发几个月后,我从一位负责联络的陌生警察那里得到了一些安慰。我向他询问案件的调查进展,他坐在我身边,手里拿着案情摘要，简单向我介绍了调查经过。这个案子很难取证。尽管他知道我不是外行人，但还是忍不住向我重申，性侵案的定罪率很低。我看着他的眼睛说："可它确确实实发生了，我的笔录里没有一句假话。"

他点头表示相信。

我继续说道："我唯一担心的是，自己在打官司的过程中会不停地计较得失。"

他叹了口气道："我想，你肯定知道性侵案的严重性，强奸又是所有性侵案当中最严重的一种。有人将你压制住，并且强行进入你的身体，这的确不可饶恕。"

我转开视线，对他这种直言不讳的方式感到难以接受。他说的我都懂，但是，当他以一种对受害者兼幸存者说话的语气跟我说话时，我瞬间变得不堪一击。我被自己的反应吓了一跳。

他继续不紧不慢地说道："假如有人在街上把你拦下，按住你的脑袋，对你进行一顿暴打，我们一定会毫不犹豫地把他告上法庭，是不是？"

"是的。"

此时，他已完全把我视为一名证人，而不是律师。

他继续说道："相比之下，当一个你认识的人来到你的家中，用一种过分亲密的方式侵犯了你，你孤立无援，也没人帮你打电话报警。这与刚才所说的街头暴力相比简直是小巫见大巫。"

我沉默不语。

"我要告诉你的是，泰莎，我会尽我所能来帮助你，这就需要你如实地提供证据。你不必觉得抬不起头，应该抬不起头的是那个男人，而此刻，他还逍遥法外。"

我一言不发,但心中已充满怒火。我重新看向这位警官,他知道,刚才他的一番话已开始对我起作用。

"无论如何,决定权在你。我会尊重你的决定。尽管这项罪名很严重,但千万不要因此而动摇。皇家检控署已经决定对此提起公诉,前提是你愿意出庭做证。"

他知道,我也知道,我的证词是本案唯一的关键证据。他的话坚定了我的信心,也道出了我的心声。我的确不想莫名其妙地感到羞耻。我生气为何羞耻的人不是朱利安,而是我自己,生气自己为何要独自承受这一切。

经过慎重考虑,我告诉这位警官我会坚持到底。他的脸上没有笑容,只是严肃地点了点头。

理查德把我从短暂的回忆中拉了回来。我抬头看着他,只见他快速看了一眼这间狭小的房间,随口给出了一个糟糕的评价。我居然有点儿想笑。他打开白色的活页夹,那里面现出一堆做了各种标记的文件,他开始认真地与我核对每一项证据。我根本不用看,也用不着他提醒,因为我至今仍记得每一个细节,一切就像昨晚刚经历过一样。

第二十二章

庭审前

上午六点四十分，我仍在警察局前厅等候。我全身湿透了，在空调的作用下不停地瑟瑟发抖。这排蓝色的塑料椅，每两个座位之间都有一个扶手，坐上去很不舒服。一位年轻的女士笔直地坐在其中一个座位上睡得正香。我不常光顾警察局，出庭律师通常无须代表客户接受警察的问讯，因为这是事务律师的工作范畴。一般只有在接到警方的案情摘要，当事人又不肯认罪的情况下，出庭律师才开始接手这个案子。或者他们已经认罪，并且有一文件夹的参考资料或其他文件能够为其申请减刑。以上情况也都需要刑辩律师的参与。事务律师的大部分工作都要在警察局完成，那些当事人也丝毫不轻松。我一边发抖，一边看着这间房间，目光停在那个报告失踪人口的布告栏上。那一张张照片经过复印后，已变得模糊不清，简直无法辨认。布告栏旁边贴着一张标语，上面写道："勇敢站出来，去预防犯罪的发生。"我注视着这道标语，估计有人曾经想用蓝色圆珠笔在上面涂鸦，但由于贴纸的表面过于光滑，圆珠笔根本写不上去。我把那行字看了一遍又一遍,眼泪几乎夺眶而出。"我是否应该预防犯罪的发生?我该怎么做?拒绝与他发生关系?不和他共进晚餐?不穿那条该死的性感连衣裙?上帝啊,都是那套内衣惹的祸!"我告诉自己,别再庸人自扰,可这些想法依然不断地在我的脑海里循环。想要制止一件事又谈何容易?

我扭头看向另一面墙。墙上有一张海报,上面是一个年轻女性的正脸照,她的脸上青一块紫一块的,一只眼睛还肿了。头像下面有一行字——"这不是爱"。我对着它注视良久。我知道照片上的人是模特,而非真实的受害者,但她看上去的确很脆弱。在我很久以前的记忆里,母亲也曾这样伤痕累累。对于脸上的新伤,她从来都闭口不谈,只是默默地用廉价化妆品遮盖一下就出门了。

我感到十分受挫,我曾发誓,这辈子不再做那种在警察局苦苦等候的可怜虫。小时候,我曾多次和约翰尼坐在警察局的椅子上等候母亲向警察告状,希望他们将实施家暴的父亲赶出家门;十几岁时,我陪母亲坐在同样的椅子上,等候与刚被捕的约翰尼见上一面。当时,牢房里传来约翰尼的叫喊声,母亲被吓得手足无措。在场的人都躲在桌子背后窃窃私语,不时抬头看看这两个呆坐在那里的被告家属。我们一连等了好几个小时。我第二天还有一场考试,但所有课本都落在家里。直到凌晨两点,他才被放出来。在回家的路上,他坐在母亲的车里大发雷霆,我安静地坐在后座上。母亲默默地开着车,不知该说些什么。

如今坐在这里,我不禁感觉那些日子并不遥远。我身上穿着换季的衣服,披散着一头被雨淋湿的头发,狼狈不堪地坐在这里,一站起来就能感觉到下体的疼痛,疼痛感一直延伸到腿上。

我忍痛走到一台饮水机旁,取下最后一个纸杯,一杯接一杯地喝水,嘴里混杂着各种奇怪的味道——牙膏、残留的呕吐物和昨晚的红酒的味道。

终于,我等来了一位年长一点儿的警察。他身材魁梧,我感到一阵失望。说实话,我也不知道自己在期待什么。他问我是不是叫泰莎·恩斯勒。我一边点头,一边咽下口中的水。他做了自我介绍,我没有听清,只好点头表示我会跟着他。他步履蹒跚地向前走着,我紧随其后,心脏怦怦直跳。他带我来到一间审讯室。对于这样的房间,我再熟悉不过了,因为我早已在视频中见过无数当事人在与这里几乎一模一样的房间里接受问讯。或许是因为摄像机总是正对着当事人的脸和他身后的那面墙,所以这些房间在镜头里才显得那么千篇一律,令人窒息。我通常是在律所的办公室里观看这些录像,观看时还时不时地把脚架到桌子上,对视频里那些玩弄手段的警察破口大骂。直到我坐在这里,才发现面前的桌子其实很大。那位大块头警官缓缓地在我对面坐下。我冷得直发抖,但尽量不让自己抖得太厉害。我感到很不安。我很想请求他换一位女警官来为我做笔录。这是我此刻最需要的。

他一定看出了我的想法,于是告诉我可以过一段时间再来。

"或许你可以等到我们专门设立性侵案小组或是有女警官执勤的时候再来?"

我心里很清楚,既然来了,就不能回头,否则就很难下定决心再来走一遭。我果断地告诉他可以继续。他放下手里那杯咖啡——看上去是一杯黑咖啡,又抓耳挠腮了一番,方才开始提问。他先是问我是否反对录像,问完便耐心等待我的回答。

"不反对。"

设置完摄影机,他又开始问一些基础性问题。这些问题大多很简单,无须思考就能给出答案。比如,他问我的名字,我目不转睛地看着他,清晰地报出自己的全名。

"泰莎·简·恩斯勒。"

他问我需不需要喝水。

"嗯,不用了,谢谢。"

他问我是否了解全程都会被录像。

"是的,我了解全程会被录像。"

我还向他报告了我的生日和家庭住址。他问我为何来警察局,我的声音开始颤抖。

"我想要报案。"

一时间,我哽咽得说不下去。他向我说明前台的值班人员已经接到我的报案,我点了点头。他等我继续往下说。我先是一动不动,然后翻来覆去地说一些不完整的话。

"因为我想……"

我又试了一次。

"因为我刚被……"

我心跳加速、双手握拳,再次说道:"我遭遇了一些事情。"

那位大块头警官点了点头。我努力调整呼吸,重新说道:"我刚被……嗯……"

胸口那块千斤重的大石头正在不停地把我往下压。我听见自己语无伦次地说道:"昨晚,不,是今天凌晨……我,我被人侵犯了。"

接着我又补充道:"我被性侵了,确切地说,是强奸。"

就在这个房间里,我终于说出了这个词。它就像一个刚被释放的恶魔渐渐现了形,在身后追赶着我。我再次热泪盈眶,但我不允许自己哭出来。这大概是我唯一能够掌控的一件事了。我坐在这里,看着对面这位身材魁梧的警官,视线渐渐模糊了。我的耳朵仍听得见他的声音,只是那个声音已离我越来越远。我迟疑了片刻,心想他的声音为何像是从水下传来的,而我喜欢这种感觉。这个"水下传来的声音"又问了我很多问题,我逐一进行了回答。一台摄像机正在记录我所有的回答。我突然感到好奇,自己在镜头里是什么样子。我像一个旁观者,认真听着自己的回答。

"是的,我认识对方。"

他问我对方的姓名。

"朱利安·布鲁克斯。"

他问我昨晚是否是第一次见面。

"不不,我们是同事。"

他问我和朱利安在一起工作了多久。

关于这个问题,我必须想一下才能回答。

"我也记不太清了,大概六年吧。"

"你们是恋爱关系吗?"

我被他问得有点儿难为情,甚至有点儿自嘲。

"是恋爱关系吗?"

我慢慢地卷起袖子,想为自己争取一点儿时间。此刻,我一定汗流浃背。我开始用支支吾吾来代替完整的回答。

"嗯,不是……但昨晚不算是第一次……不不,我们不是。我们还没有确定关系……"

我听见脑子里响起另一个声音,一个愤怒的声音:"你就是个白痴。别忘了,你还特意买了新裙子和新内衣。"

我环顾整个房间,除了墙上有一处小凹陷,没发现任何异样。

"不,不是恋爱关系。"

从下一个问题开始,场面就越来越尴尬了。我只好硬着头皮回答。

"嗯,那个,我也记不清是几周前还是上周,我们有过……"

我意识到,此时已没必要掩饰。

"我们有过一次性关系。"

那位警官低头查看笔记时,那个"水下传来的声音"又问了几个令人不适的问题。我一一给出清晰的回答。

"在工作地点。下班后。在他办公室的沙发上。"

此时,我唯一庆幸的,就是那位警官始终没有抬头看我。比起之前的尴尬,此刻的我更觉得丢脸。我不得不向一个陌生人,一个年长的男人,谈论自己的隐私。他问我是不是自愿的。我莫名地心跳加速。他抬头看着我,我看着他,回答道:"是的。"

我想要把那晚发生的事和今早的情况区别开来。这明显是两码事。那位警官清了清嗓子,继续低头看着笔记。我很奇怪自己为何不做笔记,我是律师,律师离不开笔记,不是吗?然而那个"水下传来的声音"打断了我的想法,继续一个接着一个地提问。在大致讲完昨晚开始阶段发生的事情之后,我意识到,问讯马上就要进入强奸的部分了。我不仅需要回答问题,还要提供详细的描述。我听着一个个问题从他的嘴里问出来,然后毫无感情地给出答案,巴不得这个过程早点儿结束。我低头看见自己的双手正抖个不停,不禁吓了一跳。看来我不仅无法控制目前的局势,就连自己的身体也无法控制。我放下袖子,把双手藏到桌子底下。我不想让自己成为一个受害者,相比之下,我更想成为幸存者。

我听见自己对那位警官说:"我试图咬他的手。"还说到自己如何被控制住,根本无法动弹。说着说着,我的眼泪又一次在眼眶里打转。我实在不愿意回忆当时的感受。我不想再谈论,更别提描述它了。我惊魂未定地坐在那里。那位警官问我要不要喝水,我摇了摇头。我不想被打断,我只想他把该问的都问完,我好早点儿回家。那位警官的脸变得忽远忽近。我嘴上回答着问题,灵魂却早已离开了身体,这是一种前所未有的感觉。在此之前,我一贯清楚自己在做什么。我不得不详细说明,事发之时,他的腿和我的手分别在什么位置,他用哪只手捂住了我的嘴,以及我当时的感受。那位警官还问我是否踢了对方,或者把他推开,是否在对方身上留下任何伤痕,以及有没有试图反抗。我顿时充满悔恨,我反抗了吗?我只记得当时有多无助,既难受又害怕。我只记得,自己正在经历痛苦,而且全身一丝不挂。

我告诉那位警官:"我拒绝了,而且不止一次。我让他停下,但他不听。我试着去踢他,想要把他从我身上推开,但我根本无法呼吸。"

我浑身发抖,但我无所谓了。那位警官低着头,又问了几个涉及身体其他部位的问题。确切地说,是隐私部位。我一边揉着脸,一边回答他的提问。我彻底绝望了。我回忆起自己如何一动不动地躺在那里任他蹂躏。我的情绪渐渐从愤怒过渡到自我同情。我一点儿也不喜欢这种感觉——承认自己弱小可怜。

我的思绪又回到了过去。我看见自己害怕得躲在房间里,偷听父亲对母亲和哥哥发火；又看见 5 岁的自己跟着母亲到街角的商店买东西，其他大人纷纷向满脸瘀青的母亲投来同情的目光。我讨厌被同情。那位警官又问了我一个问题，这一次，我再也无法回答。我感觉自己被大卸八块，所有的隐私都被一览无余。我已经羞愧到无地自容。

我提高嗓门说道："我不知道。我不知道。"

我很抱歉。他默默地思考着什么。我恨不得马上离开这里，可身体却一动不动地坐着。我努力调整呼吸，想让自己平静下来。吸气，呼气；吸气，呼气。保持冷静，泰莎。我需要这位警官的支持。我一遍又一遍地做深呼吸，直到他问我："请问，可以把你的手机交给我作为证物吗？"

"不行。我的手机，不能给你。"

他对我的反应很不满意。他站了起来，走出审讯室。我呆坐着，等了好一会儿，他才回来。他再次坐下，重新问了一遍关于手机的问题。

"不行。"

他抬头看着我。我不确定那个表情是恼火，还是觉得我不可理喻，也可能是单纯看我不爽。我试着平静地做出解释。

"因为工作需要，我还有朋友和家人要联系。所以，很抱歉，我不能给你。"

他半开玩笑地说："我还以为你要我们帮你立案呢。"

"我的确想要立案。"

我紧紧握着自己的手机，等待他给出回应。他无奈地叹了一口气，然后合上笔记本，关掉摄像机。我整个人放松下来，终于结束了。然而，这种放松持续了不到两秒钟，他又面无表情地说道：

"我们会带你去一个救助中心，这是一家专门为性侵受害者做检查的诊所……"

我知道这意味着什么。

"……你将在那里接受法医的检查。"

我整个人僵住了。我考虑要如何推迟这个检查，脑海里不停地闪现出被强奸时的画面，一只脚不受控制地抖动着。他低头看了一眼，我立刻把脚绷直。我的眼前又出现了卧室的天花板，我想起自己是如何盯着它看，想起当时强忍的痛苦，全身不由自主地开始颤抖。我得为自己争取一点儿时间。

"估计检查不出什么结果。"

他疑惑地看着我。我在心里叹了一口气，无奈地解释道："事后，我……我已经洗过澡了。"

我的脑子里又响起刚才那个愤怒的声音："我就是个白痴。净干些蠢事，既收拾了客厅，事后又立刻洗了澡。"我焦虑地把指甲深深地扎进自己的手掌心。

"我把所有证据都洗掉了。"

我看向那位警官，他正慢条斯理地剥开一块口香糖，把它放进嘴里。我看着他一下一下地嚼着口香糖。此刻，我多希望那个无忧无虑嚼口香糖的人是我啊。

我忍不住向那位警官提了几个困扰我已久的问题："万一他不承认和我发生过性关系怎么办？我现在要如何证明？"

但我马上又想到了："不，他不会否认这一点。他只会说这是双方自愿的，对吧？"

那位警官把身子往后一靠，双手别到脑后。

"他只需要为自己找一个浑蛋辩护律师,想怎么说都行!"

我无言以对,心脏剧烈地跳动着,像是要从胸腔里蹦出来。我看着他的脸,小心翼翼地说道:"事实上……朱利安本人就是辩护律师。"

那位警官立马不再嚼口香糖了。这无疑给案件调查增加了难度。他看着我,仿佛在责怪我为何不早点儿说。我感到很不安,却还是鼓起勇气,小声地补充道(尽管我知道他一定不喜欢听):"其实……我本人也是辩护律师。"

他的脸上出现奇怪的表情。是同情吗?应该不是。他到底想表达什么?

只见那位警官慢悠悠地说道:"你们也有用得着我们的时候,不是吗?"

第二十三章

庭审日

理查德问我是否撑得住。我自信地告诉他，目前还好。我仔细研究桌面上的一块污渍，看样子是水杯或咖啡杯留下的。理查德继续用悦耳的声音说着什么，不一会儿，他的声音也开始模糊，渐渐变成一种"水下传来的声音"。我最近经常听到这样的声音，悠远沉闷，模糊不清。他话音刚落，我抬起头来看着他，问道："抱歉，你刚才说什么？"

他慎重地说道："目前，我们所掌握的有效证据只有你的证词。我的意思是，不用我说，你也明白，当缺乏确凿的证据时，一切就取决于陪审团相信谁。"

我不确定他说这句话的目的是什么，但必须承认一点，那就是法医体检时没有提取到任何证据。这种情况很常见，因为出血和瘀伤本来就很难检测，有时尽管疼痛很明显，受伤的地方却怎么也找不着。我不知道他希望我做出怎样的回应。

见我没有反应，他主动重申道："陪审团只需要判断你的故事是否有疑点。这类案子的庭审过程，你我都很清楚，不是吗？"

此处他用了一个反问句。我不禁想到他的话里有潜台词，他在用律师惯用的方法暗示我什么。律师无权指导证人如何做证，但可以给一些巧妙的提示，至于他们听不听得懂，就全凭运气了。我看着理查德，思考他到底在暗示什么。他继续说道："我一般会告诉我的当事人，'如果你想哭，就……'"

我打断他的话，并且斩钉截铁地告诉他："理查德，我不会这么做的，除非我忍不住。"

理查德的反应既严肃又温和，我立马感觉自己刚才会错了意。

"泰莎，在这件事情上，你完全没必要靠哭哭啼啼来换取别人的信任。"

他轻声叹了一口气。我很庆幸，自己此刻面对的是他，而不是其他律师。他是懂我的，但我仍然有必要做进一步说明。

"我受不了在他面前哭。"

理查德点了点头。我默默地调整着呼吸。他还在酝酿接下去要说什么，估计跟刚才的意思差不多，所以，他有点儿难以启齿。

"那就实事求是，坚强一点儿。"

我反复琢磨理查德的话。"实事求是"？"实事求是"就够了吗？我不满足只回答他们提的问题。我转而思考朱利安会怎么向他的律师交代。他会怎么说？他又是怎么跟自己交代的？他打算怎么向别人解释自己的行为？"仔细想想，泰莎。"我对自己说，绞尽脑汁也得想出他的辩护策略。就怕他到时候根本无须辩护，只要找出我证词的漏洞就行了。理查德继续说道："盘问环节要沉得住气。律师出庭做证往往会过于自信，认为自己身经百战。但是，泰莎，一旦站上了证人席，情况就不一样了，这比你想象的要难得多。"

我点了点头。的确如此，在盘问环节，我本人就很少考虑过证人的感受。在证人席上，我容不得一点儿失误。我的心里一直有一个疑问，我想这一次理查德肯定能为我解答。

"朱利安会考虑自己出庭做证吗？"

"不会。"

他迅速排除了这个可能性，以便使我不再纠结。他可能觉得我会不敢相信，但我毕竟是一个辩护律师，我绝不会建议自己的当事人冒险去接受盘问。理查德继续说道："还有，泰莎，其实不用我说你也知道，但我还是要提醒你，这类案件通常很难定罪。即使他被判无罪，那也不是你的错。"

我不希望听到这种话。尽管我承认这话不假，这类案件的定罪率确实很低，大概还不到 2%，但我仍然想要实事求是，想要做一个合格的证人。我希望理查德能告诉我，对于我这桩真实发生的案子，有他这么优秀的律师坐镇，再加上完美无瑕的证词，还是很有胜算的。

我诚实地告诉他："理查德，我希望通过合法手段，获得我想要的公平。"

"你确定不需要屏风遮挡吗？我可以替你申请一下。或者你可以选择录制视频，我们可以争取用这个方法。"

我已经下定决心。

"我想看着朱利安的眼睛回答问题。"

他看着我，点了点头，随后便站了起来。

"我要先去挑选陪审团成员。你一定行的，泰莎。"

这句鼓励很贴心，但是他一边说着，一边伸手拍了拍我的肩膀。我条件反射地后退了一步。我意识到自己的反应很奇怪，他也赶紧把手缩了回去。我在心里一个劲儿地向他道歉："对不起，对不起，这不是你的错。"但我并没有说出口，而是假装无事发生。我看着眼前脏兮兮的乳白色塑料桌面，我想它起初应该是纯白色的。理查德问我待会儿是否有人来陪我，我回答："嗯嗯。"

我不敢细说，害怕自己会哭出来。离开前，理查德又嘱咐我："我们被安排在一号法庭。"

其实我早就知道了。我想他是特意大声地提醒我，以便我能像他一样，尽快适应即将开始的庭审。我回想起上次在一号法庭出庭时的情景，难以想象自己不再以律师的身份出现在那里会是怎样一种感受。

当听说母亲坚持要来会见室陪我，并且和我一起步入法庭，我感到莫名地高兴。有她的陪伴，我感觉好多了。她的身上有一种我无法言喻却又非常需要的东西。也许是她超强的防御意识，让我觉得她永远陪在我身边。米娅也表示愿意来，她已提前发短信告知我，她会陪约翰尼、谢丽尔和朱妮一起前来。我求她一定要记得提醒谢丽尔，未满14周岁的孩子不允许进入法庭，只能待在前厅。我也不希望朱妮这样的小女孩在证人会见室听我们谈论这件事。她刚满2周岁，我不确定她是否已开始记事，但觉得还是不要冒这个险。

在过去的两年里，朱妮的降生是唯一值得高兴的事。她同时也成了全家人的软肋。我能感受到，一个小女孩面对这个世界时是多么脆弱，因此，我总有一种想要保护她的冲动。这也是我一定要坚强地熬过这次庭审的另一个原因，我希望世上不会再有如此不尊重女性的男人。我希望责任心成为对男人的最基本要求。我不希望这种悲剧在朱妮的身上重演。

小朱妮为全家注入了新的生命力，让原本死气沉沉的家庭又恢复了生机。她一出生就成了我和约翰尼之间的纽带。对母亲来说，小孙女就是她生命里的光。毕竟，这个可爱的小女孩是以她的名字命名的，一见到奶奶小朱妮就两眼放光，伸着小手要她抱。这位全家的掌上明珠有时也会令我心痛，越是爱她，就越怕她受到伤害。我最无法忍受的，就是眼看着自己的家人在这个变幻莫测的世界里孤立无援。

第二十四章

庭审前

性侵受害者救助中心,我在一些案情摘要里读到过这个地方,还仔细研究过各种病理检查的结果,却从未想过,自己有一天也会来这里。上午九点左右,在警察局吃完早餐后,我就被带到了这个救助中心。说是吃早餐,实际上我只喝了一杯茶。由于胃口还没恢复,我一想到吃的东西就感到害怕,直到坐在接待室那排蓝色塑料椅上喝了一杯热茶,才感觉自己又稍稍活了过来。刚才坐在这里打盹的年轻女士,此时已不知去向,取而代之的是一名男士,他突然从座位上蹦起来,跟服务台的警察交代了两句,才又回到座位上。他气得吹胡子瞪眼,据说是旅行回来后发现自己的自行车被偷了。我多希望自行车被盗的人是我,因为相比之下,这种报警事由要简单直接得多,也不会留下任何永久的伤痛。

那位身材魁梧的警官将我送到救助中心,我发现那里的工作人员全是女性。她们给了我一条暖和的毯子和一件带有玫瑰图案的病号服。那位警官识趣地提出要"出去走走"。我不确定还有没有机会再见到他，顿时后悔没有及时向他道谢。一位满脸同情的女士拿着一块带夹子的写字板走过来，问了我的姓名和一些其他细节。她向我解释接下来的流程和注意事项，但我没怎么听。此刻，我已经豁出去了，权当把自己的身体作为证物交出去，把灵魂和肉体彻底地分离。

我被叫了进去。尽管在场的全是女性，所有人都对我关怀备至、体贴入微，但我仍感觉每分每秒都在煎熬。这一切太不真实了。她们不止一次地跟我确认姓名，我机械地重复着答案。

"泰莎·简·恩斯勒。"

我几乎把刚才填的所有信息又重新提供了一遍。我突然反应过来，她们这么做，是为了让我不停地说话，以便分散我的注意力。她们一边整理病床，一边准备那些可怕的妇科检查用具。我躺了上去，双腿在护士的帮助下朝着床尾的方向挪。其中一位护士用极其专业且善解人意的语气安慰我道："你一旦感觉不舒服就告诉我，我会马上停止检查。"

我下定决心，就算咬着牙也要坚持做完。但我还是很感激她给了我这个自主权。这应该是规定流程吧，我暗自忖度。

"好的。"

她把每个步骤都解释得一清二楚。

"你试试把双腿尽量张开。"

我照做了。那种感觉简直糟透了，等于是将身体完全向外界敞开，以便她们向内窥探，检查我的受伤程度。我痛苦地闭上双眼，手里紧握着手机。我尽量不去想她们正在查看什么，自己到底经历过怎样的痛苦和恐惧，以及来这里之前那段漫无目的的行走和在警察局里的慌乱与无所适从。我突然感觉到一阵难以忍受的灼烧，顿时疼得龇牙咧嘴。我知道，检查正式开始了。那位护士不停地告诉我她正在做什么，然而，我根本就不想知道。她继续说着，不时地指导我如何配合她们完成检查。

"泰莎，你可不可以把屁股尽量往床尾的方向挪，方便我们拍照？"

我听话地照做了。我感觉到一些冰冷的金属器具进入我的体内。我一声不吭地默默忍受着。拍照的声音让我回想起了昨晚穿着那条性感的裙子对着律所的镜子拍下的那张照片，拍完后当场我就发给了米娅。

哦，米娅。

我开始考虑要如何把这件事告诉身边的人。一阵疼痛感袭来，强烈的灯光穿透我的眼皮。有人正对着我的阴道拍照，里里外外拍了好几张。在这些照片里，我体内的情况一览无余。我睁开双眼，直视刺眼的灯光。我被告知下一道程序是取样。偏偏在这时候，我的手机响了。是一条短信。我起初还挺高兴，以为它可以暂时分散我的注意力，直到我猛然发现那条短信是朱利安发来的。"你在哪里？"我顿时感觉手机脏了，连带着我的手也变得又黏又湿。我满腔的怒火一触即发，当即就删掉了那条短信。接着又把愤怒发泄在自己身上，心想："这下好了，何不索性把其他证据也删掉，你这该死的蠢货？"

我忍不住发出一声哀叹："我到底怎么了？"

那位护士连忙停止操作。

"泰莎，我们要不要暂停一下？"

我想她们一定接受过专业的训练，在与受害者沟通时才会表现得如此充满人性，说每一句话之前都要称呼对方的名字。

"不用,我希望你们继续。"

一想到朱利安还在我的公寓里,我顿觉手脚冰凉。我克制住把手机摔碎的强烈冲动。手机再度响起,又是一条短信。还是朱利安发来的。"另外,经过昨晚的事情,但愿你一切都好?我要回家了。"他究竟想表达什么?先是说"经过昨晚的事情",然后又用了疑问句。顿时,我的脑子里冒出无数想法。他开始担心了吗?担心昨晚是否闯了祸?他是在明知故问。这一次我绝不再犯傻。我不仅要保留这条短信,还要截图保存。现在是上午九点半,我躺在这里,接受可怕的阴道检查,那个伤害我的人却还赖在我的公寓里。他此刻该不会在我卧室的卫生间里洗澡吧?或是在我的冰箱里找吃的?我昨天憧憬的美好画面,无论是共进早餐还是一起逛早市,此刻回想起来,都觉得愚蠢至极。我感到极度挫败,无地自容。

我大声地对那位护士说:"我不确定我还想不想继续。"

她点了点头,似乎并不觉得意外。

"目前的这一步已经完成,你可以把腿放下了。我们只需再拍几张手部的照片,用棉签快速地从你的指甲缝里和嘴里各取一些样本。"

我无奈地躺在那里,接受进一步检查,眼眶里噙满泪水。那位护士还在小声地安慰我。不知不觉间,她已经结束了检查,我终于可以坐起来了。我听见她轻声问我:"有人陪你来吗,泰莎?"

我摇了摇头。

"你有地方可去吗,泰莎?"

我虽然不知道,但我告诉她:"有。"

她看出我在撒谎。

"你想和社工谈谈吗？"

"不用。"

我只想马上离开这里。我感觉一切都失控了。我人在医院，身上各处都被取了样。强奸我的人还在若无其事地发短信给我。难道是我反应过激了？不，不可能。万一真是我反应过激了呢？我了解朱利安，我认识他很多年了。我的脑子被一分为二，一边痛恨他昨晚的强奸，一边又被他的短信有效地抹去记忆。我感觉自己快疯了。我眼前闪过警察局墙上的海报，仿佛又看见了那个被打得鼻青脸肿的女子，以及头像下方的那句"这不是爱"。我的思绪停在了这一刻。昨晚发生的一切是真实的，并不会因为他的否认而消失。即使决定就此打住，我也庆幸自己果断地报了警。我恨自己为何还在犹豫不决。那两条短信又把我拉回日常的生活。我甚至想过是否有可能把那段记忆抹掉。但我知道，这不可能。我已然感觉到了变化，我已变得支离破碎，不再是一天前的自己。虽然不想承认，但事实就是如此。我想象不出接下来还会被问到什么问题，只听那位护士又补充道："我知道你此时还无法想象，但一切都会好起来的。"

这一次，她没有喊我的名字，但听上去反而更自然，不像事先准备的。此时，我的脸上一定写满了恐惧、焦虑和悲伤。她懂我。她一辈子都在面对和帮助受伤的女性。于是，我决定向这位专门从事这项工作的女性求助。

"警察会逮捕他吗？"

她不置可否地耸了耸肩，然后把我带到隔间去换衣服，并告诉我，那位警官一直在外面等我。我穿回自己的衣服，此刻，那套衣服已变得干爽舒适。我来到接待室，那位警官正站在手机充电站旁等着我。我短暂地心疼了一下他,一个大男人长时间待在一堆女人中间,一定感到很不自在。更何况,来到这里的大多数女性,此刻最不愿看到的就是男人。我看见一个打扮得像是要去逛夜店的年轻女子,正靠在女伴的肩上哭,那个女伴一脸担忧地抚摸着她的头发。她们看起来像是姐妹,又像是闺密。其余几位等候接受检查的女士,都害羞地把脸埋进病号服里。还有一位年纪稍大一点儿的女士,远远地坐在角落里,两眼无神地看着前方。那位警官,应该说所有男人,都该好好地看看这一幕。

我对那位警官说:"我可以走了吗?"

我迫切地想要离开这里。他也不想久留。

"接下来,只需在一些表格上签字,我们就有了一条清晰的证据链。"

"好的。"

双方沉默了一会儿。我又问道:"接下去会怎样?"

他以为我问的是我接下来的行程,于是直截了当地回答道:"我们的一位初级警官,确切地说,是女警,正在赶过来。她会开车送你回家。"

为何要换一个人接手我的案子,我的心里很抗拒。更何况,此时的我还不想回家。可转念一想,我还要为周一开庭的案子做准备。此刻只有工作能让我稍稍恢复平静。我大胆地问了他一个连我自己都不一定想知道的问题。

"你们会逮捕他吗?"

他看着我反问道:"你希望我们逮捕他吗?"

我一时语塞。眼前出现一个岔路口,我必须想好,该走哪一条路。他帮我分析了目前的情况。

"你准备出庭做证吗？"

我被问得哑口无言。他立刻给出一组数据。

"只有十分之一的女性，遭到性侵后会选择报警。"

我不明白他想要说什么，只好等着听下文。

他继续说道："即使报了警，也不是所有人都会进入下一步。"

我之前从未留意过这些数据。我现在完全理解那些选择不报警的人，理解她们为何宁可选择将这件事埋藏在心里。我的心里矛盾重重。我必须承认自己犹豫了，虽然已经报了警，但我还得考虑下一步该怎么走。

"说实话，这件事牵扯到很多利害关系，首先是我的个人隐私，还有……我的职业生涯。"

当说到"职业生涯"的时候，我的声音稍稍卡了一下。从那位警官的表情来看，他已经认定，我不会再继续追究。这就意味着他已经完成任务——为我做了笔录，又带我来做了检查。我猜，他已经做好了接手其他工作的准备。但我不希望他这么快就放弃我的案子，至少不是现在。然而，他了解我的工作，也知道朱利安不是好惹的。我忍不住想，这件事情闹大之后，所有人都会知道我遭遇了什么。可是……

我对那位警官说："可是如果我不再追究，他又对别人做了相同的事怎么办？"他的脸上闪现出一个无比赞同的表情。

迟疑了一会儿，他说道："当然，我们说了不算，还得将它提交给皇家检控署，才能判断是否有机会胜诉。你一定清楚这道程序。"

我当然清楚。但此刻，它就像一记重拳打在我的脸上。决定是否要逮捕朱利安的人不是我，而是某个部门的某位工作人员。

他将深入研究这一案件的所有细节，仔细推敲我做的笔录，判断我所说的话是否可信，再组织开会讨论案件详情，最终连同其他人共同决定这个案子是否值得他们花时间去提起公诉。至于胜诉的把握有多大，凭我的智力水平、法律知识和从业经验就能做出判断。这么做无异于再次听凭别人的安排，由他们来决定我的故事是否值得一听，或者我说的经过究竟是真还是假。我决心不再受他们的牵制，而要主动让他们相信我的遭遇。因为这件事千真万确，我的确被强奸了。

那位警官注意到了什么。

"我的同事到了。"

面前突然出现了一位年轻的女警。她双眼明亮、皮肤光洁。我明显感觉到那位大块头警官松了一口气，终于有人来接替他了。这位年轻的女警拎着两杯打包的热饮，说话带着亲切的北方口音。

"嗨，我叫凯特（Kate）。发生这样的事，我感到很难过。"

她递给我一杯热饮，告诉我那是热巧克力。

"我想你应该会喜欢。"

我冲她微微一笑。那位大块头警官祝我好运，还让我有事尽管去找他，但接下来会由他的同事凯特·帕尔默（Kate Palmer）警官接手后续工作。凯特从她的口袋里翻出一张名片递给我。

"从现在开始，我就是你的警方联络员，你随时都可以给我打电话，名片上有我的手机号码。"

我仔细打量这位女警。她是如此朝气蓬勃、满怀希望，身上的制服也是崭新的。我立刻想起自己在剑桥的第一天，身穿母亲买的新衣服，对那个全新的世界充满好奇。那时的我，勇敢而不服输。院长的忠告又一次在耳边响起：看看你的左边，再看看你的右边，你们三人中必定有一位无法顺利毕业。经过不懈的努力，我终于做到令人刮目相看。如今的我要是就此罢休，会不会令过去的我失望？这么做无异于要我放弃自己多年来追求的信仰，我将彻底失去自我。我思前想后，把手机拿在手里翻来覆去。我抬头看向凯特，说道："刚才离开的那位警官建议我交出手机，他说，如果我想让你们继续办案，就需要提供这部手机，以便获取里面的证据。我会尽力配合你们。我只有一个请求，那就是你们得尽快处理完，并把手机还给我。"

我将手机交了出去。她把一只手放在我的手机上，目不转睛地看着我说："我保证24小时之内将手机还给你。这就是我今天的任务。"

我虽然感到吃惊，但还是选择相信她。我从不轻易相信任何人，但她竭力配合的态度使我大受鼓舞。她接过我的手机，充满疑问地看着我说："你的意思是，你想让我们继续办案？"

"是的。"

我点了点头。她承诺第二天就会把手机还回来，不会耽误我下周使用。她还说，一旦皇家检控署那边有了消息，会及时通知我是否要逮捕朱利安，以及何时对他进行逮捕。她坚持要送我回家，即便她开的是一辆警车。

我还是想自己走回家，希望能借此机会独自冷静一下。

第二十五章

庭审日

门外传来母亲的声音,她正在和那位后勤人员说话。

"我是朱恩·恩斯勒。我来陪我的女儿。"

她开门进来,我眼前一亮,瞬间爱上她今天的打扮。她今天显得格外不一样,身上穿的既不是工作服,也不是平日在家或出门时穿的衣服。为了今天的出庭,她特意买了一套得体的上衣和裤子。要不是脚上那双鞋,我都快认不出她了。

我注意到,她背了一个大号的草编包,于是就问她:"妈,这是不是你生日的时候,我送你的那个包?"

她点了点头。

"我不是说过这个是沙滩包嘛。"

"你看我像是有时间逛沙滩的人吗?"

我的脑子里响起一声大大的警告:好心办坏事!

母亲意识到自己说错话了,赶紧解释道:"我可不舍得背这么好的包去海边!"

她不安地四处观看,呼吸也越来越急促。看得出她很紧张,没准儿还有些害怕。在这样的环境里,任何人都会感觉不知所措。她以前只陪约翰尼去过一些地方上的小法庭。相比之下,这里不仅大了好几倍,气氛也严肃不少,因此,更加令人恐惧。由于担心我,她肉眼可见地苍老了许多。要不是因为我,她根本不用在这里担惊受怕。这段时间发生的所有事,全都因我而起。因为我的一个错误,全家人为我担心了整整782天。这段时间,我脑子里充斥着各种声音:

"你在工作场所的沙发上和男人乱搞。"

"你把他带回家,不仅跟他上了床,你还喝得烂醉,甚至呕吐。"

"你没有求救,也没有拼命反抗。"

"你只会一动不动,全程呆若木鸡,你脑子有病吧?"

"你这个可怜虫,居然让他安稳地睡在刚刚欺负你的床上,自己却躲到浴室里哭。"

"朱利安是我的朋友,不是吗?他肯定不是故意的,万一他真以为我是自愿的呢?"

我始终不相信会发生这样的事,可它的确发生了,而且就发生在我身上。

我再次用指甲掐自己的大腿,试图用疼痛来唤醒自己,让自己回忆起当时的耻辱。

拜托,泰莎,长点儿记性吧!法律规定了女性不应当被如此对待。任何人都不能不顾女性的反对,将她牢牢地控制在身下,然后强行进入她的身体,更不能把强奸说成你情我愿。

第二十六章

庭审前

在这个周六的上午,我的生活彻底被搅乱了。我心里清楚,但同时又不愿承认。我漫步泰晤士河畔,在那里随便买了把雨伞。救助中心给了我一件没有牌子的拉链连帽衫当外套。穿上这件连帽衫,我感觉自己瞬间隐形了。这不是我一贯的风格,却是我此刻最需要的……我坐在河畔,感觉一切都和往常不一样。雨中的泰晤士河一点儿都不令人愉快,但我很庆幸此刻有一样东西能够反映我的心情。雨下得不大,丝毫没有停止的意思。我想乘坐火车回母亲家,又担心自己没有足够的精力去思考如何应对大家的反应。我只好不停地安慰自己,因为我必须在那些关心我的人面前保持镇定,让他们觉得我并无大碍,虽然事实并非如此。

在这漫长的一个小时里,我拒绝思考究竟发生了什么。除了想一些别的事情,大部分时间,我都在观看河面上来来往往的船只。我躲避着路人的目光,一旦发现思绪又徘徊到今早发生的事情上,我就立刻用最锋利的指甲去戳自己的臂弯。这么做是想警告自己,还是想训练自己的条件反射?在整个报案过程中,我独自一人面对着一群陌生人。我不禁好奇,若是不把这件事告诉任何人,自己是否能若无其事地回到过去。我知道自己简直异想天开,因为这么做根本于事无补。我也知道自己早晚会说出这件事,只是不知该如何措辞,更不知该从何说起。

我从来不曾沦落到要对人说出"我被强奸了"的地步。我不屈不挠,精明强干,决不让自己受到伤害。正因如此,我处处小心、步步为营。我对任何事情都说到做到,一旦下定决心就会全力以赴、努力实现。偏偏在这件事上,我大意了。我终究没能保护好自己,让自己沦为受害者。

我有一种强烈的挫败感,耳边一直回荡着一个十分熟悉,但从未在乎过的声音:"你太自以为是了,你以为你是谁呀?"

值得庆幸的是,我在童年和青少年时期,都没有遭遇过任何性侵犯。长大后,我终于过上梦寐以求的生活,居住在伦敦这样的大都市,从事着最体面的工作。为何在这个时候让我遭遇这样的事?

我的思绪飞回到16岁那年的一场派对上。那是元旦前夕,一群人聚在一个隔了几层关系的朋友家中,喝酒的喝酒,跳舞的跳舞。不时有男生过来找我索吻,我压根儿没搭理他们。这时候,期待的人终于出现了,闺蜜们立即指给我看。他是我一直迷恋的一个男孩,叫史蒂文(Steven),18岁,一头金发,身材高挑。我虽然不认识他,却总忍不住想起他,甚至一厢情愿地为他塑造了一个近乎完美的人格。在我们这群人当中,只有戴安娜(Diana)认识他。据说,她还和他的一个哥们儿接过吻。而她偏巧见过我在文具盒里写满史蒂文的名字以及画的一堆爱心图案。

戴安娜将他带到我面前,介绍我们认识,我激动得哑口无言。他大方地和我们一群人跳舞，女孩们全都笑嘻嘻地看着我，她们本想悄悄看热闹，脸上八卦的表情却藏不住一点儿。我早已害羞得满脸通红，幸好屋内灯光昏暗，才没有被发现。我突然觉得这一切很可笑，于是默默地躲到角落里，找出那瓶被我们偷偷藏起来的龙舌兰酒。

我一连喝了好几口。一回头，才发现史蒂文就在我身后。想象中的他，是一个寡言少语、充满哲思且玩世不恭的大男孩，然而，此刻在他身上根本看不到这些特征。他喝得忘乎所以、满嘴胡话。但是，当他把双手放在我腰间的那一刻，我仿佛进入了天堂。我根本听不清他在说什么，只记得他拉着我坐到他的膝盖上。从那一刻起，我的眼里就只有他，满脑子都是我和他的未来。

我们忘情地接吻，我从一开始的慌乱不安，逐渐转为自信大方。他递给我一颗小药丸，我马上吞了下去，尽管有一丝丝后怕。通常，我不会这样不问明情况就乱吃东西。可他是史蒂文，又不是什么坏人。我暗自高兴道："我是何等幸运，才能独得他的青睐。"音乐声吵得我们根本无法聊天，但我非但不讨厌，反而很开心，因为我实在不知道这种时候该聊些什么。我知道他平时喜欢踢足球，还听说他想要转学去一所职业学校。我曾经梦想着，自己将来考上了大学，他也在同一个城市，也许我们还能拥有一个自己的小窝。

史蒂文迅速起身，并一把将我抱起来，二话不说就拉起我的手朝屋外走去。我们穿过走廊里那一排喝得烂醉的男男女女，有人拍了拍他的背，另一个家伙则冲着他猥琐地发笑。直到后来，我才反应过来那个笑容的含义，但在那个当下，我正沉浸在喜悦当中。当着所有人的面，我和史蒂文一起走出去，这一幕简直像在做梦。

他带着我穿过前门来到马路对面。随着音乐声渐行渐远，我也越发紧张。首先，我的舌头感觉像打了结，根本找不到合适的话题；其次，我不仅喝醉了，体内还有别的东西在作祟，以至于总是听见一种强烈的、有节奏感的怦怦声。我的心跳越来越快，这种感觉我从未体验过。我不小心被绊倒了，他把我拉起来，拖着我往前走。

我猛然发现，自己来到了一处陌生的地方。像是一个公园，四周一片绿色，放眼望去，一个人也没有。好在我有史蒂文在身边。他拉着我，一起坐在一棵树下。月光洒在他的一头金发上，我不禁想到，明天就是新的一年，以这样的方式开启新年，真是再好不过了。一想到我的梦中情人很可能成为我的男朋友，我便兴奋不已。再过20分钟就要跨年了，在那一刻亲吻我的男孩，不是别人，而是史蒂文。他将成为我在新年里见到的第一个人。

我突然想起，我把手机和背包都落在派对上了，应该就在戴安娜身边。她不如谢丽尔谨慎，但谢丽尔今晚没和我们在一起，她和那个愚蠢的男孩艾尔比（Albie）去了另一个派对。他俩是几周前认识的，那家伙对她一点儿也不好。

史蒂文用力地吻着我，我有些跟不上他的节奏，甚至有点儿喘不过气。由于坐在地上，我既担心衣服被弄脏，又担心裙子太短，内裤会沾上落叶和泥土。他的手突然不老实起来，我提醒自己，跟上他的节奏。我努力做出一些自认为正确的动作，但同时又觉得很难为情。他的吻变得湿漉漉的，还有点儿拖泥带水。他的吻技不佳，可我不在乎，我只想努力配合他。他的手突然伸进我的文胸里。他用力捏着我的乳房,把我给弄疼了。我下意识地扭动了两下。他的另一只手猛地插入我的身体。我感觉又痛又难受,但我没有拒绝,也没有喊停。我忍痛体验着这一过程,谁知他又开始一边拉下裤子的拉链,一边把我的头往他裤裆的方向按。他的态度很强硬,我吓得挣脱出来。他一脸生气地责问我是怎么回事,手指粗暴地在我体内拨弄着,我瞬间疼痛难忍。与此同时,他试图扯下自己的裤子。我见情况不妙,开始奋力挣脱。就算他是史蒂文,这一切也完全不符合我的想象。我越是挣扎,他就越不罢休。面对眼前这张淌着口水的嘴,我感到一阵厌恶。我已无法继续,此刻的我只想回到派对上。我提议立刻返回,他以一种我讨厌的方式大笑起来。直觉告诉我,眼前这个人已不是我在公交站偶遇的那个安静帅气的大男孩。我必须马上离开。

我告诉他,我需要一些时间。他问我是不是性冷淡,我立刻就感觉到他对我的不满。我意识到,整件事和我想象的不一样,就在他拒绝放慢节奏的时候,我已开始考虑如何脱身。我越想挣脱,他就越是死死地拉着我。我告诉他,我想上厕所。他在消化这一信息的时候,稍稍放松了警惕,虽然那只手还在我体内,但明显放慢了动作。我趁机站了起来,本能地撒腿就跑。我以最快的速度往回跑,根本不在乎方向对不对,只是一味地向前跑。我回头看见他追了上来。他居然还不放弃。

我到底在干什么?

我知道什么是危险。作为一个长期忍受暴力和危险的人,我预感到,目前的情况十分危险。

他摔了一跤,恼羞成怒地对着我破口大骂。很显然,此刻的我在他眼里就是一个渣女、荡妇、冷漠的婊子。

我一口气跑回派对上,心脏狂跳不止。我摸黑穿过人群,趴在地上,寻找着我的包。对于刚才发生的事情,我一句话也不想说。

正当我准备从后门溜走,身后传来倒计时的声音。我头也不回地往前走,四面八方响起人们跨年的欢呼声和尖叫声。所有人都在狂欢,就连路上的汽车也在鸣笛凑热闹。此刻,我只想快点儿回家。我觉得自己既愚蠢又狼狈。我甚至怀疑自己是否真的性冷淡。然而当我抱着手臂,仰望星空时,我再度与那个有远大理想和抱负的泰莎心灵相通了。我对自己说:"你没事的,你已经安全了。"说完,便开心地笑了起来。

我回想这段经历的主要目的,是想搞清楚自己当时是如何成功逃脱的。只要决心不成为任何人的牺牲品,我就是一名斗士,就一定能顺利逃脱。

事实证明,史蒂文完全不是我的菜。我有一种奇怪的感觉,我一直将那天晚上在公园里感受到的、如此强烈的恐惧,视为一件令人尴尬的、难以启齿的事情。在接下来的几天里,我会编造一个关于史蒂文的故事,以证明他不适合我。但当时,我一步一步走在回家的路上,在新年的第一个小时里仰望星空,祝贺自己成功地逃过了一劫。我试图让那一小时仍然充满希望,仍然按照我想要的方式来度过。我不去想刚才要是没能逃脱,会是什么结果。我努力劝慰自己,至少,这丰富了我的性经验,使我不至于落后那些和很多男孩睡过的女生太多。

然而,此时此刻,当我在周六的早上冒雨坐在泰晤士河畔的时候,我再度想起那晚发生的事。基于对法律的了解,我终于看清那晚史蒂文的所作所为。他让我嗑药，把我拖到远离众人的地方，不达目的誓不罢休。我把整件事像看电影似的在脑子里播放了一遍，那些情节简直和警方提供的强奸指控文件里写的一模一样。

今天凌晨我没能逃脱。我试过，最终又放弃了。我对自己说，遇到这种情况，人人都想逃，没人会束手就擒。公园那次能成功逃脱纯属侥幸。

这种经历在我的朋友中并不罕见。女人就是要不断地对付那些想要随心所欲的男人，管理他们的欲望仿佛成了我们的责任。只要我们着装性感、舞姿大胆，他们就认为自己有权对我们为所欲为。我们表面上不承认，但私底下还是接受了各种关于男人如何被默许的说辞。我们甘愿为自己所受的伤害承担责任，并接受世人的指责。我们从未提出任何反抗。我们本能地以为，一旦我们表示拒绝，就会被视为不正常、无趣，甚至性冷淡。如果你也和我一样，生活在一个只注重温饱和生存的地方，从小到大几乎无人看管，即使大人们想要保护你也无能为力，你的安全感就只能靠自己建立。可想而知，这样的安全常常得不到保障。

我不禁想起爱丽丝和菲比，还有米娅。她们能否理解这种感受？她们的父母早就为她们织好了一张无形的安全网，他们无所不能，也从不教子女"要保持沉默，别小题大做"。我越想越觉得希望渺茫，然而，更令人绝望的事情还在后头。

朱利安这类人的父母绝不可能让自己的宝贝儿子成为某个声称自己被强奸的女人的牺牲品。难道爱丽丝、米娅和菲比遇到这种情况，就不会被倒打一耙吗？很有可能，她们遇到的"史蒂文"只是手段不同，却同样拥有某种左右事情结果的能力。

两年后，我在酒吧里再次见到了史蒂文。我那时已年满18岁，和当时的男朋友贾森一起在吧台前买饮料，史蒂文就站在我前面。我一眼就认出了他的头发和背影。当他端着四瓶啤酒转过身来时，我看清了他的脸，瞬间感觉膝盖发软。我没有向贾森说明情况，只是一心想离开那里，在那里我一秒也待不下去。史蒂文起初并没有看见我，那张脸看上去还跟过去一样文静有深度。我曾对那张脸产生过无数幻想，确信它的背后有一个美好高尚的灵魂。经过那晚的惊吓，我再一次看到这张漂亮的脸。当他稍稍转头，与我四目相接的那一刻，他的脸色变了，他的眼神里既没有害怕，也没有愤怒，只是单纯显示出他还记得我。那一刻，我恨不得原地消失，可我并没有转移视线，不是出于勇敢或挑战，而是全身僵住了，僵得连眼珠子也动不了。这种无力感简直和今早被朱利安按住时一模一样。为何自己每次都这样束手就擒？除此之外，我还能做什么？

我浑身无力地走向查令十字车站（Charing Cross station），去搭乘地铁的贝克鲁线。我上了车，安静地坐在座位上，无所事事地享受接下来的路程。一群男孩跳了上来，兴奋地互相打闹着，其中一个把一整罐可乐打翻在地，坐在对面的女士连忙换了个座位。我呆呆地看着那罐可乐朝我脚下滚过来。男孩们呼来喝去，纷纷嘲笑那个打翻可乐的同伴，开玩笑地让他把地拖干净。洒出来的可乐，沿着我脚边的方向流动，可乐罐四处滚动，发出哗啦哗啦的声响。我在皇后公园站下了车，终于有咖啡喝了。我在盖尔斯（Gail's）咖啡厅里排队。我很喜欢周六上午到这儿来吃早餐——一杯咖啡、一份糕点，外加几份报纸。有时也会到一些独立书店里看看书，或是散步到附近的公园晒晒太阳。今天，我选择用纸杯来盛咖啡，这样我可以一路拎着它，慢慢走回公寓。雨后的街道使人心情沉重。我回到公寓，努力说服自己不去理会这扑面而来的压迫感，尽管我不停地告诉自己"这是我家，那个人早走了"，却还是放心不下。

昨晚过后，这是我第一次进入这栋楼、第一次上楼梯、第一次进入自己的公寓。我把每间房间都检查了一遍，确认里面没人，然后第一次走进卧室。我不敢在里面逗留。我发现朱利安已经找到了床单和被子，并且将它们整齐地叠放在床上。他一向很爱整洁，不愧是受过良好教育的。我对着空无一人的房间大声尖叫，将衣柜里所有衣服连同衣架都搬出来，扔到客房的床上；用手捧着内衣、鞋袜、夹克、香水和化妆品，将它们统统堆到客房的一张书桌上。我发疯似的来回搬着东西，搬完后，又紧紧关上卧室的门。没有手机在身边，我只能一声不响地坐着发呆。

幸好我没有手机，这样我可以名正言顺地不与任何人联系，也不用担心接到朱利安发的那些说不清是肉麻还是虚伪的短信。还有一件值得庆幸的事情，就是我把笔记本电脑和工作文件都带在了身边。我拿出电脑和文件，认真研究下周一要开庭的那个案子。虽然我看不进去，但总归有件事可以分散我的注意力。我一整天都没怎么吃东西，却丝毫不觉得饿。

直到晚上，我才用微波炉热了一份冰箱里的印度菜，一边吃，一边浏览电视频道。吃完后我又关掉电视，呆坐在沙发上。我感到一种前所未有的孤独，泪水一下子涌了上来。这一次，我没有强行忍住，而是任它肆意流淌。我感到很悲伤。这种悲伤比愤怒更加难以承受，一时半会儿根本修复不了。我听见自己哭得喘不过气来。不知哭了多久，我才用手抹掉眼泪，把脸深深地埋进抱枕里，无力地躺在沙发上。

又过了一会儿，我找来一条毯子，往沙发上一扔，沙发立马就变成一张临时的床。我再次打开电视，调到购物频道，调低音量，这样既不干扰休息，又能让我感觉多了个伴儿。没有手机的我变得异常脆弱。我不得不劝自己："今天早上，那台手机可一点儿也没帮上忙。"我一连检查了两遍大门是否已锁好，甚至在门后放了一把椅子。长这么大，我还是头一回这么干。我又检查了所有的窗户，尽管不太可能会有人冒险爬这么高。即便我把所有门窗都关得死死的，但脑子里还是不停地想象有人撞开了两道锁的大门，跨过堵在门后的椅子直冲进来，里面的我根本无路可逃。我被这种恐惧感折磨得筋疲力尽。

星期天上午，我醒来时发现自己躺在客房的床上，一定是半夜醒来后，迷迷糊糊走到了这里。我依稀记得自己上过一次厕所。刚醒来时，我感觉昏昏沉沉的，一时没反应过来是怎么回事。我躺在哪里？惊讶自己为何睡在客房里，那些记忆突然一股脑儿全都回来了。我翻了个身，想让自己再多睡一会儿，但最终还是不得不起来，逼迫自己机械性地洗了个澡，全程都不敢照镜子。为了重新熟悉这个家，夺回对它的主权，我一整天都足不出户，把明天那个案子的摘要看得滚瓜烂熟。我意识到自己已不知不觉成了第二个"亚当"，不仅在摘要里贴满了各种标签，还记录下所有盘问时要问的问题，以及想要提出的观点。虽说我从不打无准备的仗，但也不见得会把所有想法都写下来。我通常会把它们记在脑子里，在法庭上顺其自然地进行提问，几乎不用看笔记，除非我想强调什么，才会把它们原原本本地读出来，或者策略性地仔细查看文件，刻意制造紧张的气氛。我熟悉所有的案件资料，如同米娅熟悉自己的剧本一样，除非在庭审过程中不得不临时改变策略，或者突然节外生枝。说到米娅，现在是下午一点多，我决定给她发一封电子邮件。我想把这件事告诉她，却又无法跟她通电话。我需要她的参与，才不至于让朱利安和那几个陌生人成为仅有的知情者。我不想让律所的人知道，如果他们中的任何人知道这件事，我都会受不了，只是想想都觉得可怕。然而，一旦闹上法庭，这件事就再也瞒不住了。我要让朱利安对此事做出回应，承认自己犯下的罪行，并承担一切后果。他知道自己干了什么。即使他认罪了，凭借他家的势力和一些重要人物的支持，也能轻而易举地获得轻判。他拥有一切，不像我代理的那些被指控性侵或强奸的客户。我在希望他成为被告而上法庭的想法和其他想法之间摇摆不定。或许我的内心更偏向他能主动向我承认错误并道歉？

不知不觉，我写了一封很长的邮件。发送之前，我又浏览了一遍，修改了几处表达出自己犹豫不决的文字。转念一想，这封邮件很可能会被调取作为证据，我又把它给删了，重新写了一封简短而坚决的邮件，告诉米娅我不希望再有别的女人受到他的伤害，希望米娅支持我的决定。这一次，我不再迷茫；我让她不用急着给我回电话，因为电话不在我手上，目前只能通过邮件联系我。我特意叮嘱她，暂时不要跟我视频通话，因为我还没做好面对其他人的准备。然而，以我对米娅的了解，她无论如何都会给我打视频电话，于是，我关掉了电脑上的视频通话软件，然后毫不犹豫地将邮件发了出去。

接下来的时间，我一直在为周一的案子做准备。我害怕出庭，害怕去律所，害怕见到朱利安。我只能安慰自己，他不能把我怎么样，这家律所不仅是他的，也是我的，他不可能把我拒之门外。我不能从此一蹶不振。我时而感觉义愤填膺，时而有点儿自卑和害怕。至于结果如何，我连想都不敢想。

下午四点钟，楼下的门铃突然响了。我迅速站了起来，一动也不敢动。是朱利安吗？是他来向我忏悔了吗？我好奇自己会对他说什么。我又能怎么说呢？或许他落了什么东西在我的卧室？情况也许更糟，他该不会还想像前晚那样对我吧？我靠墙站着，试图透过窗户偷看究竟是谁在按门铃。我正发愁看不见，却发现马路对面停着一辆警车，这才稍稍不那么害怕。我突然想到，对面的警察没准儿就是冲我来的。他们是不是还有问题要问？还是打算去逮捕朱利安？门铃声再度响彻整个公寓，我试着接了起来，从声音就能听出此时的我有多防备。我既害怕，又随时准备出击。

"你好？"

原来是那位年轻的女警。

"泰莎，是我，凯特·帕尔默警官。我来还你的手机。"

尽管我的身体还在颤抖，心里却大大松了一口气。我简直不敢相信，这么快就能取回自己的手机。我告诉她，我马上下来。我不想让她进到我的公寓里。我一路小跑着下了楼梯，不由自主地想到，尽管我此刻最不愿意见到的人便是朱利安，但我也曾设想，如果他能出现在门口，为前晚的失态向我道歉，或许我就能够原谅他。这样，既可以避免繁杂的法律程序，也给了我一个直接表达意愿的机会。我会告诉他，我并不希望与他再有任何交流。随后，我为凯特·帕尔默警官打开了公寓楼的单元门，她将那部用塑料袋装着的手机交还给我,完全没有表现出要上楼的意思。

"我知道你担心明天的工作,一定急需这部手机。"

"真是太感谢你了,周末还要加班加点地帮我处理这部手机。"

她耸了耸肩。

"你还好吗?"

"挺好的。"

我已经累到不想再多说什么,只好撒了谎。但她并未打算立即离开,而是稍稍站立了一会儿,说道:"你有我的名片,有事尽管给我打电话。我也会及时通知你案件处理的进展。我们恐怕无法为你提供专业的心理辅导,但是如果你……"

我取掉那层塑料袋,发现手机处于关机状态。

"你们打算什么时候逮捕他?"

"还不确定,应该很快了。我明天打电话告诉你最新情况。"

道别后,她离开人行道,走向对面的警车。她的背影如此娇小,感觉比昨天又小了一号。

那天晚上,我几乎没怎么睡,可想而知,周一上午的状态会有多差。但我不想成为那个无故缺席的人——感觉没脸见人的应该是他,而不是我。我一口食物都吃不进去,出门之前,只好把喝剩的一大杯茶全都倒进水槽里。

周一上午的汉默史密斯及城市线十分拥挤,我不得不改乘比原计划晚一点儿的那趟车。我本可以不必绕道从律所出发,而是直接去内伦敦刑事法庭。但是,今天我必须出现在律所,我要回到自己的办公室，夺回我对生活和工作的主权。我不想表现出怯懦，我的公寓已经让我感觉很陌生，我绝不允许他继续毁掉我的律政生涯。

我一步步走向律所，那幢漂亮的老房子已近在眼前。我一直很感恩当年能受邀加入这家律所。虽然它的办公室布局就像兔子窝一样狭窄且密密麻麻，但这并不影响工作的进行。与这座建筑的外观相比，其缺乏美感的内部结构根本不值一提。阳光从来就不曾照进那些长长的走廊，大部分员工只能共享办公桌，公共区域永远杂乱无章，更别提上下楼还要经过那些蜿蜒的楼梯。即便如此，当拿到办公室钥匙的那一刻，我的心情立刻就从最初的惊讶转为倍感亲切。对我来说，这种强烈的归属感胜过一切。爱丽丝和朱利安总是说他们的朋友都被安排在了一些新装修的办公室或装有豪华设备的明星律所里，但我却很满意这间小小的办公室：一来我不用支付高昂的租金和管理费，也不用买那些华而不实的办公家具；二来这种历史悠久的建筑通常不允许翻新，也就省了不少搬家的麻烦。一切都正合我意。

一走进律所的前厅，我的双腿就开始不自觉地打战。我大声地喘着粗气，感觉周围的一切都变得陌生而令人紧张。我慌忙地退了出来，海莉的背影从我眼前一晃而过。我躲到大楼的一侧，不想被任何人看见。由于膝盖发软，我只能靠在一面石墙上。我感觉呼吸困难，满脑子都是不好的预感，内心惊恐万分，很想吐却又吐不出来，只能不停地干呕。我感觉头晕目眩，于是拼命地找手机。在翻遍挎包和身上的口袋后，我终于找到了，然后第一时间拨通了爱丽丝的电话。我此时只有一个想法，那就是平安地度过接下来的十分钟，在自己还未完全失控前赶紧离开这里。爱丽丝接起电话，我这才想起她这周末刚和朋友一起去苏塞克斯郡（Sussex）度假。得知她已经回来了，我整个人如释重负，因为我知道她今天不用出庭。听上去她的心情不错，看来在苏塞克斯玩得挺开心。我的内心一阵刺痛。我们终究来自不同的世界，我对她的生活一无所知，更无法理解她和她那些朋友的相处之道。她经常感叹我的后知后觉，也会动不动就被我的话吓到，而我自己却听不出其中有何不妥。我们是如此不同，但此时此刻，当她接起电话并向我问好时，我感动得差点儿哭出来。我使出浑身解数，却还是很难以正常的方式说话。

"情况不太好，爱丽丝。我感觉很难受。"

我不得不打断她关切的询问，不停地安慰自己，她很善良。

"事实上，我现在就在楼下，但现在必须马上离开律所，你今天有空替我出庭吗？"

爱丽丝还没反应过来我此时就在律所外面。过了好一会儿，她才用充满同情又乐于助人的语气激动地问道："去哪一个法庭？"

我知道她内心深处一定很兴奋，因为她白白捡了一个案子，不用做任何准备就能直接上庭。还没等我回答，她就接着说："我这就下楼。"

在挂电话之前，我不忘告诉她我的具体位置。不一会儿，她就满脸关切地出现在我面前。我努力了很久才让自己站起来，而我的呼吸仍旧很急促，心跳也一直在加速。爱丽丝发现了我的不对劲儿。

"你看上去像是在发烧，需要我为你做点儿什么吗？"

"不，不用了。我手头有一个袭击伤人案，你可以去内伦敦刑事法庭与当事人见面。"

她接过卷宗看了一眼，发现我已经在上面写满了笔记，这才放心地收下了。

"当事人的证据充分吗？"

我停顿了一下。他的确有不少证据，但我不想给爱丽丝太多压力，万一她输了，也好给自己一个解释。

"说实话，输赢皆有可能。"

我明显感觉她更加放心了。打赢这种案子对她来说简直不在话下，她完全可以毫无压力地轻装上阵。人人都爱接这种案子。离开前，她转身对我说："我去帮你叫一辆出租车。"

我本想拒绝，因为原本打算坐地铁回家，但一想到能快点儿离开这里，也就没有阻止。她很快就拦下了一辆黑色出租车。她扶着我上了车，眼里满是担心。

"你待会儿是一个人在家吗？"

"是啊，但你最好别打电话，因为我想睡一会儿。"

她不理解为何我不需要任何人的陪伴。

"你必须打电话找人来陪你。"

我只好答应她，好让她放心。事实上我根本没有这个打算。再说，我能打给谁呢？爱丽丝可以打给父母、兄嫂、姑妈和教母，甚至更多的人，她的亲人和朋友遍布伦敦的各行各业。她伸手摸了摸我的额头，身子却不自觉地往后靠。

"你在冒冷汗。"

我知道她是在担心我得了什么传染病。我安慰她说："我想我是吃坏肚子了。"

她瞬间松了一口气，不再担心自己被传染，也不再担心我没人看护。她只是同情地看着我说："你看上去糟糕透了，赶紧去卧床休息吧。"

"谢谢你接手我的案子。"

我是真心的,因为突然意识到自己今天无法出庭。我默默地以吃坏肚子来安慰自己,但我知道这并不是真正的原因。事实上,我从未体验过这种感觉,它的确很可怕。这是不是人们常说的"惊恐发作"?不,应该不是。它更像是我身体的一种本能反应,我曾一度怀疑这是心脏病发作。我听爱丽丝说过,她认识一位这方面的专家,好像是她母亲或父亲的朋友,那人的诊所就开在哈利街[①](Harley Street)。但我立刻打消了这个念头。

我坐进车里,在关上车门的那一刻,听见爱丽丝由衷地说道:"谢谢你把这个案子交给我。"

我点了点头,终于可以放心地回家了。直到出租车拐进了哈罗路,我的症状才有所减轻,但仍感觉很虚弱。我看了一眼手机,果然收到了米娅的来信。这是一封很长、很优美的电子邮件,除了表达自己的爱与支持,米娅还痛骂了朱利安一顿,并抱怨自己为什么没能陪在我身边。读完这封信,我再也绷不住了,多希望她此刻就在我身边。她在信的末尾恳求我允许她打电话过来,就算不是视频电话也可以。她很想遵守我的要求,但还是必须听到我的声音。我只好认输,因为不得不承认自己此时急需她的安慰。

付完车费,我在街角坐了一会儿,然后深吸一口气,拨通了她的电话。她立刻接了起来,我瞬间感觉自己不再是一个人。我

---

① 位于伦敦市中心的街道,许多私人医生在此开设门诊。这条具有百年历史的"世界名医街"一直是皇室成员和各界名流的医疗首选。

难过得说不出话来，拼命压抑自己，不让她听出我在哭。然而她早就洞悉一切，每一句话都说到了我的心坎儿里。她大部分时间都很愤怒，扬言要把朱利安关起来。虽然她此刻身在柬埔寨，但她用的是英国的电话号码。我很高兴电话居然打得通。我感觉不那么孤单，也不那么难受了。米娅说我听上去有点儿惊魂未定，还说报案和接受检查以后必须有人陪我。她甚至考虑退出巡演，立刻回家来陪我。我当然不希望她那么做。

"这样一来我会感觉自己很可悲。求你了，千万别回来。"

她让我保证一定会给母亲打电话。我解释说母亲上班时不能接电话。但她十分坚持，不接受任何借口。她说如果我不打，她就来打。挂电话之前，米娅终于忍不住哭了出来。

"我讨厌这种事发生在你身上。他胆子也太大了，他算哪根葱，居然敢这样对我的朋友？"

她发脾气的时候很可爱。我冒险提了一个一直不敢问的问题："我该怎样回律所上班？今后该怎样和他一起共事？"

斟酌过后，她建议我干脆休息一段时间。挂完电话，我终于鼓起勇气给母亲打了电话。打出第一通电话时，我还在想一会儿肯定还需拨打第二次，但没想到她居然一下就接了起来。她似乎不太高兴我在工作时间给她打电话，但马上就反应过来。

"出什么事了？"

我一边组织语言，一边听着她焦急等待的呼吸声，仿佛她早就预感到我会给她打电话一样。

"我挺好的。就是，你说得没错，我的确遇到了点儿事情。"

见她等得如此绝望，我决定不再隐瞒。

"我刚经历了一件非常不好的事情，还去警察局报案了。"

她问我现在在哪里,并且说已经在来的路上了。我完全没有料到她会是这样一个反应。她迅速挂断电话,我根本来不及反对或者询问她擅自离岗会有什么后果。我只好发短信问她,但她并没有回复。

在等待母亲坐火车赶过来的一两个小时里,我无所事事地坐在公寓的沙发上。这完全不像我。见到母亲的那一瞬间,我感动得不知所措。我知道她为此付出了多大的牺牲。她满脸愁容地看着我,试图从我脸上看出什么线索。她立刻觉察出我的不对劲儿。

"你是不是病了?"

我多希望自己只需吃一点儿处方药,然后再喝一点儿母亲做的鸡汤,一切就能好起来。

"妈!"

说完这个字我便哽咽了。

"对不起,对不起,妈妈……我……"

她没有碰我,但一下子冲了进来。

"亲爱的,到底发生了什么事?"

我必须稳住她,不能让她太担心。

"没什么事,我挺好的。我没事,真的……"

"泰莎?"

我一时说不出话来,但母亲看上去就要崩溃了,我只好说出实情。

"我星期五晚上和一个男同事出去约会,然后……"

"然后怎样?他打你了吗?"

她仔细打量着我,仿佛是在检查我的脸上是否有瘀伤或血迹。我摇了摇头。

"没有。我们……"

我实在说不出口。面对自己的母亲，我如何说得出那几个字？

母亲靠了过来，焦急地等待着。我看得出来，她很紧张。

我已经别无选择。

"他强奸了我，妈妈。"

我眼眶一热，泪水瞬间涌了上来。母亲的表情一下就垮了，难过得一句话也说不出来。

"我没事，我向你保证，我会没事的……"

事情总算说开了。母亲看起来很受伤，这个消息就像一颗子弹，击碎了她的心。她注意到我在发抖，于是把我牵到沙发上坐下。她开始环顾公寓。而我则开始号啕大哭，一边哭一边说着一些毫无头绪、语无伦次的话。

我说不出任何有关那天晚上在我卧室里发生的事，只能指着那间浴室说："那间浴室，我……吐了，然后……然后……"

除此之外，我什么也说不出来，仿佛丧失了语言能力。我感觉自己一直在控制着情绪，无论是在警察局做笔录，还是把东西从卧室搬到客房，但如今这道闸门一下就打开了。我仍在努力克制，但哭得根本停不下来。我已记不清上一次当着母亲的面哭是什么时候。她笨拙地用胳膊搂着我，虽然我平时根本无法接受这么亲密的动作。我告诉她，我还没有好好看过这间浴室，里面好像还留有血迹。

"在那之后……"

母亲强压着满腔怒火，没有向我提出任何问题。她双手握拳，紧绷的指关节看起来惨白惨白的。

"需要我帮你打扫那间浴室吗，亲爱的？"

我点了点头，巴不得有件事能缓解目前这紧张的气氛。我听见她找来水桶和拖把，然后打开水龙头接水，接着走出来拿走一把刷子，然后又重新回到浴室。我从门缝里偷偷往里看，母亲正蹲在淋浴间里埋头刷着地板。我看见原先残留在砖缝里的棕色血迹正在被水流卷入下水道。那些从我身上流出的血，我可怜的母亲此时正在清理它。

打扫完浴室，母亲抬头看了我一眼，然后面无表情地站起身来。我就像一个任性闯祸的小女孩，面对她绝望的眼神，后悔自己不该给她和这个家带来这么多麻烦。她此时的痛苦全是我造成的。

我曾经真的以为自己可以心无旁骛地专心工作，只要做好本职工作，打赢官司，不争不抢，就可以和律所的其他人一样，但我始终成为不了他们。我在他们眼里永远是可以丢弃的、可以被任意践踏的人。一切都跟小时候一模一样，除了侵犯者的身份有所不同。我感觉自己就像个傻子。

"妈，对不起。"

她抬头看着我，摇了摇头说："不，你不用道歉。这件事又不是你自找的。"

她生气地朝我走过来，嘴里嘟囔着一些无心的话，像是在责怪谁，又像是在数落谁，从她的话里我听出了她有着和我一样的失望。

"我早该告诉你不要随便让人来家里，泰莎。"

我本想反驳，但很快意识到这件事虽然发生在我身上，但母亲一直在自责。在这件事上,她和我感同身受。我不禁打了个冷战,因为我知道此时自责的人肯定不止母亲一个。

"妈,你帮我瞒着约翰尼,好吗?"

见我整个人都慌了,母亲点了点头。我们彼此心照不宣。母亲一把抓住我,心急火燎地嘱咐道:"你听我说,你必须回去上班。你好不容易才走到今天,你在这一行干得好好的。这是你的工作,你的事业。你不工作就没有收入。我们不能输给他。坚强一点儿,回去上班。答应我。"

我点了点头。没人能够让时间倒退到周五之前。若是能预判到后面会发生这么多事,我当时又会做出怎样的选择?我的脑子里盘旋着无数种可能。我真是罪该万死。母亲还在期待我的回答。

我答应母亲,明天就回去上班。

母亲走后,我给谢丽尔打了个电话。在我认识的人当中,只有她能在大多数情况下不加评判地倾听我说话。她耐心地听我讲完。我期待着她像往常那样火冒三丈,甚至是破口大骂。然而今天,电话那头却安静得出奇,我突然意识到她自始至终都在对着电话无声地啜泣。

第二十七章

庭审日

母亲审视着我的脸,一时间不知该说些什么。于是,我询问起其他人的去向。

"其他人到哪儿去了?"

"你的好朋友米娅已经到了,她带着他们去给朱妮买果汁了。"

提起朱妮,我急忙叮嘱道:"谢丽尔知道要……"

母亲立刻把话接了过去:"要把朱妮带出去,等你开始……说话的时候。是的,她知道。"

她急于让我放心,不知不觉提高了声调。

"不,妈妈,一开始就不该将她带进法庭。"

母亲点了点头。她从进门到现在一直都站着,双手不停地互相揉搓。我实在看不惯她这么拘谨。就连在这么一间狭小的房间里,她也得等别人提出邀请后才敢入座。

"你还是先坐一会儿吧,陪审团选人可没有那么快。"

母亲终于坐下,但也只坐了半边。她瞪大双眼,如同一只惊弓之鸟。

"还有陪审团？"

"当然啦，妈妈。"

我的语气听起来有些不快，尽管不是故意的。我这才发现，我的家人根本不了解自己即将面对什么。但无论如何，我都不该用这样的语气跟她说话。

"对不起。"

母亲轻轻一甩手，示意我根本用不着道歉。她低着头，从那个大大的草编包里掏出一个三明治递给我。我仍然没有半点儿胃口，但面对她那双眼袋深重、疲惫不堪的眼睛以及满脸的愁容，只好接了过来。她见我不再拒绝，又继续劝道："吃吧，亲爱的，你需要补充能量。"

我默默地咀嚼着，满嘴都是甜到发腻的草莓酱混合着黄油的味道。母亲盯着我的脸，仔细地看了又看，突然从椅子上站起身来，生硬地把我搂进怀里，连说话的声音都跟平时不一样了。

"坚强一点儿，别让那些浑蛋得逞，就算他们逃过了惩罚，也休想毁掉我们泰莎。"

我呆呆地坐着，生怕一张口就会哭出来。我觉得自己又变回了年轻时的泰丝。这些天来，我一直都在被往事纠缠。尽管许久以来，我都不曾想起那个过去的自己。从她的语气中不难发现，母亲对庭审结果已不抱期待。她越是表现得如此，我就越感到心痛。我很想放声大哭，又恐惊扰到母亲，彻底将她击垮。

我有意大口地啃着三明治，含糊不清地回答道："嗯嗯。"

不哭，我一定不会哭！

朱利安今天要做的是无罪辩护，他拒绝承认自己的所作所为。在不超过三天的庭审过程中，我将是此案唯一的证人。朱利安不打算出庭做证。我知道，他有权这么做，虽然看起来有失公平。我还知道，这是他的权宜之计，对于这一点，他比谁都明白。朱利安可不傻，他不仅相信自己无罪，还成功地说服了一帮愿意写信支持他的人，尽管这些人我也认识。他让他们相信是我在撒谎，我这么做……我这么做是为了毁掉他！他坚信自己才是受害者。而我却要接受拷问，被迫在所有人面前，重新体验一遍那晚的痛苦与羞辱。我心里很清楚，这并不违反司法程序，他有权对原告进行盘问。人人都应当行使法律所赋予的权利，这一点无可厚非。但此时此刻，一想到他可以全程坐在那里不用接受任何盘问，也不用担心自己的证言是否有漏洞，我就觉得很不公平。明明他才是罪犯，目前看来，却更像是我在接受审判。

母亲又坐了下来。看着她沧桑的脸，我不禁想起她的一生，想到她前半生一直在忍受丈夫的暴力。她在那样的环境下生活和工作，又是这般逆来顺受的性格，必定了解我此时的感受。但我一辈子都不会问她的感受。

我的嘴里塞满三明治，却怎么也咽不下去。

第二十八章

庭审前

周二上午,我再次尝试回律所上班。一到律所,我就把耳机戴上,借着听一些不熟悉的曲子来分散注意力。我总算安全地进入律所,一路风平浪静,这让我顿时有了信心。我发现律所里一切如常,和往常的星期二没什么两样,每个人都忙得不可开交。直到进入自己的办公室,我才松了一口气。

我一关上门,就立刻收到了爱丽丝发来的短信。她问我今天感觉怎么样,并告诉我昨天的案子大获全胜。我回复她:"大功告成!"她马上就回了一个竖拇指的表情。看得出来,她心情很愉悦。手机显示她还在输入什么内容,我不由得紧张起来。难道她听说了什么?她终于发了信息过来,原来只是再次关心我的身体状况。我不再回复,开始收拾散落在桌上的一些文件。我打开电脑,继续完成一篇之前没写完的司法建议书。时间似乎过得很慢,我始终无法像平时那样全神贯注。我的心里突然一阵发慌,但被我强压了下去。我告诉自己,这只是暂时的,过会儿就好了。我继续专心工作,终于让自己平静了一些。对我来说,工作就是最好的慰藉，为我提供了此刻我所需的一切，可以分散我的注意力、增强我的自信，还使我逻辑严谨、思维正常，不至于让我太浪费时间。但那种惊恐的感觉很快又卷土重来。我决定休息一下，于是给凯特·帕尔默警官打了个电话。她告诉我，他们正打算录朱利安的口供，但不会在工作场所进行。

我的腿不听使唤地抖了起来。

我十分清楚，一旦警察找他谈话，事情就无可挽回了。凯特说，调查开始之前，她会知会我一声，给我一些必要的提醒。对此，我十分感激。

我挂断电话，继续翻阅手里的法律文件，很快便沉浸在工作当中。我发现有些文件需要复印，于是，一边把活页文档翻到需要复印的那几页，一边走向文印区。此时的律所里已没什么人，他们大多去了法院，因此，办公区域不像一大早那么拥挤。我自我安慰，此时的朱利安应该不在律所，我大可以放心地出来走动。我一边和认识的律师打着招呼，一边徘徊到复印机旁。

当我转身进入文印区时，却差点儿撞上那个人。他身着一套整洁修身的西装，搭配一条漂亮的紫色佩斯利涡纹领带，都是为人熟知的品牌。我盯着他的衣服和领带，内心瞬间瓦解，呼吸不断加重。我们之间几乎没有距离，我能闻到须后水的味道，对于那个味道，我一辈子也忘不了。我意识到，这正是我在救助站接受检查时闻到的味道，于是赶紧关闭所有的感官。我呆呆地站着，一抬头就看见他正在审视我的脸。

他开口说道："嘿！"

一个简简单单的"嘿"字，仿佛透露着一丝威胁，又好像没有。再次闻到那股须后水的味道，我的听力也变得异常灵敏，只感觉一阵恶心。他的衬衫被浆洗得又白又挺,我不禁好奇,究竟是谁在为他打理这一切,我猜一定不是他自己。自始至终,他的眼睛都没离开过我的脸。我的沉默似乎给了他勇气,他微笑着把头歪向一边,他经常在法庭上使用这一招,但我完全不为所动,甚至有点儿生气。我已完全读不懂他的表情,只能对一切都保持警惕。

"我们之间没事吧?"

有一点可以肯定,在说这句话时,他的语气很冷淡。他明知道我们之间有问题,竟然还有脸装蒜?我想跑,双腿却完全不听使唤,此刻,我的脸上写满了否定的答案。

他不耐烦地叹了一口气,仿佛我是一个爱耍性子、不可理喻的人,对此,他感到很失望。没错,我令他失望了。然而,他并不想把事情搞砸,还是想干净利落地来个彻底解决。

"泰莎,如果我哪里做得不好,惹你生气了,我很抱歉。你这周的午餐我请了,怎么样?"

他一边说着,一边收拾自己的物品。我被他所说的话惊呆了。他就这么站在我面前,企图对我进行心理操控,想让我觉得,这一切都是我的问题,他自己却若无其事。我很想说话,却怎么也开不了口。他靠了过来,我下意识地往后退。他并没有注意到这一点,还在那儿自顾自地耍着法庭上那一套——看似轻松幽默,实则笑里藏刀。我听得一清二楚,绝对不会错。他直截了当地说:"我那晚喝多了,什么都不记得了。"

他停了一会儿,又尖锐地指出:"应该说,我们都喝多了。"

我知道他这么说的目的。天啊,他真的很在行,说话滴水不漏。他已经想好了一整套说辞。我虽然一动不动,却已看清他的每一步棋。他在暗示我，那天晚上纯属酒后乱性，企图把所有事都一笔勾销。他把最后那句话作为一种善意的提醒，算是给我留足了面子。看似不经意的一句话，却暗示着问题在我而不在他。他根本无须道歉。而我，泰莎，是整件事的始作俑者，而不是他朱利安。我只能在脑子里大声尖叫："你还有脸说不知怎么就惹我不高兴了？是你强奸了我。是你把我放倒，不管我的死活就……"

这时，爱丽丝突然出现在我们面前。朱利安主动献上一个灿烂的微笑，她也冲我们笑了一下。朱利安趁机挥了挥手说："我得走了。"

爱丽丝手上也有些文件要复印，她转身对我说："你今天看起来好多了。看来问题不大，休息一天就好了。"

我点了点头，开始在复印机上复印那几页文件。我机械地重复着一系列动作——放上原件，等待扫描，再打开复印机。爱丽丝一边帮我翻页，一边说着什么，我根本没心思听。我此刻满脑子都是朱利安刚才那句话——"应该说，我们都喝多了。"

他在提醒我，那天晚上的事我至少要承担一半的责任。我一边怒火中烧，一边暗暗地骂自己："怎么，你就只会傻站着任由他把责任归到你头上吗？"

复印完那些文件，我很想对爱丽丝说点儿什么。她此时正在整理自己的文件。我感觉一切都太不真实了，双腿不停地打战。我意识到我已不再是过去的我。过去的我绝不会这样忍气吞声。我一句话也没有说，只在离开前向爱丽丝点了点头。我回到办公室，感觉自己渺小得可怜。我在办公桌前呆坐了许久，什么也不想做。我试着将大脑放空，虽然做到了，但也只是片刻。

第二十九章

庭审日

"陪审团成员选定了。"

理查德宣布这一消息的时候仿佛意犹未尽,于是我顺着他的话问道:"成员中有几位女性?"

"五位。"

母亲鼓起勇气问道:"这样是好还是不好?"

理查德和我交换了一下眼神,我们很难回答这个问题。究竟是好是坏,我们彼此有自己的答案。

我转向母亲,故意大声地回答,好让理查德也帮着说几句。

"不好说。女人有时反倒更不相信女人。"

理查德叹了一口气。母亲不太明白我的意思,但对她来说,只要我不说情况很糟,就已经不错了。她此刻正仔细观察着理查德的律师袍和假发,这身行头把他衬托得威风凛凛。我反复考虑着这个问题。因为我还从未认真思考过,在听说其他女性遭受性侵时,为何女性会和男性一样表示怀疑,甚至可能会更加反感。我以前根本无须考虑这个问题,只是不止一次地发现,当我在为一些性侵案辩护时,在场的其他女性看我的眼神仿佛在说:"她绝不会为一个真的强奸犯辩护。"我知道她们会这么想,也知道这种想法对我的当事人是有利的。事实上,当女性,也包括男性,先入为主地认为女律师愿意为性侵案辩护时,就说明她在某种程度上相信和支持这名被告。这种想法纯属个人观点。

理查德和母亲聊起了家常,他谈到了自己的几个孩子,母亲也跟他分享了孙女的趣事。每次提到朱妮,母亲都极力让自己表现得不那么兴奋,生怕别人认为她没心没肺。我又想起了女性陪审团成员的事,脑子里冒出一个以前从未出现过的可怕想法。或许在现实生活中,我们都曾与性侵事件擦肩而过,但大多数人不愿承认自己的经历和眼前的案子一样令人感到不堪。这究竟是为什么?是因为我们不够勇敢吗?是因为我们都认为是自己的错!我们都不好意思承认,也无法忍受自己成为众人口中的受害者。也许坐在那里说出那句"这不算强奸"会相对轻松得多,因为一旦承认受害者所说的就是事实,我们就不得不重新审视自己,甚至还包括自己的儿子、丈夫和兄弟。也许将受害者的描述定性为夸大其词、胡编乱造、不负责任、添油加醋,对她们来说会更好受一些,否则她们就要背上"女人何苦为难女人"的骂名。回顾以往盘问证人的经验,我只需暗示控方的指控有误,陪审团成员就会自动认为控方目前所掌握的证据还不足以拿来给被告定罪。

我立刻打消了这个念头。如今的律师已不再像过去那样会利用一些与本案无关的证据——如女性受害者的性生活史——来暗示她行为不检点,或是以她案发时所穿的内衣款式和颜色来判断她是否主动。律师们再也不会像过去那样,指着女性证人的鼻子骂她是骗子。如今的法官已不允许在法庭上出现这样的行为。想到这里，我总算放心了一点儿，但马上又有了新的疑虑。

我从来都不需要把证人说成骗子，以此来证明他们的证词有漏洞。我只需暗示他们在撒谎就可以了。陪审团最擅长读潜台词，尤其是当你用某种特殊方式说话时。你用不着咄咄逼人，只要把漏洞展示出来即可。

正当我纠结万分的时候，理查德打断了我的思路。他正准备返回法庭。一想到庭审即将开始，我的心里又一阵发慌。这一刻终于来了。我不允许自己再想任何有关陪审团和法官的事，而是开始为出庭做准备。我将不得不站在证人席上，时刻紧盯台下的朱利安。

理查德说："我要进去做开庭陈述了。传唤证人的时候，我会派凯特·帕尔默警员来带你过去。"

我紧张得说不出话来。

"你准备好了吗，泰莎？"

我点了点头。

"准备好了。"

"你一定会做得很好。"

理查德走了出去，母亲趁机去了趟厕所。她想提前做好准备，免得中途离场。其实我知道她去厕所另有原因，那就是紧张。

我又陷入了等待。我知道米娅已经陪约翰尼、谢丽尔和朱妮进去了，她会负责把他们带到合适的座位上。我想到了米娅。她昨晚住在我家，今天早上还去买了新鲜的咖啡和牛角面包，以及朱妮要喝的果汁。我让她提前去车站接约翰尼他们。她愿意为我做任何事。前一天晚上，我们彻夜长谈，计划着明年夏天一起去旅行。她很擅长聊天，曾一度停下来，放下手中的杯子，看着我的眼睛说道："我真为你感到骄傲。我知道这并不容易。但你这么做不仅仅是为了你自己，还为了证明他逃脱不了法律的制裁，为了向世人展示公平和正义。我简直太崇拜你了。"

我忍不住白了她一眼。

"不，你听我说。我无法想象你得有多坚强才能迈出这一步。如果是我，我绝对做不到。"

我提醒她，陪审团很有可能不会相信我说的话。

但她说服了我。

"泰莎，如果连你都无法被他们相信，别人就更没有希望了。我只能说，你就是最完美的证人，事后知道直接去警察局报案。换作我，可能完全想不到要及时报警，只会坐在那儿思前想后。你口才好，说话又经得起推敲，他们根本无法辩驳！"

对于她无条件的信任，我当然很开心，但还是不厌其烦地解释道："米娅，辩方永远都有可辩的点。他会说我是自愿的。"

她惊讶地大声反驳，这也是我最喜欢她的地方之一——毫不掩饰。

"都那样了怎么可能是自愿？！我的天啊！"

母亲在洗手间待了很长时间。我在手机里搜寻着米娅进入法庭时给我发的那条短信。她没等到演出结束就提前回家了。这次的演出对她来说同样机会难得。她这么做完全是为了来陪我，尽管她很努力地向我保证，自己很高兴有一个借口可以逃出来。我读着她的短信，嘴角不由得上扬。我感觉浑身又充满了力量。她还随手拍了一张约翰尼一家三口的照片发给我。他们几个就是为数不多的全力支持我的人。我知道，他们的到来根本左右不了庭审结果，但只要有他们在现场为我见证，我就有了底气。同时，我也好奇今天会有多少人来为朱利安撑腰。他的家人和朋友肯定也都到场了。我知道他此刻肯定已经和他的皇家律师稳坐在被告席上了。

理查德一结束开庭陈述，我就会被传唤，作为本案的第一证人上庭。朱利安将全程坐在被告席上听我发言。他清楚自己全程不用开口，因此，可以放松地靠在椅背上。凭什么他可以坐在那里高枕无忧，而我却要在这个逼仄的房间里焦急等待？凭什么他可以从头到尾不接受任何盘问？我知道这都是法律赋予他的权利，他有权检验控方提出的所有指控。既然我是控方，自然就成了唯一需要被检验的人。

我回想起之前看过的一篇文章。文章指出，统计数据显示，几乎所有因性侵而被判有罪的男性，都有过行为不端或侵犯过其他女性的不良记录。

过去我一直认为这个说法未经证实，不值得参考。难不成这种事情发生的频率高到有统计的必要吗？这简直是在没事找事。直到此刻，在理查德对陪审团做开庭陈述的时候，我才突然回想起，朱利安很有可能不是初犯。

亚当来看我时，跟我分享过他听到的传闻：虽然没有确凿的证据，但据说朱利安上大学时曾和一个女人惹出过麻烦，后来不了了之了。

如今回想起来，如果当时那个女人大胆地把事情曝光，或许我此刻就不会出现在这里。然而像朱利安那样的人肯定会想方设法掩盖真相，甚至不惜动用人力、物力来收买人心。就算那个女人当时报了警，但法律规定每一个新的案件都必须独立审理，陪审团也只能根据新的指控对他进行审判,而不会涉及任何先前的定罪。

  我拿出那面可以手持的小镜子,简单地补了一下妆,又斜举着镜子再次查看身上的衣服。这身打扮完美地表达了"我是一个坚强的职业女性,我的行为并不可耻,我也并不是一个随便的女人"的自我定义,这也是米娅对我的定义。我们都知道,这正是我此刻应该有的样子。

第三十章

庭审前

我知道朱利安很快就会被捕,或许就在今晚下班后。我暗自怀疑他是不是可以享受什么特殊待遇,毕竟他是一个资深初级律师,其父亲又是一名皇家律师。警方在采取行动之前会先整理出一条完整的证据链。我后来才得知那位身材魁梧的警官名叫戴夫(Dave)。在完成我的笔录之前,他特意打电话来跟我确认了一些细节。他主动说明了是皇家检控署要求他必须确保所有的细节都准确无误。

他告诉我:"这个案子对皇家检控署来说非常特殊。双方当事人都是律师,还都是刑辩律师!"

我不禁想象着这位大块头警官和皇家检控署那帮人会怎样拿这件事开玩笑。就算在皇家检控署内部,这件事也足以成为他们所有人的笑料,而且他们在此之前就都认识我。对于他们来说,我一直是辩方律师,所以他们不得不提防我,想方设法地战胜我。如今这层神秘的面纱被戳破了,他们看到了我最脆弱的一面,从此便占了上风。这一次终于轮到他们来考虑我的话值不值得被相信了。这一次，他们也将面对朱利安，以及决定是否要起诉这个有权有势的人，毕竟他的背后还有一位有权有势的父亲。我的命运完全掌握在他们的手中。我深知自己在律所的日子已屈指可数，虽然目前还没人知道究竟发生了什么。没准儿明天这个消息就要炸开了。一想到这里，我的左腿就不由自主地颤抖起来。我看了一眼自己的办公室，开始考虑要把那几瓶酒藏在哪里。不少私人客户喜欢送我威士忌作为礼物，它们还都是些有年份的单桶威士忌。久而久之，我就存了不少好酒。大家时不时地围坐在一起，往杯子里加点儿冰块或可乐，然后倒上一大杯我的威士忌。

我记得朱利安很看不惯亚当拿我的威士忌兑可乐喝。

"这瓶可是二十年的乐加维林（Lagavulin），你居然拿它兑可乐？"

亚当才不理会这些，他拿起那杯兑了可乐的威士忌，碰了一下朱利安的杯子，然后将其一饮而尽。

"只有加了可乐，它的味道才不那么冲。"

我听完大笑起来。

如今我一边数着这几瓶酒，一边纠结要不要把它们藏起来，以防那些别有用心的人把它们当成证据，以诬陷我有酗酒的毛病。但最终我还是忍住了。

"别疑神疑鬼了，我的私藏和律所里其他人的私藏并没有什么不同。"

尽管如此，我还是把那几瓶开过的威士忌全都扔进了垃圾桶。

我正在翻看一些资料，外面突然传来用力摔门的声音，还有人在大声嚷嚷。听得出那是一个男人的声音,而且就发生在律所里,真是怪事一桩。几乎同一时间,我桌上的内线电话铃声大作。我接起来,发现是海莉打来的。

"你的那个客户又来了,正在大吵大闹呢。"

"什么客户?"

"他硬要闯进来。"

我急忙冲出去,直奔楼下的接待处。该死,事情来得真是时候啊。

我三步并作两步地来到前台,眼前那个背影不是别人,正是我的哥哥。我冲上前去,只见朱利安站在一边,身前有一名保安挡着,我哥则被另外两名保安拦住了。朱利安看上去有点儿衣冠不整。我不明白究竟发生了什么。随后,我才得知是约翰尼提出要见朱利安,一见到他就要冲上去揍他。朱利安虽然害怕极了,表面上却装得镇定自若。当然啦,主要是因为有三名保安在护着他。

约翰尼这时冲他吼道:"看我不把你撕烂了!我要杀了你,为我妹妹报仇。"

我的心猛地一沉。我此时已身处他们中间,只能悄悄地在心里责怪母亲:"我明明叮嘱过你,千万别告诉他!"

"约翰尼!!!"

我看见海莉走了出去,加入了门口那堆看热闹的人群。其中一名保安用肘部卡住了约翰尼的脖子。约翰尼甚至没有认出眼前的我,只是一直在拼命挣脱,眼神充满了杀气。我站到他面前,可他却一门心思想找朱利安算账。他就像发疯了似的,把几名保安吓得不知所措。

我对他们说:"放心,他是来找我的。"

那名负责的保安对我说:"布鲁克斯先生说不用报警。"

他是想征求我的同意,以便打电话报警,还是在跟我确认朱利安的意见?

朱利安选择不报警,是因为他肯定知道约翰尼来这里的原因。约翰尼肯定提到了那件事。我能想象之前究竟发生了什么:约翰尼冲进来想找朱利安,海莉打电话通知朱利安,朱利安不情愿地来到接待处,约翰尼一见到他就直接冲了上去。这时候保安应该已经到了,因为遇到临时有客户冲进来的情况,海莉都不会独自应对。当她发现这个客户情绪激动,且一看就是那种不守规矩、衣着寒酸的"无名小卒"时,她便预感到情况不妙,立刻就通知保安来助阵。我发现海莉的脸上仍惊魂未定。我哥对这种害怕的表情早已见怪不怪,他从不善于和人打交道。

我的心跳漏了一拍。他这么做全是为了我,为了我把自己置身于这样的境地。但同时我又很生气,因为我完全不需要他为我这么做。我已经够烦的了。朱利安以为自己很安全,顶多就是应付一下我哥的恐吓。我心想,今晚警察上门时他就会知道事情的严重性了,那可比我哥突然冲上来对他大吼大叫要严重得多。对于我哥,他完全可以将对方赶走并一笑置之,甚至故作大方地选择不报警,扮演一个高高在上的好心人。但我知道,他一定明白约翰尼此时的愤怒就等同于我的愤怒。但事情没那么简单。我已经沉默了好几天,他肯定以为自己已侥幸逃过了惩罚。

他是否曾经逃脱过类似这样的惩罚?

我让那名保安把约翰尼带了出去。

"放心,他是来找我的。"

那名保安用一种不可思议的眼神看着我，他一定觉得我脑子不正常，居然主动要求接管一头正在发疯的雄狮。我对约翰尼说："约翰尼，咱们到外面去说。"

约翰尼终于看见我了，这才稍稍停止了冲动。

"泰丝。"

那名年轻的保安说道："哦，他是你的客户吗？"

我点了点头。

那名负责的保安再次向我告状："他一上来就要打朱利安，还冲朱利安嚷嚷。"

朱利安已悄然消失，而约翰尼正在被保安押着送出大楼。我陪着他走了出去。他被保安强行拖到了外面的大街上。大街上人来人往，有的拿着咖啡经过，有的在路边等出租车，纷纷用奇怪的眼神看着我们，还不时地窃窃私语。我瞪大眼睛看着那些好事者，心里不禁骂道："都去死吧。"约翰尼已渐渐恢复平静，然后静静地注视着我，眼里充满了忧伤和疑惑。

我严肃且专业地对保安说："谢谢你们，剩下的可以交给我来处理了。"

他们还拿不定主意。

我再三坚持道："你们可以走了。"

我说这句话时的态度是很不客气的，但不是故意的，只是不想在大庭广众之下如此兴师动众。我真恨不得他们马上消失。我不想让陌生人像看犯人似的盯着我哥，而那个真正的犯人却躲在大楼里，被一群保安保护着。那群保安终于松手了。我迅速调整态度，对他们的配合表示感谢。他们一边走一边不放心地回头看。约翰尼此时站在我身边，完全是一副正在悔过的样子，没有再继续惹事。我拉着他的胳膊,把他带到大楼的拐角处,这里就是我前两天回来上班时的藏身之处。他憋了一肚子火,撒气似的往地上啐了一口痰。我莫名其妙地盯着那口痰。

"约翰尼!"

他一脸绝望地看着我,我看得出他此时有多心疼。他总是故意放狠话,以此来掩饰自己的担心。

"我非杀了他不可,泰丝!我要把他那玩意儿割下来。"

我知道他此刻很想砸东西,任何东西都行,但他还是忍住了,只站在一旁等待我开口。

"我不敢相信妈妈居然告诉你了。"

他知道自己把事情搞砸了,于是本能地想要保护母亲。

"是我看见谢丽尔在哭。"

"她才不会说呢!"

"没错,是我逼着妈妈说的。"

"是谢丽尔让你来的?"

"也不全是。"

没有一件事能让我省心。与其说约翰尼让人捉摸不透,倒不如说他太容易被人看穿。我必须在他再次冲进去之前把他送回家。我必须阻止这场闹剧。果不其然,他说道:"告诉我他住在哪里!"

"该死,约翰尼!"

还没等我的心跳恢复正常,约翰尼的脾气就又上来了。

"我要把他该死的脑袋打成烂泥!"

我再也忍不住了。

"停!别说了,别再说了!"

我一边说着一边捶打着他的手臂。他疑惑不解地看着我说："你这是在干吗？"

他很警觉，一下就看出我整张脸气得直哆嗦。他认为自己有必要向我解释一下。

"我不能就这么放过他！他欺负的可是我的妹妹！"

我一边继续用拳头捶打他的胸口，一边冲他尖叫："我不需要你为了我把自己搭进去，不管是人身攻击，还是什么更严重的罪名！"

我上前继续打他，却被他抓住了双手。我一下子慌了。

"放开我！"

他赶紧温柔地松开，表情更加疑惑了。这时，一个男人探了个脑袋过来问我："这个男人是不是在找你的麻烦？"

"不不不，我们没事。"

那个男人一脸怀疑地看着我，我连忙用一种欢快的语气认真回应了他的猜测。

"没事，他是我哥。"

那个男人离开后，我们俩便一言不发地站在那里。

接着，我告诉约翰尼："朱利安马上就要被起诉了。警方正在调查这件事。"

这个消息根本安抚不了他。

"他们肯定什么也不会干！"

我累得什么也不想说。

"我只想讨个公道。"

约翰尼狂笑起来，我着实被他吓了一跳。

"我会让他明白什么是该死的公道。"

我对他的笑声和威胁感到很生气，但并不希望再出什么岔子，于是重新站好，深吸了一口气，鼓起勇气说道："听我说，你不要轻举妄动，这件事的当事人是我，不是你。再说，我又不是你的个人财产，不需要你这么保护。"

他看上去很受伤。我也不想这样，但他必须听话。

他忍不住问道："你在说什么鬼话？"

"我要用我的方式为自己讨回公道。"

他迟疑了一会儿，还是没想通。但我需要他当下就想明白，于是换了一种语气，苦口婆心地劝他："你马上就有一个三口之家了。你觉得你的孩子会希望你去坐牢吗？那样一来，你就会像咱们的父亲一样缺席你孩子的童年。"

"我不想听这些废话。"

他见我被他气得心烦意乱，怒气一下就消了。我说着说着，声音忍不住颤抖起来。

"我需要你顾及一下我的感受，否则你和那些臭男人有什么区别？"

我小声哭了起来。他试探性地伸手想要抱我。

我又重申了一遍："拜托，我要操心的事已经够多了，别再让我为你担心。"

他放松肩膀，将手搭在我的背上，仿佛我还是当年那个14岁的小女孩。不知为何，这个举动反而令我更加伤感，委屈得直想哭。约翰尼揉着我的背，轻声安慰道："嘿，嘘，好了好了，我听你的。"

我擤了擤鼻涕。

"嘿，嘘，没事了。从现在起，我只做你要我做的事情。嘘，哥哥在这儿呢,我保证尽量不再犯傻,好吗?"

我感激地点了点头,重新与他保持一定的距离。

"谢谢。"

他做了个搞笑的表情,假装吓了一跳。

"哟嗬,听听这时髦的小腔调!"

"滚!"

我假装咬牙切齿,但又忍不住笑了出来。约翰尼的脸上终于有了笑容。

"这就对了嘛。"

我用力握住了他的手。

第三十一章

庭审日

母亲从洗手间回来,正好碰上刚进来的帕尔默警员。穿着制服的凯特看起来仍那么娇小,她腰间的枪套里还别着一根警棍。她毫无保留地信任我,当然也期盼审判结果对我有利。此刻她的脸上写满了希望。

"法庭那边在传唤你了,泰莎。"

我看了母亲一眼,并在她脸上看到了一丝恐惧。

我又看了一眼凯特。

"你能带我妈进去吗?"

她点了点头。母亲收拾了一下自己的物品,然后背起了自己的草编包。凯特扶着母亲的手臂,准备带她出去,但又突然转过身来在我的手臂上用力一捏。只有好朋友或姐妹才会用这个动作表示支持。我冲她微微一笑,跟在她俩身后走出了会见室。刚一出门,我就看见一个女人带着一个小男孩在公共休息区玩耍。小男孩正在玩那个算术玩具,但他显然不知道那是何物,只是胡乱地把那些珠子拨来拨去。公共休息区还有一些其他人,他们在我们经过时迅速地看了一眼。我听见自己的鞋跟在大理石地面上敲击出清脆的声音。

我此刻已感觉不到自己在做什么,只是一味地向前走,伴随着脚底清脆的踢踏声,走过一块又一块硕大的大理石砖。我默数着自己的脚步,感觉一切是那么不真实。我的内心毫无波澜,脑子里却很清楚自己离那一刻越来越近了。我们走下几级台阶,母亲紧紧抓着凯特不松手,只有我全程将自己封闭在一个无形的气球里。我把所有证词一字不差地记在了脑子里。我知道自己可以做到,但感觉还是很虚幻,还忍不住想知道旁听席上都有谁。

在到达一号法庭的前一秒,母亲终于舍得将凯特"松绑"了。她们俩分别祝我好运。我听到法庭内提到了我的名字,于是走了进去。

我正在步入伦敦老贝利的一号法庭。我跟在法警身后,走上了证人席,然后看向法官。

"法官大人。"

我直面法官,声明自己提供的证言全部属实、毫无保留,且绝无虚假。周围的空气仿佛凝固了。我慢慢转过身来,面对在座的所有人,包括坐在旁听席最前排的朱利安的父母和兄长,他们此时该有多恨我啊。

我特意转头看向朱利安。他西装革履地端坐在被告席上,仿佛知道代理他的皇家律师已经做好了一决高下的准备。他迎着我的目光,与我四目相望。这个表情我再熟悉不过了,他看似下一秒就会用嘴型对你说出"对不起"三个字,但其实心中毫无歉意。但此时,他用一种几乎让人察觉不到的方式微微摇了一下头,仿佛在对我说:"瞧瞧你都干了些什么?"我又看向陪审团。我从来没有从这个角度观察过陪审团,也从未感觉如此无助过。面前的这些陌生人将决定今天庭审的结果。我又抬头看了一眼法官,看到他此时正盯着自己的电脑。我又扫了一眼律师席和法官席上的其他人,居然清一色全是男性!其中包括双方的律师、法官、书记员、理查德的公诉人团队、朱利安聘请的皇家律师、警方的证人,还有这个案子的事务律师。我竟然是全场唯一的女性。就连法庭的引座员都是男的!我的心怦怦直跳,浑身的血液都沸腾了。在等待了782天之后,我终于站在了这里。这期间,我被反复询问"你确定要这么做吗"。我独自面对所有同行的冷嘲热讽以及人们对我的质疑和评论。我经历了常人难以忍受的强奸取证过程,对自己的身体渐生厌恶,还成天噩梦不断、时常呕吐、不停地用指甲去戳自己的肉。我只能借助我一生致力的法律体系来帮我找到真相,匡扶正义。

恰好在这个时候,理查德,那位大名鼎鼎的皇家律师,动了一下手中的文件。他此刻在一群穿着律师袍和西装的人中,显得与刚才有些不一样。不过他是来帮我的。我看向他,他从容地对我点了点头。我有些坐立不安,突然很想看一看家人们。我扫了一眼旁听席,发现母亲就坐在帕尔默警员的身边,这位年轻的女警此刻正搀扶着她。母亲的神情严肃而坚定。我左顾右盼,总算看到了米娅和约翰尼。谢天谢地,谢丽尔没有把小朱妮带进来。米娅似乎读懂了我的心思,朝我点了点头,意思是要我放心:所有人都已安排妥当。我开始调整自己的呼吸,慢慢地吸气、呼气。接下来,皇家检控署的公诉人、皇家律师理查德·劳森站了起来,开始对本案提起公诉。

第三十二章

庭审前

在得知朱利安被捕的第二天，我一直在等待事态的发展。然而一切似乎太过风平浪静。爱丽丝出差去中部办案了，只给我发了几条短信。从她轻松的短信内容，我就可以判断出她什么都不知道。我既感到释怀，又像是被人拿枪顶着一般，而枪里那颗子弹随时都有可能被射出。我不敢想象她发现之后会有怎样的反应。我其实不太了解她，因为我们几乎没有共同点。我很想向亚当透露实情，但见他成天忙着出庭，就迟迟没有去找他。每次想象亚当在得知此事后的反应，我都莫名地感到羞愧，或许是因为我担心身为辩护律师的亚当一定会认为朱利安才更需要他的帮助。他习惯预设所有被告在被证明有罪之前都是无罪的，这么说当然没错——在其他任何情况下，我都会赞同他的这个观点。然而作为本案的当事人，我知道朱利安并非无辜。

我有一种不祥的预感，那就是亚当可能会疏远我。我因此感到心烦意乱，然后又想到朱利安很有可能会请亚当为他辩护，不禁不寒而栗。我不敢想象自己在法庭上接受亚当的盘问会是怎样的情形。他是如此优秀，几乎没有输过官司。不，这绝对不可能，他是不会接这个案子的。但我的潜意识不断提醒我"出租车站原则"的存在。我只能跟自己争辩，这里面难道就不存在利益冲突吗？

我想起多年前的同窗戴安娜。当年我们一起参加她姐姐的单身派对，先是在家里小酌了几杯，后来又想尽办法混进了酒吧。戴安娜的姐姐整晚都在苦恼未婚夫的单身派对太过疯狂，不仅有脱衣舞表演，那帮男人还计划要喝遍全镇的酒吧。其中一名伴郎很久之前就宣称他要让准新郎在婚前大饱艳福。而这个消息令准新娘连连叹气，怎么也开心不起来。

戴安娜无所谓地耸了耸肩，夸张地总结道："男孩就是男孩。"

大家都笑了。另一个人说道："而且男孩永远都长不大。"

我偷看了谢丽尔一眼，全场只有我们俩笑不出来。她靠过来在我耳边轻声说道："女孩永远比男孩早熟！"

等待期间，我想起了这段往事。我究竟在等什么？等待事情被传开，等待流言四起、议论纷纷。我无时无刻不在担心，不仅担心接下来究竟会发生什么，也担心身边的男人会怎样看我，包括那些在走廊上客客气气冲我微笑点头的律师，以及那些在法庭上祝贺我打赢官司的同行。我不禁想到自己在他们眼里会变得多么不堪。他们在私底下一定会说："她就是那个女人，那个让可怜的朱利安身败名裂的女人。"

我太熟悉这一幕了。朱利安是这群男人中的一员，大家都知道他的父亲是谁。在这个圈子里，朱利安一家就是血统纯正的名门望族！而我只是一个来自卢顿的无名小卒。我仿佛听见他们在说："她从小就生活在廉价住宅区，只能靠奖学金来完成学业。"

他们肯定也会想:"我们接纳了她,如今她却恩将仇报。"他们肯定会想尽各种办法,以证明是我设计陷害了朱利安,原因就是我嫉妒他的家庭背景,想利用这件事向他有钱的父母索赔。一想到就连亚当今后也可能不敢与我独处,我就顿感万分焦虑。万一他害怕我乱咬人,也给他扣上什么罪名呢?亚当其实对这件事毫不知情,不知道前前后后都发生了什么。他不知道我和朱利安之间有点儿……"腻歪"。那天晚上,他没有在酒吧里见证我俩跳舞的情景,更不知道是朱利安把我约出来的。我敢肯定朱利安没有跟他提过这些事,否则他一定会提醒我。为何要提醒我?他不是和朱利安走得更近吗?他俩有时会一起玩触身式橄榄球,直到亚当有了女儿,他们一起打球的次数才减少了。

我听见有人敲门,一下子愣住了。不会是朱利安吧?但门外传来的是女性的声音。

"泰莎,开门,是我,海莉。"

海莉从未来过我的办公室,我瞬间紧张起来。

"请进。"

她径直走了进来。我感觉事情有点儿蹊跷,她不会无缘无故来我的办公室。但我也已经做好了思想准备,就等她说出自己听见了什么。

"我就是来看看你,还好吗?"

我点了点头。她解释道:"那天,那个家伙走了以后……"

她是想套我的话。事情一般都是这样开始的。她很有可能从约翰尼的怒吼中听出了什么,也有可能是朱利安派她来打探我的反应。总之,我信不过她,于是点头耸肩表示自己没事。

"我很好。"

我假装看着电脑,知道她正在酝酿后面的话该怎么说,但她的反应实在太慢了,于是我故意在她刚要开口时拦住了她。

"我马上要开一个线上案情讨论会。"

海莉识趣地把话收了回去。我瞥了一眼电脑屏幕,又看了一眼正要走出办公室的她,然后用一种非常职业又不失友好的语气说道:"能否帮我把门带上,谢谢。"

然后,我听见门锁咔嗒一声关上了。我翻遍所有抽屉,终于找到了那张休·道尔顿的名片,休·道尔顿就是上回诚邀我加入他们律所的那位皇家律师。我打电话给正在澳大利亚巡演的米娅。尽管那里已是深夜,她还是立刻接了起来。我告诉她朱利安被捕的消息。她知道这件事非同小可,连忙躲开众人,到一个较为私密的地方继续跟我通话。她就是这么令人放心。我们几天前刚通过电话,我在电话里告诉她自己很难继续待在这套公寓里,想要卖掉公寓,尽快搬家。我征求了她的意见,她斩钉截铁地说:"这是你的公寓,我们必须想办法让它重新成为你的家。他没资格打乱你的生活,也不能害你减少收入,还让你失去自己的家。你给我好好待着,哪儿也别去,这是你的地盘,你喜欢这个地方,你会重新爱上这个家的。"

我虽然没有被说服,但还是决定暂时不搬家。我想要在这里重新找回安全感。如今我的想法依然没变,这说明我当初的决定是正确的。我已将那些床单和被子统统扔掉,还请楼下的邻居帮忙把卧室的床调转了一个方向。这些天我仍睡在客房里,但卧室已换上了全新的床单。

尽管已经做了许多心理建设,但我此刻还是不争气地打电话向米娅求助。我害怕待在律所里,尤其讨厌离朱利安这么近。我总感觉他随时会冒出来。一想到将来还要与他共事我就痛苦不堪。只要一走进这座大楼，我的精神就莫名地紧张。思考片刻，米娅问我能否让朱利安搬走。

"我要面对的不是他一个人，而是整个律所，就连前台的接待员也是他的好朋友。律所里人人都爱朱利安。他是律所的功臣，他父亲会将没空代理的案子交给我们律所来做。朱利安是律所的董事会成员，是全律所资深初级律师的代表。"

米娅还在考虑该如何劝我。我把玩着手里的名片，说道："米娅，其实我还有另一个选择。对方很赏识我，我很高兴，但担心那里的费用太高，就把这个想法给搁置了。"

"什么？另一家律所吗？"

"我想，如果我卖掉公寓，改住出租屋，这样我就能负担得起新律所的费用了。"

"那里的费用很高吗？"

我告诉她道尔顿开出的条件，以及那里有豪华的、装饰精美的办公室，还有那些在业内享有盛名的人权案子和著名判例。

米娅顿时很兴奋。

"这是千载难逢的好机会啊。"

"可我过去在这里待得好好的。"

我期待着米娅对我说一些类似"你好好待着，他休想把你赶出律所"这样的话，但她没有。

"依我看，你应该接受他的邀请。"

这完全出乎我的意料。她继续说道："人们很快就会议论纷纷，你在这家律所的日子会变得很难熬。大家会选择相信他的说法，因而会更加同情他，但对你却不知该说什么。毕竟你们同在一家律所,关系太难处理了。再说,道尔顿的名气大多了。"

诚然,就连米娅这个外行人都知道道尔顿是何人,并且了解他所在律所的内部环境。这一定是她从小就耳濡目染的结果。我很感激她给的建议。

她接着说道:"泰丝,先别急着卖公寓。你知道我最讨厌说这些,但我有一些积蓄可以借给你。该死,还借什么借,你直接拿走得了。"

她边说边笑,我知道她是不想让我太在意。我一时不知该如何回答,还从没有人向我提供过这样的帮助。我告诉她"不用了",我会更努力地赚钱来负担新的办公室。其实我只要每个月多接一个案子就够了。她还想巧妙地逼我接受,无奈我态度坚决。我绝不可能接受米娅的钱,或其他任何人的钱。我向她保证我会保住公寓,还告诉她我很爱她,以及从来没有人对我说过这样的话,愿意这样为我慷慨解囊。她说如果我需要,那笔钱随时可用,还说她自己一直不好意思跟我说她有信托基金。听她这么一说,我不禁有点儿惊讶,回想起我过去经常半开玩笑地嘲笑那些居住在诺丁山一带的"信托嬉皮士",认为他们只是一群自称"活动策划人"的闲人,成天只知道喝咖啡、享受午餐和四处饮酒。米娅从不跟我聊钱的事,一直小心地避开这一话题,是因为她完全清楚我身后没有人为我托着,而我直到今天才明白这一点。她真是一个难得的好人。假如当初我没有赢得剑桥的入学资格和奖学金,就没机会认识如此优秀的米娅了。

挂完电话,我感觉自己又变得强大了,至少我有了退路。我意识到今天必须采取行动,要赶在流言四起之前解决一切。米娅再三强调,要我马上行动,并记得在办好后给她发短信。我用座机拨通了道尔顿的电话。接电话的是他的行政助理。我告诉她,我想找道尔顿,她只问了我的姓名便以惊人的速度为我转接了电话。我瞬间感觉到了自己的分量。道尔顿先生很高兴接到我的电话,当天就安排我去喝咖啡面谈。

我们一见面,他就向我详细介绍了这家律所,以及将要和我一起共事的其他优秀的法律人才。我告诉他我很高兴能够加入他们的律所。他很满意我的决定。我们握手言欢。

我立刻将这个好消息发短信告诉了米娅。她那时睡得正香,但我知道她醒来后看到这条短信时,一定会为我感到高兴。

第三十三章

庭审日

理查德清了清嗓子,给了我一个充满同情的微笑,接着开始了一系列专业的提问。

"能否将你的全名和职业告诉法庭?"

我一五一十地回答了,全程只看着理查德。他又接连问了几个问题,内容涉及我的工作地点和与朱利安相识多久,以及如何形容我们之间的工作关系,等等。他正在一步步将问题导向本案的关键。我开始感到恐慌,声带也有些发紧。他继续问道:"请你用自己的话向法庭描述一下你和朱利安·布鲁克斯共度的第一晚。"

当我讲到那一天晚上在律所发生的事情时,耳边传来了一声窃笑。我不由自主地在人群中搜寻它是从哪里发出来的。旁听席上此刻又多了一些人,大概12个,可能是朱利安的朋友或老同学。他们看上去就像是一个模子里刻出来的。我突然明白他们是在大张旗鼓地表示对同类的支持。我笨拙地完成了回答。理查德接着问道:"你们在布鲁克斯先生的办公室喝了伏特加之后又发生了什么?"

我的母亲肯定听到了自己的女儿是如何在这个男人的办公室的转角沙发上与这个男人上床的。当被问到某个细节时,我捕捉到了母亲脸上的表情,顿时难过得受不了。只见她两眼直视前方,既没有低头,也没有看向别处。此刻,我很想冲过去抱抱她。她是那么坚定,丝毫不以自己的女儿为耻。我的目光又回到理查德的身上。他问我那天晚上是不是自愿与朱利安发生性关系的。

"是的,我是自愿的。"

我感觉到我的能量在摇摆。我还记得那天晚上的感受,当时的我是如此自信……那时的状态与现在完全不同。理查德问道:"朱利安睡着后,你做了什么?"

我解释由于他轻微的鼾声,我睡不着,于是索性起来参观了一下他的办公室。我没有提到自己翻看过他的东西。

"我看了一个案例,事实上应该不止一个案例。"

又是一阵窃笑。我感觉心跳加快了。理查德又问我是几点离开的办公室。

"我想是凌晨三四点。我当时急需回家补觉,还有……我也说不清楚。总之,我不想在办公室待到第二天醒来,然后发现别的律师都来上班了。"

当我描述到自己如何叫醒朱利安时,理查德问我具体都说了什么。

"我告诉他我必须回家。他一开始并不理解,但我告诉他我必须这么做,必须回家去喂猫。"

我之前已经向理查德坦白了我没有养猫的事实,但此刻即使我不说实话也不会被发现,朱利安去到我家后根本没有问起过我的猫,但我必须向法庭坦白自己曾谎称要回家喂宠物。我希望一切都符合程序。

"那只是我的一个借口。我并没有真的养猫。"

理查德和我讨论过这个问题,我们一致认为应该在法庭上提问并承认这一点。这么做等于在暗示法官和陪审团,我并不忌讳承认自己曾撒过谎。这何尝不是一种策略?我一直在认真观察接下来要为朱利安辩护的皇家律师丹尼尔·斯滕汉姆(Daniel Stenham)。他是顶级的皇家律师。我看见他在自己的笔记里做了个记号。他身后的事务律师似乎也用了一个很长的句子来记录这一点。我又看向陪审团。他们正中间坐着一位男士,一位女陪审员正死死盯着我,目光几乎要穿透我的身体,那感觉仿佛是在看一个屏幕而非眼前这个大活人。我移开视线,避免与她对视,这么做的原因是不想让人指责我试图影响和操控陪审团。但说实话,最根本的原因在于她的注视令我很紧张。

今天到场的还有新闻记者,目前看来有三位。我意识到这种故事很适合在无聊的地铁上阅读。《泰晤士报》的雷切尔·迈尔斯也在。我能想象到,明天一早朱利安父亲的那些朋友一打开报纸就会看见这则新闻,然后纷纷对这个设计陷害可怜的布鲁克斯家的小儿子的坏女人发出不满的啧啧声。他们会自以为是地称朱利安为"可怜人",感叹"即便是这么优秀的家庭也免不了被那些满嘴谎言的机会主义者陷害"。但这也有可能是我的偏见,但愿它只是我的个人偏见。

我看到一位专门描绘法庭场景的画家就坐在那群记者的旁边。我俨然成了他素描的对象。我有些难为情,但还是让自己尽量不去想它。

我谈到网约车到了以后,朱利安坐进车里打算跟我一起回家,以及我如何拒绝了他的请求。于是,我就被问到为何刚发生关系又拒绝带他回家。

"因为我想好好睡一觉。"

朱利安的事务律师又开始做笔记了。难道我在警方的笔录里留下了什么与之不一致的话吗?我今天说的全是实话。我猜那位事务律师是想利用这一点来对比我后来让他留宿的那一晚。

盘问的话题已渐渐接近那一晚发生的事。理查德问到我们分手前还说了些什么。

"朱利安邀请我下周与他共进晚餐。他显得很紧张。我记得我当时很惊讶。"

我不自觉地朝朱利安看了一眼。他一脸淡定,好像根本没有坐在被告席上,毕竟他看上去一点儿也不紧张。我心想,比起今天因为一项重罪而受审,他那天晚上只不过是想约我出去,却明显紧张多了。由此可见,他此刻应该是胸有成竹。也可能是他那天晚上压根儿就不紧张,只是说话的声音略显疲惫,却被我误会成紧张了。我想起那天晚上在律所我是怎样跟朱利安介绍我父亲的。现在想想真是后悔,真不该跟他聊这些私事。他在伏特加的作用下显得那么善解人意,甚至还有点儿脆弱。难道他对我只有好奇和逢场作戏?只是想尝试跟一个罪犯的女儿在办公室里乱搞是什么滋味?我不知道。我又怎么可能知道?我为自己曾经那么信任他而痛恨自己的愚蠢。我渐渐意识到自己已分不清真假。

第三十四章

庭审前

搬家公司的车到了,我很高兴即将搬离这家律所。我心里的那块石头总算放下了。

朱利安被控性侵的消息一经传出,大家肯定第一时间都知道了。我当晚就将手机关机了。第二天早上,我带着一种末日即将到来的心情打开手机,结果却异常安静。我本以为至少会收到一些信息,如朱利安可能会气急败坏地发来一条怒吼的语音信息,过后才反应过来不该威胁我。然而,我什么也没收到。

我打电话给凯特,她证实了朱利安已被起诉。她猜测朱利安或许会考虑认罪。我的理智告诉我这不太可能,但我仍抱着一丝希望,甚至让自己相信,他极有可能会封锁消息。因此,律所里可能暂时安全。

刚到律所,我就从海莉的表情里读懂了一切。她一直用异样的眼神盯着我。自那一刻起,气氛就变得严峻起来。爱丽丝尚在出差,似乎不在伦敦。然而,她持续地给我打电话,我却始终没有接听。

最终，她忍不住给我发了一条短信，问道："究竟发生了什么事？"一时间，律所里所有人的态度都变了，包括我的书记官、隔壁办公室的男同事，甚至包括楼下那个经常和我聊天的女同事。

菲比冲进我的办公室，头发差点儿就飞起来了。

"你有没有听过朱利安是怎么议论你的？他是开玩笑的吧？"

当我说出这不是在开玩笑，她立刻严肃起来，露出困惑的表情。由于身边全是辩护律师，她竟不知该如何劝我。

"该死，你确定要这么做吗？"

我什么也没说。

比起在走廊里收到的那些不冷不热的问候，我更喜欢菲比的直言不讳。至少她很诚实。所里的男性见到我都恨不得贴着墙走路，以便离我远一些。朱利安并没有出现，最近一直躲着我。准确地说，自从发生那件事以后，他一直如此。只要一出办公室，我便担心会碰见他，只好一路低着头，呼吸急促、心跳加速，两腿直发抖。

据悉，菲比已决定离开律所，移居伦敦市郊，并在那里找到了新的工作。我不确定这一决定是否与我有关，还是她只是希望离家更近，方便照顾自己的母亲。

一天，我正坐在办公室里，将一侧脸颊贴在冰凉的办公桌桌面上。那个名叫玛格达的保洁员突然走了进来，把我吓了一跳。

"你感觉不舒服吗，小姐？"她满脸关心地问道。

尽管我非常希望留她坐下来跟我聊聊家常，只要话题不涉及我以及目前发生的那件事，聊什么都可以，但我只是向她说明自己只是累了。她告诉我，这可能跟天气有关。我巴不得是天气造成的，事实却是我经常整夜失眠。我依旧睡在客房，睡觉时一定要穿戴整齐，任何风吹草动都会把我吓醒。

搬到新的律所花了一周左右的时间。新办公室是现成的，但我必须等到月底租期满了才能搬，否则就得两头付租金。幸好在朱利安被捕后，原律所的负责人不再计较离职通知期，我才得以能尽快搬走。我感觉他们也希望尽快摆脱我。朱利安被捕事件过后的每一天，我都在好奇亚当为何从不联系我。他的沉默就像一把刀深深扎进我的心里。我尝试着不想这件事，就当作朱利安已经找他谈过了，指定他代理此案，他理所当然地不能与我讨论案情。但无论我怎么自我安慰，都感觉很受伤。

因此，在我搬走前的一个下午，当亚当出现在门口时，我感到十分意外。

"泰莎，我可以进来吗？"

他显得很警觉。一看是他，我的眼眶不由自主地湿润了。我意识到自己已无法像过去那样信任他。见我没有拒绝，他小心翼翼地快速闪进我的办公室，本想随手将门关上，思考了一下又放弃了。

他开门见山地问道："那件事是真的吗？"

我直截了当地回答道："这种事我不会瞎编的，亚当。"

沉默了片刻，他告诉我说："关于朱利安被捕的原因，我不确定朱利安是否在说谎。不过……"

我耸了耸肩。无论如何，听到他对朱利安的说法有所怀疑，我或多或少有点儿感动。

他继续说道："你还好吗？"

我告诉亚当我马上要告别律所了，但我估计他已经知道了。然而，随着交谈的深入，我才发现这一切对他来说都是新闻。他向我解释了为何这段时间一直没联系我。原来,他和孩子都感染了传染病,一直在家隔离。他之前还在纳闷,为何自己缺席了十天,却没有得到我的半点儿关心。他的手机里只有几通爱丽丝和朱利安的未接电话,此外什么也没有,甚至没有任何短信。直到今天,他才听说这期间发生了那么多事。我重新点亮希望的火花——原来,不是亚当在躲着我,而是我在躲着他!

我连忙询问他的病情,他根本无心回答。他一口气问了我好多问题,不是想窥探隐私,而是他没看出我和朱利安之间有任何关联。我瞬间感觉自己背叛了他,因为我没有向他透露过任何消息。我既不想骗他,又忍不住担心自己和朱利安在律所里发生的荒唐事会改变他对我的看法。

"一开始是双方自愿的。"

话音刚落,我就感觉一阵恶心。我找了个借口,冲向洗手间,进去后才发现自己根本吐不出来。我返回办公室,亚当还没离开。他一直在思考这件事。他邀请我本周末去他家吃饭。我突然想起来,他必定会将此事告诉他的妻子。我必须尽快习惯这件事,习惯自己已成为公众话题。然而,每次回想起来,仍然感觉很糟糕。我感觉自己在大家面前早已被扒得体无完肤。我想象着人们口中那些难听的语言和可怕的玩笑。我知道人心长什么样子。我自己也开过那些绝望之人的玩笑,现在想想真是不应该。我感觉身心俱损,羞愧难当。我想起母亲说的"不要好高骛远"。亚当似乎看出了我在想什么,他说道:"这件事不是你的错,泰莎。"

我告诉他,再过两天我就要离开律所了。他问我打算去哪家律所。当得知是道尔顿的律所时,他立刻对我刮目相看,我至少收获了一个小小的胜利。他承诺到时候会来帮我打包物品,我突然有点儿想哭。我告诉他,我想休息一会儿。他犹豫了一下,然后告诉我,他会再来看我,他一边说着,一边起身离开。我独自坐在这间不大的办公室里,双臂交叉,紧紧地抱着自己,不觉有点儿恍惚。

搬家工人开始把我的东西一箱一箱地搬上卡车。看见海莉正巧外出吃午饭,我瞬间松了一口气。她应该是"朱利安党",近期一定不想面对我。我的东西不多,主要是一些书籍和文件。这些箱子昨晚就打包好了,亚当主动留下来帮我,我们一直打包到深夜。除了商量如何搬家,我们什么也没有说。我还是头一回见到亚当下班后留在律所。搬家工人已经帮我把桌子和架子收拾妥当,它们被搬出去的时候显得很单薄。可想而知,这些家具在那间宽敞的新办公室里会是多么不起眼。那个年轻一点儿的搬运工经过我身边时大声喊道:"搬完这一趟我们就出发。"

爱丽丝不知从哪儿冒了出来。她看上去心烦意乱,疲惫不堪。

"泰莎,你不能走!"

现在可不是说这个的时候。对于她发来的短信,我越来越看不懂。除了关心我,她还说很担心我和朱利安,她这样子分明是想做墙头草。我真的不明白她在想什么。她径直向我走来。

"泰莎,你不能就这么走了。"

她极力挽留,我又岂能心软?

"我现在不想谈这个,爱丽丝。"

爱丽丝决定利用这个机会做最后一搏。她一改往日的拐弯抹角，一开口就直奔主题。我能感觉到她的焦虑，差点儿就被她的情绪传染。

"朱利安被起诉了，泰莎。罪行很严重！"

我看着她，不确定她究竟想让我干什么。

她一脸怀疑地说道："你会被要求出庭做证。"

我看着她，心想："你还是我认识的那个爱丽丝吗？"

"我了解这些司法程序，爱丽丝。"

她将手搭在我的胳膊上。我很反感这个动作。她进一步靠近我，似乎有话要对我说。

"你知道我是支持你的。"

我不禁多看了她两眼，感受不到她的任何支持。我们的目光交错。她继续说道："我也想支持朱利安。"

听见这句话，我仿佛挨了一巴掌。

"泰莎，这是个巨大的误会。我们一起来把它搞清楚。"

我此刻的表情一定很失望。她试着跟我讲道理："朱利安都快疯了！这对他来说简直是场灾难，或许对你也一样。"

我冷眼看着她。

"我的意思是，肯定还有其他的解决办法吧？"

我看着这张曾经看过无数次的脸，怎么看都觉得不真实。眼前的爱丽丝我根本不认识。我怎么可能跟这种人相处了这么长的时间？！当然，原因之一就是我们同在一家律所。但是，我当初为何会把她当朋友看待？！我无数次地后悔，多么希望那天晚上没有把朱利安带回家。我回想起爱丽丝夸他是"极品好男人"，还让我"好好享受"。我真想痛骂她一顿，但我没有。

亚当抱着一箱物品走过来。他见状停了下来。

"楼上的东西都搬完了。"

那个年轻的搬家工人扛着两箱东西从我身边经过。我在其中一个箱子里看到了那张约翰尼、母亲和我在律师资格授予仪式上的合影，顿时感觉怅然若失。我对爱丽丝已无话可说，尽管如此，她仍像跟屁虫似的跟着我。亚当和我并肩走到货车旁，把最后那箱东西放进车里。目送搬家的车子出发后，我也为自己拦了一辆出租车。亚当看着我，提醒我记得赴约，又诚心诚意地说道："有事尽管找我，任何事都行，任何事！"

我点了点头，预感自己马上要哭了。

他又当着爱丽丝的面对我说："你做得对。"

爱丽丝一脸惊讶地看着亚当。亚当与我拥抱告别，我从他怀里挣脱，坐上车离开了。

我没有回头，除了舍不得离开这个曾让我倍感舒适的律所，还因为我连自己是谁都不知道了。

第三十五章

庭审前

我机械般地度过了一周又一周。我已在新的律所安顿下来，此处距离原来的律所不远，但不知为何，我总感觉恍如隔世。我的办公室很宽敞，大部分空间还没有被填满。新同事们皆以礼相待，彼此间热情友好、相互尊重。然而，我却不想直接跟他们打交道，因为我不确定该怎么做。我无法让自己不去想他们或许对那件事已有所耳闻，但我也没有对任何人提起过。

母亲完全没有料到我会突然回家。我回家的主要目的是阻止她来伦敦。因为她说过如果我不回家，她便来伦敦看我。我不打算久留，她不喜欢我把头发剪得很短。谢丽尔也回来了，她的身材已日渐臃肿。我突然想起，再过不久，她的宝宝，也就是我的小侄女就要降生了。这种感觉就像隔着电视屏幕欣赏别人丰富多彩的生活，自己却始终是局外人。无论身在何处，我都感觉自己像局外人。我对任何事都提不起兴趣，奇怪的是，这丝毫不影响我的工作。

最终，我决定不留下来吃晚饭。那件事之后，我的性情已大不相同，整日不苟言笑。我依次扫视他们，只见母亲和谢丽尔被约翰尼的一个笑话逗得眉开眼笑，根本没人注意到我的存在。我如同隐形人一样，仔细审视每个人的脸，观察他们如何张嘴做出微笑的动作。

谢丽尔转身看向我。

"嘿，你怎么啦？"

她的语气虽然温柔，却直截了当。我没什么可说的，只是道了个歉。我起身将杯子拿到厨房，母亲跟了进来，我顺便告诉她，我得回家了。

我不停地打电话给凯特·帕尔默，她告诉我，我的案件摘要在庭审前还需补充一份材料。由于无法向我提供更多帮助，她显得很沮丧。

我不用出席最初的指示聆讯。这道程序主要用以通知案件审理的程序步骤，我只需等待正式开庭审理的通知。

我逐渐走了出来，并且开始约会。米娅将此过程戏称为"回归行动"。我喜欢做爱，也很享受对身体的探索，以及与异性交往的乐趣。过去，我对这些并不陌生，也从不觉得焦虑，只是偶尔觉得有些难为情，但通常很快就适应了。身体曾是我快乐的源泉，无论是被撩还是撩别人，都曾令我兴奋不已。

然而，自从那件事发生之后，我的身体已彻底麻木。我甚至不敢直视自己的身体。大多数时候，我只能用指甲戳自己的身体，或是在洗澡时用力地擦洗，以便让自己恢复一点儿知觉。

我无法解释这种身体上的变化，这是一种完全陌生的体验，这种麻木与以往任何感觉都不同。所有跟性有关的想法，无论是跟人上床、带男人回家，还是自我愉悦，都会被扭曲成一种内疚的愤怒，一种对警惕性的背叛。我时刻警告自己，不能忘却所受的屈辱。我的内心深处一直有一种难以启齿的自我仇恨。我无法准确标记它的存在，但我知道，它始终在那里。

我的约会对象任务很艰巨。作为一名强奸受害者所接触的第一个异性，他将面临极大的挑战。因此，我选择了不告诉他真相。我同意与他共进晚餐，见面一两次之后，在一个周二的晚上，我邀请他到我的住处。此时，我还没有搬回主卧，因此，我预测不会勾起什么不好的回忆。我在床下放了一把从哈罗路的商店里买的刀，但这并没有为我带来多少安全感。山姆（Sam）的个头比我小，这种体格上的优势反而更使我安心。共进晚餐时，我们聊得很投机，他看起来不像坏人。可那又怎样？朱利安也曾是大家公认的好男人。

山姆来到我的公寓，尽管他表现得很绅士，但我的心依然狂跳不止。他跟着我进了厨房。我从冰箱里取出那瓶喝了一半的长相思，并为我们一人倒了一杯。我很快便喝完了一杯，又偷偷为自己续了一杯。山姆离开厨房，来到客厅。他在我工作地点附近的一家画廊工作。据他所说，他从事这份工作并不是出于对艺术的兴趣，而是想让日子过得轻松一些。他每天除了卖画，还用大量的时间阅读各种书籍。他还告诉我，他酷爱徒步旅行，他的足迹遍布苏格兰，偶尔也会去欧洲大陆走一走。我一边小口地喝酒，一边好奇地问着各种问题，气氛逐渐暧昧。终于，他放下酒杯，深情地看着我。我试着用眼神回应他，一切按照预想的进行着。但很快，我就意识到，除了午后一起在路边抽根烟或吸一会儿电子烟，山姆和我几乎没有共同点。我从法院走回律所，经常碰见他在路边抽烟，自然而然就成了彼此的"烟友"。我们就是凭着这一点儿缘分才走到一起的。我希望自己能喜欢上他,希望再次感受到那种血流加速,期待与某人共赴云雨的美妙感觉。与此同时,对方也开始展示他们不为人知的一面。

我告诉自己,我准备好了,他是值得信赖的,即便他不是,就凭他又矮又瘦的身材,我也能一脚把他踹开。或许他只是外表瘦弱,实际却力大无穷?还是别再胡思乱想了。

我放下手里的酒杯。他将身体靠过来,但动作过于缓慢。我才不想要这种浪漫和温柔。不,我只想敷衍了事,快点儿结束这一切。

我用力地吻着他。他显得很惊讶,于是努力跟上我的节奏。他一步步地把我拉向他,吻得越来越缠绵。我只是在走过场,他却肉眼可见地兴奋起来,表现得越来越投入,此时,我吻得更主动了。这下彻底勾起了他的欲望。他用力扯着我的上衣和裤子,接着,将手放在我的胸上,不一会儿又滑向我的内衣。我突然停了下来,退出了这场亲密游戏。我很害怕,那种恐慌的感觉又出现了。我站了起来,低头看着他。他喘息未定,满脸困惑地看着我。我一把抓起自己的手机。

他渐渐恢复理性。

"我做错什么了吗?"

我握紧手机,仿佛那是一根救命稻草。

"对不起。我还没有……"

他沉默了。

"对不起,你还是走吧。"

他想说点儿什么,话到嘴边又被我给抢了。

"就是时机不太对。"

他整理了一下身上的衣服，试图为自己捞回一点儿面子。他站起来，用手指梳理了一下头发。他还想说点儿什么，却发现我已经朝门口走去。我不安地看了他一眼，似乎在说："我不想谈这件事。"我打开房门，他走了过来，本想吻我的脸颊，我颤抖着躲开了。我此刻不想被任何人碰。他试图从我的脸上读到一些信息、一丝线索，甚至是一点儿脆弱，结果只看到了麻木。尽管如此，我的内心却如万马奔腾，身体也在不停地叫嚣。一切都感觉不对劲。他出门时说了一句："改天见？"

　　"再见。"

　　语气相当乐观，出乎我的意料。我关上门，耳朵贴在门上，偷听他下楼的脚步声。直到一楼通往街上的那扇门砰的一声关上，我才放心地靠在门上，身体无力地往下滑，接着，一屁股坐在地上，许久都站不起来。

第三十六章

庭审日

理查德又问了几个问题，证实了朱利安曾向我发出下周正式约会的邀请。此时，我听出他的声音里有微小的变化，这让我不寒而栗，甚至有种灵魂出窍的感觉。我对自己说，该来的终归要来。我用指甲去戳手掌心，试图用疼痛让自己集中注意力。

"接下来，请陈述事发当晚的情况。请当事人用自己的语言，向法庭陈述事件经过。"

庭上传来陈述事情经过的声音，我甚至没有意识到是自己在说话。我觉得有必要确保陈述的准确性，且不能让人听出半点儿歇斯底里。稍作停顿之后，我开始继续往下说。我听见自己说起当晚如何在街角遇到朱利安，而后一起去了那家日本餐厅吃饭。

"我们一起走进餐厅，选了靠里侧的桌子坐下。我们点了清酒，然后开始浏览菜单。"

理查德问起当晚在餐厅里的对话。我回答道："我们谈了许多关于工作、书籍和同事方面的事情，又聊了聊各自的客户。他给我讲了一个他之前接的案子。我跟他分享了一场自己前不久参加的关于身份证据的研讨会。我们有说有笑,然后就开始点菜。"

我的思绪被带回到那天晚上,不由得浑身战栗。我努力调整注意力,不让自己困在那段回忆里。我想到当时同在那家餐厅里吃饭的其他人,那些我们本不想引起注意的人,如今我却连一个人的模样也想不起来。我感觉心烦意乱。我知道自己在担心什么——他们应该看得出我当时有点儿醉,再加上穿着性感,难免会令人产生联想。所有女性都害怕在酒吧里被人妄加揣测。资深律师往往会选一些初级律师来当助手,分担自己手头多到无法完成的案子。因此,他们不会冒险挑选不可靠或太显眼的人。我思来想去,为何朱利安不想引起旁人的注意。终于,我恍然大悟,他应该是不希望有证人在场。他不希望有人看见我喝醉之后跌跌撞撞、迷迷糊糊地被他带离餐厅。

我不得不说到吃冰激凌、到商店买酒以及一起搭车回我住所的事。

"是的,去我家是我的提议。"

事实上,这很可能是他的提议,至少是他先提出来的。但是他们不容我辩解,接着问我,朱利安是否表示过要去他家。

"不,他没有提过。"

我绞尽脑汁,仍然想不通为什么。为何他不肯带我去他家?一想到自己可能被当成一个不可告人的秘密、一件羞于启齿的事情,我就感觉很不是滋味。

理查德继续问道:"你能否描述一下,当晚第一次发生性关系的情形?"

于是我描述了我们如何做爱、如何开怀大笑以及我们在床上的种种表现,一切都在意料之中。

理查德提出了更加具体的问题。

"你们第一次发生性关系,是双方自愿的吗?"

"是的。第一次是我自愿的。"

他又问我接下来发生了什么。我说我一觉醒来,发现朱利安在抚摸我,于是我们很快又进入状态。一想到接下去的话要说给约翰尼听,说给在场的所有人听,我就感到无比难堪。我必须毫无保留地大声坦白自己喜欢朱利安。这太难了。他就坐在那里。我觉得自己又变回了多年前那个傻乎乎的纯情少女。

"你怎么蠢到轻易就被人下药,还被拖进公园里?"

我在心里咒骂自己。

"我当时是喜欢他的。"

于是,我不得不提及自己去浴室呕吐的情节。

理查德问:"你当时是否赤身裸体?你在浴室里待了多久?"

我只想回答第二个问题。旁听席里的所有人都在一边听我描述自己如何一丝不挂地呕吐,一边看着我,一边脑补当时的画面……

接着,理查德又问我是如何回到卧室的。我解释说,过了一会儿,应该说是过了很长一段时间,朱利安进来查看,才发现我已昏睡在浴室的地板上。

我说不清究竟过了多长时间,只记得,他把我抱了起来,小心翼翼地将我抱回床上。

就在这一刻,正当我在法庭上专心回答这个问题的时候,我突然回想起朱利安那天在复印机旁对我说的那句话——"我那晚喝多了,什么都不记得了"。事实上,他并没有醉得不省人事,他撒谎了。他明明可以抱着我稳稳当当地走回床上,没有摔倒也没有跌跌撞撞。他很清楚自己在做什么。我顿时感觉一团怒火涌上了喉咙。然而，我的庭审经验告诉我，这一事实对我不利。这样一来，对方会认为，我是这一事件中唯一喝醉的，我的证词也将因此而不再可信。于是，我继续声音响亮且清晰地回答问题，理查德也一个接着一个地提问，话题渐渐被引向强奸的部分。我口中响亮地回答着问题，脑子里却在不停地盘问自己，用自己的辩护技巧来质疑自己的陈述。我猛然意识到，在过去的782天里，我几乎每时每刻都在做这件事，对自己的陈述吹毛求疵，不停地责怪自己，一次又一次地陷入无法自证的陷阱。

我更加用力地戳着手掌心。理查德的询问正朝着有争议的部分稳步推进。我脑子里的那个声音也越来越清晰，它在大声地提醒我。

这一次，我绝不怯场。

我绝不再怀疑自己的记忆。

我绝不再轻描淡写。

我绝不再粉饰太平。

我只有大胆说出当晚所发生的一切，真相才会大白于天下。我知道那晚发生了什么。我比谁都清楚。

终于，理查德问到了强奸。

"恩斯勒女士，接下来，发生了什么？"

他语气温和。我停顿了片刻，此时的法庭鸦雀无声。一些人显得坐立不安，所有声音都被放大了。我试着保持冷静，虽然这很难，但我不允许自己的声音颤抖。我势必要成为最好的证人。我谈到朱利安试图吻我，然后我经历了最糟糕的事情。我谈到自己如何礼貌地拒绝，而他又是如何坚持，并且二话不说就把我按住,牢牢抓住我的手腕,然后,然后……我的心怦怦乱跳,一只脚失去了知觉,我这才意识到,自己的脚被什么东西顶住了。

理查德要求我做出更具体的说明。

"请向法庭解释一下,当时你的四肢具体处于什么位置。"

我对着理查德一个人回答了以上问题,但我的记忆并没有想象中的清晰。对方的事务律师又开始疯狂地做笔记。这是整场盘问的关键问题,我再次逼自己集中注意力。

理查德继续问道:"恩斯勒女士,你能否告诉我,接下来又发生了什么?"

我猛吸了一口气,喉咙渐渐发紧。除了自己的心跳声,我什么也听不见。我拼命张口,但什么也说不出来。我在回忆里搜索着我的四肢、双手和皮肤究竟处于怎样的状态。

我试着做出解释:"他摁住我的双臂,我被牢牢地钉在床上。"

我感觉自己正身处水下。理查德一个接着一个地提出问题。对于这些问题,我已经和他反复讨论过了。

然而,我还是出错了。

"对不起,我有点儿分辨不清。"

绝对不能说"分辨不清"。我气得恨不得扇自己一巴掌。我又瞥了一眼朱利安的事务律师,毫无疑问,又是在疯狂记笔记。理查德再次用一堆问题把我拉了回来。他的声音听起来仍像是从水下传来的,但这一次,我听得一清二楚。

我对他的问题一一做了回答。当谈到强奸细节的时候,当时的那些感受又回来了。眼看又要重新经历一次所有的痛苦,我赶紧停了下来,喝了一口塑料杯子里的水。杯子在我手中抖个不停,我清楚地看见,不知不觉间,自己的掌心又多了许多指甲印。我放下杯子。

理查德问道:"你还好吗?"

"是的。"

于是他继续提问。

"你能否告诉法庭,你当时是怎么想的?"

"我当时想的是,我不想这样,我感觉自己被困住了,根本无法动弹。我感觉很害怕。"

理查德又问道:"你是否清楚地告诉布鲁克斯先生,你不愿意和他发生性关系?"

我闭上双眼,听见自己给出了一个很肯定的回答。

"是的。我告诉他'我不要',还让他'停下'。我试图推开他。"

说到这里,我突然停了下来。理查德直截了当地提醒我:"你还说了什么?是否大声喊叫?"

噢,对呀,我怎么把这部分给忘了。

"是的。我试过了,但是他用手捂住了我的嘴。"

"接着又发生了什么?"

"我几乎无法呼吸……我害怕极了。我吓得一动不动,然后……"

我倒吸了一口气。

"然后我感觉到一阵疼痛,剧烈的疼痛感传遍整个身体。"

我回想起当时的疼痛,我仿佛又看见自己无助地躺在床上,眼里充满恐惧。

"然后是剧烈的撞击,我瞬间有一种灵魂出窍的感觉。"

我很想说:"其实我现在也有一点儿灵魂出窍。"因为我人在这里，思绪却回到了过去。这时，朱利安的律师站了起来。

"法官大人……"

他接下来说的话，我一个字也没听进去。我已脱离了自己的身体，以一个旁观者的视角看着证人席上的自己。朱利安的律师又坐下了，理查德重新站了起来。他仍穷追不舍，追问更多关于细节的问题。我每回答一个问题就感觉是一次羞辱。但这就是我，泰莎·恩斯勒，在法庭上为自己做证。

理查德问完最后几个问题，便回到了座位上。他抬头看着我，冲我微微一笑。看来他对我提供的主要证词非常满意，事情进展得很顺利。

我再次一个人站在证人席上，等待辩方律师的盘问。我抬头寻找米娅，她此刻正面带微笑地看着我。我只能勉强看清她的脸。在她的身后，坐着亚当和爱丽丝。他俩应该是完成上午的工作后刚刚赶过来的。亚当不知何时已留起胡子。我已经很长一段时间没和他们联系了。在新律所的这两年，我轻而易举就能避开他们。爱丽丝曾试图弥补自己的过失，但我们的关系已大不如前，不像过去那般"亲密"。但和亚当不一样。他不停地给我留言，还时不时地上门来看我。亚当才是我真正的朋友。

是啊，我为何不与亚当保持联系呢？

第三十七章

庭审前

周六上午，我尴尬地等待着亚当的出现。对他来说，周末是特别重要的家庭时光，而我其实也没什么可谈的。不一会儿，他就推着一辆婴儿车出现在我面前，里面躺着他的女儿莱拉（Lila）。我偷偷看了一眼这个熟睡中的小女孩，一看就是一个身材修长、肤色较深的小美女。这次见面是亚当的提议，我只有周末才有时间。我跟他说起自己几个月大的小侄女朱妮。莱拉此时已满10个月，也许快1周岁了。亚当很乐意听我讲朱妮的故事。我从她的出生讲到她从医院回家，又讲到我母亲是如何变身为超级奶奶。我感叹带孩子比想象中复杂得多，但朱妮照亮了我的整个生命。

这段时间以来，我感觉这是我第一次这么充满活力地与人聊天。我暗暗告诉自己，我还是能高兴起来的。

亚当约我见面，是因为他打听到了我在皇家检控署的案子会由谁来处理。我这段时间很沮丧，因为一直在跟一群初级律师打交道，只希望到时候，他们能挑选一位我比较欣赏的律师来为我出庭。我认识的皇家公诉人不多，而那几位在法庭上跟我交过手的，又都因为输了官司而对我很是不满。我知道亚当一定懂得该如何处理。

他刚夸完我气色很好，服务员就送上了我们点的咖啡。他说他查阅了一些我经手过的案例。他兴奋地谈起我的新律所，而我此时正需要这样的鼓励。然而，我的一颗心仍空悬着，他为何还不把知道的统统告诉我？

我忍不住插话道："亚当，别再折磨我了，快把你知道的全都告诉我。"

他眼前一亮，我知道此时的自己又变回了原来的样子，但这个变化也只是发生在一瞬间，因为我太想知道自己该如何与皇家检控署那帮处理此案的人周旋。

他小口地喝着拿铁。

"别急，有好消息。我交代了我的朋友马克（Mark），他向我保证，会把你的案子交给理查德·劳森来起诉。"

我顿时激动不已。

"他是怎么做到的？"

"马克找皇家检控署的什么人谈了，对他们说，此案的影响力很大，必须由皇家律师接手，并且他已经和劳森确认过出庭的日期。众所周知，理查德·劳森是……"

我如释重负。

"他非常优秀。"

"可以说是最佳人选。"

我调整了一下呼吸。

"亚当，马克会不会认为我疯了才会做如此决定？"

亚当无声地注视着我。我还不罢休。

"你觉得我疯了吗?"

他放下手中的拿铁,将手伸过来握住了我的手。

"不,我认为你勇气可嘉。这体现了司法制度存在的意义。"

他松开手,我又说道:"我敢打赌,整个律师圈都在八卦这件事。"

"这对我们有何影响?"

我很高兴他没有试图隐瞒。他们肯定早就议论纷纷了,但是亚当说的是"我们"而不是"你",这让我觉得,我不是一个人在面对所有人。他犹豫了一下,接着说道:"还有一个人也说过,自己被朱利安性侵过。"

"什么?她是谁?"

我显然过于激动了。亚当叹了一口气,后悔告诉我这件事。

"可是,她不愿报警,也不打算公开此事。"

"万一她愿意呢?"

"她不可能愿意。"

停顿了片刻,他又说道:"我甚至都不了解具体情况。我只是觉得,你有权知道这件事。"

我无力地靠在椅背上。

"所以,我和他到时候只能各执一词。"

亚当靠近了一点儿,不容置疑地说道:"但你说的是真相。"

我很感激他的信任,但突然觉得自己很渺小。

有时候,真相根本微不足道。

第三十八章

庭审日

在等待的过程中,我紧张得四肢发抖,手心、腋窝和小腿也在不停地冒汗。

我抬头看了一眼母亲。她纹丝不动,手里攥着那个草编包,身边坐着年轻的凯特警员。我回头看了一眼法官席,全场律师的目光全都集中在我身上。我继续等待着。我比谁都清楚,接下来的盘问,才是本次庭审的关键。朱利安的代理律师故意放慢起身的速度。我趁机喝了一口水,只是手抖得厉害,差点儿将水泼出来。

这一刻终于来了。我即将迎来朱利安花重金聘请的皇家律师的交叉盘问。他经验丰富、训练有素。他先是和蔼地朝被告席上的朱利安点了点头,又回过头来盯着我的脸,接着,果断开始提问。他的声音柔中带刚,有一种久经沙场的锐气。这是所有律师都渴望拥有的特质。他用这样的语气无声地与陪审团交流,仿佛在抱怨,这种事本不该闹上法庭,只会浪费大家的时间。他虽然只字未提,语气却充满傲慢。对此,我并不感到意外,甚至早有预感。我唯一不能接受的是，在面对这种态度时，自己居然如此支离破碎。

对方正在用一种精心调试过的、平易近人的语气向我提问，让人不禁感觉他是在为我提供帮助。我挺直腰板，毫不犹豫地给出每一个答案。我为自己的表现感到骄傲。

"是的。"

"是的。"

"是的。"

我的内心比外表更加坚定，并不断地提醒自己，要保持冷静，沉着应对。

我对某些问题不太确定，于是答案就变成了：

"不是的。"

"我想是的。"

我心里有一个声音一直提醒着我："千万别说你是怎么想的，一定要百分百确定。"我的心开始怦怦直跳。

我不假思索地回答了下一个问题。

"不，是第二次。"

我在回答问题时，始终看着辩方律师。我不想被对方指责自己试图逃避问题。到目前为止，我表现良好、思维敏捷、回答清晰缜密。

只是时不时地会冒出一句："是的，我是这么想的。"

"该死！要十分肯定，绝不能说'我是这么想的'。"我在心里骂自己。辩方律师围绕同一个问题绕来绕去，无非想打乱我的方寸，我却依旧面不改色。

"抱歉，我没听清。"

"我的回答是肯定的。是的，我确定。"

我的太阳穴在怦怦直跳。剧烈跳动的心脏使我身体里的血流加快，手腕和太阳穴的脉搏越来越明显。

接着，我被一个问题绊住了。

"我不知道。"

我用眼神向理查德求救，但他面无表情地坐着。我只能拼命地回忆，不停地问自己："回我的住处，究竟是谁提出的主意？"我临时权衡了一下利弊，决定按照我在主要证据里提供的信息来回答此问题，尽管在我看来，这很可能是朱利安的建议，我也能感觉到对方正在努力找我的破绽。

我必须前后一致。

"有可能是我的主意。"

辩方律师又问起关于冰激凌和红酒的事情。我刚抬起一只手准备按一按太阳穴，被他这么一问又放下了。我知道他想干什么，他无非想确定我当时醉得有多厉害。

我回答其中一个问题："我想是的。"

各种想法在我的脑子里乱窜。我生气自己再一次回答得不够谨慎。别再犯这种愚蠢的错误了，要百分百确定，不能只是主观认为。我的呼吸渐渐加重，吸气和呼气的声音震耳欲聋。

他又问我："如果我说，你当时喝醉了，你同意吗？"

我坦诚地回答："我同意吗？是的，我同意。"

他列举我们当晚喝过的各种酒。我本人经常使用这个伎俩，因此我不会上当。

"是的。"

"是的。"

我承认当晚喝过的所有酒精饮料——清酒、红酒,还有别的什么酒。我偷偷瞥了一眼母亲,她面无表情,直挺挺地坐着。辩方律师又提及数量的问题。问题一个接一个,我听都不听就飞快地给出了回答。我不想让人觉得我是因为喝酒而"自找的"。

"不多。六杯。"

保持呼吸,不要一脸愧疚。他纠正了我的说法,我才不上钩呢。

"是的,也可能是七杯。"

这时,理查德站了起来。

"法官大人,恩斯勒女士已经提供了相关证词……"

我感觉一阵燥热,根本无法集中注意力,只听见耳边传来嗡嗡的说话声。

法官驳回了理查德的申请。

"辩方律师可以继续。"

朱利安的律师再次起身。

"谢谢法官大人。"

他对法官说话时和颜悦色,一转头面向我,就变得声色俱厉。我明白他的目的,他是想告诉陪审团,如何尊重那些值得尊重的人,而我不配得到尊重。他的这一技巧已经练就得炉火纯青,一举手、一投足全是潜台词。他并没有对我动粗,只是通过这些小动作来诋毁我的形象。这正是他的当事人所期望的。我不厌其烦地回答他提出的各种问题。他仍不罢休。为了证明我当晚有多醉,他用不同的问题对我进行轮番攻击。

我被问得有点儿不耐烦了,说话也变得支支吾吾。

"是的。"

"是的。"

"嗯，我不记得了。"

我还在生气自己为何回答不上来，他就又抛出一个新的问题。

我明显跟不上节奏了。

"我，我……我不知道。"

不知不觉就到了："是的，我吐了。"

他的提问戛然而止，仿佛我不是回答问题，而是当庭吐了他一身。我感觉一阵眩晕，无可奈何地喘着粗气。我看向理查德，此刻的他也无能为力。我快速扫视了一圈法庭，发现没有任何事物能让我集中注意力。当我继续回答接下来的问题时，竟然有一种画音不同步的错觉。我能感觉到自己正在说话，却需要几秒钟来反应自己说了什么。

"不，我不确定。"

该死！又说错了！

"呃，我不明白你在说什么。"

他心平气和地重申了一遍那个问题。

"我不知道。"

我呼吸沉重，不停地责问自己："你到底怎么啦？"

"是的……我想是的。"

我恳求地看了一眼理查德，在心里大声呼救："理查德，帮帮我吧。我已经被绕晕了。"

第三十九章

庭审前

早在开庭审理的两年前,我就与理查德见过面。在长达两小时的法律策略分析之后,他总结道:"只要你提供的所有证词都清楚无误,就不会有事。"

我们的见面被安排在他的律所,那里既温暖又整洁。墙上摆满一排排整齐的文件夹,井然有序又不乏人情味。我们很有默契,我知道,自己可以放心地把案子交到这位经验丰富且值得尊敬的前辈手中。我们详细讨论了法庭对各类强奸案的不同审理方式,并且愉快地分享了以往出庭时的一些小秘密。他已看过案情摘要和我的笔录,也仔细研究过那份病理分析报告和那几张隐私部位的照片。一想到他看过那些照片,我整个人都感觉不适。他告诉我,法医在检查时并没有发现任何内出血或瘀伤,也没有从我的口腔内提取到任何特定的、能说明我咬过对方的DNA。他指出我的腿上有一处小伤口,我清楚这是我洗澡的时候弄伤的,于是告诉他这个伤口与本案无关。他说情况和他预想的差不多。他发现法医报告起不到任何作用。对此,我感到很失望。因此,案件的审理基本上要靠控辩双方的对质。然而理查德又补充道:"不过,你是个了不起的证人。"

"谢谢。"

一个优秀的强奸案证人,这样的夸奖让我感觉很别扭,但还是真诚地道了谢。

为了化解尴尬,我开玩笑地补充道:"因为得到了你的肯定。"

他摇了摇头说:"瞧我胡说了些什么,真是抱歉。我想说的是,我曾经遇到过此类案件,我们都认为必须把对方告上法庭,无奈证人的证词却站不住脚。"

我们双双陷入了沉思。

过了一会儿,我又问道:"你有没有遇到过跟我有同样遭遇的律师?"

他点了点头。

"有,还不少。她们大多选择不再追究,最终都撤诉了。我估计,她们是担心自己输不起。"

说完,他又补充道:"如果你现在想退出,随时都可以改变主意,不出庭做证,这是你的权利。你知道这一点,对吧?"

"我知道。"

"你是个出色的刑辩律师,肯定比我更了解这些规则。"

"不不不,我只是……"

思考片刻,我说道:"我时常问自己该不该退出。可我就是做不到。既然这件事已尽人皆知,我就更应该出庭了,否则,朱利安就可以胡编乱造。他一定会说,整件事都是我瞎编的,而我不出庭是为了避免做伪证。"

我们都知道这就是现实。

"我还知道，如果当初不报警，过后才发现他又对其他人故伎重演，我一定会……"

"这个理由很高尚。"

说到这里，我觉得不该再对理查德有任何隐瞒。

"说实话，我这么做也是不想从此在律师界消失。因为我预感如果保持沉默，自己总有一天会放弃当律师。"

空气瞬间凝结。理查德告诉我，据统计，性侵案的报案率很低，虽然疑似遭受过性侵犯或性骚扰的女性占女性总人数的三分之一，但实际报案的人数却不超过该数量的十分之一。我的目光停留在理查德桌上的两张照片上，一张是两个小男孩的攀岩照，另一张则是他和一位漂亮女士的合影。他看出我对那些照片感兴趣，便大方地介绍道："都是些旧照了，这两个小家伙如今都长成十几岁的大家伙了。"

我面带微笑，心里却还在感叹为何只有十分之一的女性选择报案，然后忍不住把想法说了出来。

"面对这样的事情，报案需要极大的勇气，我是说……"我一边指着那份病理分析报告，一边痛苦地摇着头。

接着我又说道："但是我又一想，我是干司法工作的，熟悉案件的处理流程，如果连我都不敢报案，那其他人就更不可能报案了。"

他点了点头。

"所以那些敢于报案的人，她们还是想要追求正义的。"

我不禁想到那些勇敢报案的女性。我猜理查德也一样。我又开始好奇这类案件的定罪率。

"强奸案最终被定罪的比例是多少？"

"很低。"

"有多低?"

"只有 1.3% 的定罪率。"

这个数字着实令人震惊。我比之前更焦虑了,于是开始从另一个角度重新审视这个数字,突然感觉很讽刺,便忍不住自嘲起来。

"你知道吗?我每打赢一个强奸案官司,都以为是自己太擅长辩护了!"

理查德亲切地笑了。

"啊,我想这应该是聪明的辩护律师才有的特权吧。"

我又忍不住看了一眼照片上那两个正在攀岩的小男孩,心想,拥有像理查德这样的父亲该有多幸福啊。

第四十章

庭审前

我刚从法院回到律所就开始专心准备明天的案子。我还没为自己的新办公室添置任何家具。我必须更加努力地工作，才支付得起新办公室每月的开销，但目前这个问题已经解决了。

在我看来，朱妮连一间像样的婴儿房都没有，只有一块壁橱大小的地方放她的婴儿床。比起买一堆没用的家具摆在办公室里，帮他俩把小家建立起来会让我更快乐。但我也明白，很难把大件的东西塞进他们那个小家。况且，我们都有各自的小骄傲。约翰尼还在做他的脚手架生意，目前尚未发生任何事故（但愿永远别发生）。每次跟谢丽尔说起这件事，她的态度都很乐观，反而认为是我和母亲在过度担心。这也难怪，约翰尼小时候经历的磕磕碰碰，无论是自己闯祸还是被人欺负，都是在认识谢丽尔之前发生的。骑自行车那次被摔断的牙齿直到几个月后才长出来，还有一次翻越围栏时摔掉了牙齿。他在酒吧里也受过很多伤，还砸碎过不少酒壶和酒杯，我用母亲的眉夹从他脸上挑出过好多玻璃碎片。

就在这时,我办公室的门动了一下。我抬头一看,发现有人在敲门。

"请进。"

我完全没想到这位不速之客竟是爱丽丝。她仍不时地给我发短信,或邀请我共进午餐。但我仍记得搬来新律所那天她对我说过的话,那些话的确伤透了我的心。她看上去有点儿不一样,具体哪里不同我也说不上来。或许是穿了一套和以往风格不同的套装?她手捧一束水仙花,当然不忘带上一个花瓶以便把这些花插上,这是爱丽丝一贯的风格。她一定看得出来,我不想见到她。

"这些花送给你。"

我面无表情、一本正经地回了一句:"谢了。"

见我并没有上前来接那束花,她只好把它们放下,然后环顾四周,似乎很满意我目前所拥有的这个空间。

"这间办公室真不错。"

我知道她会先大谈特谈如何把办公室布置成"有家的感觉",然后再渐渐步入正题。然而我对这样的铺垫并不感兴趣。我突然警惕起来,生怕她会把我说过的每一句话都反馈给朱利安。

"你来这里有何目的?"

面对我的单刀直入,她还是犹豫了一下。

"我不会待太久。"她走到一把椅子旁,本想坐下,转念一想又放弃了,于是站着说道,"我就是想过来当面跟你道个歉……我之前搞错了。"

我不知该如何回应,于是什么也没有说。

她再次打破沉默,说道:"你从律所搬出去那天,我对所有事情的了解都只是……道听途说。我甚至不知道你们俩正在……"

她明显语无伦次。

"我们几个都是好朋友。再说……"

我仍无动于衷。

"我一直觉得,既然你总是为那些性侵案辩护,你应该……"

我再也忍不住了,生气地插话道:"应该什么?应该能为发生在我身上的事找一个借口?"

"不不不,当然不是。泰莎,请你别胡思乱想。只是我们都认识朱利安,而且……"

她朝四下看了看,好像在搜寻着什么,最终说道:"我错了,我真的很抱歉。"

不知是我太过冷漠,还是一切都太晚了。

见我没有任何反应,她又继续说道:"泰莎,求你了,你这样我真的很难受。"

我看着爱丽丝,这些年我不知和她共饮了多少酒,喝了多少难喝的绿茶,又一起讨论过多少法律问题。爱丽丝,这个我常年与之共进午餐、在我耳边喋喋不休的女人,此刻一定有着和我一样的想法。

"泰莎,我很想你。"

我知道我们已不可能和好如初,因为我们从来就算不上志同道合。我们之所以走得近,绝大部分原因是办公室相邻。一个女性要在律师界立足是很难的。

我终于点头了,脸上还带着一丝淡淡的微笑。目前我只能做这么多。爱丽丝的表情明显放松了许多,说自己走之前会在花瓶里加点儿水。我看着那束水仙花,纯黄色的花瓣不带一点儿瑕疵,每一朵都那么精致,下面还有一排整齐挺拔的绿色花茎。她一边收拾着自己带来的东西，一边和我聊起了菲比的近况。

"噢，对了，菲比让我帮她带个好。她决定接受邀请，加入狄恩院律所（Dean's Court Chambers）。"

"她去了曼彻斯特（Manchester）？"

"是啊，曼彻斯特。她还在那里遇到了一个男人，现在主要处理白领业务。总之，她让我问候你，还说你任何时候去她那儿出差，她都有客房可以招待你。"

她走出我的办公室，四处寻找着厨房或洗手间，完全不把自己当外人。我知道自己和爱丽丝见面的机会不多了，但一想到从此不用在法院前厅或律师酒会上躲着她，我就感觉很欣慰。我很庆幸她没有在我面前提起朱利安，我压根儿不想知道他的近况。我现在满脑子都是那束漂亮的黄水仙，以及要摆放在办公室里的照片。之前那个办公室里的几张照片至今还在某个箱子里等待我去拆封。我在那几个箱子里寻找它们的踪影，发现它们被放在一个装满文件的箱子的最上面。我取出那张和母亲与约翰尼的合影，把它摆在我的办公桌上，并提醒自己一定要让约翰尼和谢丽尔拍一张朱妮的可爱照片发给我。

第四十一章

庭审日

朱利安的律师每问一个问题,我就要重新整理一遍思绪。他的声音再次变得如同从水下传来一般,那些词语汇成一道道波浪,此起彼伏地传入我的耳朵。我努力保持着镇定。

我的太阳穴随着脉搏一跳一跳的。

"是的,我当时的确喜欢他,但是……"

我一度怀疑全场都听得见我的心跳声。整个法庭变得越来越大,四周在不断扩张。我很想把后半句补上。他刚才的问题是:"你和朱利安在律所里发生关系时,你是否喜欢他?"然而,当朱利安的律师等待我给出完整的回答时,我却笨拙地答道:"我也不知道。"

他继续给我施压。

"你喜欢他什么?"

我讨厌这个问题。他竟然让我在法庭上说明自己为何喜欢朱利安,要我说出朱利安的优点。他想用这一招激怒我。我顿时火冒三丈。你居然让一个受害者说出自己是如何喜欢那个强奸犯的？浑蛋，这就是你想知道的吗？你猜怎么着，我偏不上当。我绝不生气。我要心平气和地做出回答。

"那时候的他貌似既聪明又有趣。"

我平静地说着，真想再加一句"我显然被骗了，看人太不准了"，但还是忍住了。此刻的怒气暂时抵消了我的焦虑。被迫说出朱利安的优点，这一点真让人难受。我盯着朱利安的律师，心想："听着，律师先生，我绝不会说出'我不记得了'这几个字，相反，我要用诚实打败你。"

这时，理查德缓缓起身向法官致意。朱利安的律师听完之后也起身回应。他们的对话我一句也没听见，一心只顾稳稳地拿起杯子喝一口水。只见他们的嘴一动一动的，法官的嘴也跟着动了几下，我却听不见任何声音。我把杯子放回原位。

朱利安的律师似乎在等待我的回应。

"你当时希望和布鲁克斯先生的关系有所发展，对吗？"

这一推断相当不可靠，因为我从未跟任何人提起过这件事，或许只有谢丽尔和米娅略知一二，但她俩都不是他的调查对象。

"我曾经考虑过这件事的可能性，但这一切都发生在他对我动粗之前。"

他肯定很讨厌我在话末将了他一军。"我早料到你会走这一步棋。"我对自己说，但又马上提醒自己，没准儿他早就预判了我的预判。

"恩斯勒女士，不少人认为你野心勃勃，你同意他们的观点吗？"

理查德站了起来："没有任何证据或证言可以证明'不少人认为恩斯勒女士野心勃勃'。"

我明白理查德的意图，但我很想回答这个问题。我清楚回答这个问题的危险性，但还是忍不住想要证明自己。理查德一落座，我就主动给出了回答："我的确认为自己很有野心，斯滕汉姆先生，我也希望大多数女性都能自由地展现自己的野心，而不用担心被人曲解或恶语中伤。"

他故意不理会我的回答，侧着脑袋思考着如何改变策略。

"你是否经常喝醉，恩斯勒女士？"

理查德再次站了起来。我马上想到辩方律师一定听说了不久前在那家酒吧里，以及后来在朱利安的办公室，还有事发当晚我都饮过酒。这非常不公平，因为以上提到的每一次喝酒朱利安都参与了，更何况在他办公室里喝的那瓶伏特加还是他提供的。事实上，每回我们一群人出去，大部分龙舌兰酒都是他点的，还有……那天晚上带回我家的那两瓶红酒。法官决定允许斯滕汉姆先生继续追问我这个问题。他面向我，声音甜美地重复了一遍刚才的话："你是否经常喝醉，恩斯勒女士？"

我此时已怒火中烧，但没关系，至少我不再那么害怕。我在脑子里过了一遍所有可能的回答。"是的，我碰巧每天都喝醉。你不就是想让我这么说吗，你这个浑蛋？""你是想说，我每次出庭都喝得醉醺醺的吗？还是认为我此刻也喝醉了？"

这一切当然只是想象。我只简单地回答了一句："不是。"

他再次攻击我。

"你多久吐一次？"

我知道自己已经完全被激怒了，但没想到自己竟脱口而出："你指的是我被强奸之前，还是我被强奸之后？"

辩方律师严厉地看着我。我一脸无辜地看向法官，仿佛真的不知道他的问题所指。我回头看着辩方律师，感觉自己终于赢了一局。我在心里不断地提醒自己，我好歹也是辩护律师，他固然已经荣升为皇家律师，但我也不是好欺负的。理查德正低头看着文件，我觉得他一定很满意我的回答。

第四十二章

庭审前

此刻，我身处萨瑟克刑事法庭（Southwark Crown Court）的律师更衣室，正在把案情摘要里的所有证据在脑子里过一遍。这是一起针对恐怖主义的指控，我的当事人与几名同伴一同被捕，但他们完全不知道自己卷入了什么样的麻烦中。他们用化肥自制了一批炸弹，警察在第一时间就盯上了他们。我的当事人才刚满18周岁，初次见面就被吓哭了。尽管他患有严重的认知障碍，但还是逃不过被起诉。我整理好身上的律师袍，又对着手里的小镜子认真地整理了一下假领。这些天，我几乎不和更衣室里的其他女律师社交，何况我早已养成了独来独往的习惯。

大约一个月前，我偶然听见身边一位正在换律师袍的女律师对她的朋友说："你认识我的朋友朱利安·布鲁克斯吧，他各方面都很优秀。他下周要请吃饭，你要不要一起来？下周六晚。俊男加美食，不见不散。"

我不敢轻举妄动。从她的音量和语气来看，那些话分明是说给我听的。

我感到一阵熟悉的焦虑,只好低着头,假装打开一份文件认真阅读起来。那位女律师走出更衣室时飞快地瞥了我一眼,正好与无意间抬头的我四目相对。我装出一副什么都不知道的样子,尽管内心早已六神无主、脆弱不堪。我只记得对方长了一张"马嘴",脸上闪过一丝正气凛然的表情。她走后,我呆坐在原地,试图用咨询师教我的方式调整呼吸。倒数几秒钟后,我才离开更衣室走向法庭。我忍不住想,原来这段时间朱利安仍逍遥法外,仍受到万千女性的追捧。

我很想知道这段时间他是否遭受过冷遇,无论对方是男性还是女性。我敢说即便他遇到过,次数也少得可怜。我身边的朋友中只有亚当和他完全断绝了往来。其他人全都不敢得罪他。他们大多选择了中立,剩下的则坚决站在他那一边,如那名长了一张"马嘴"的女人。毫无疑问,那些为他说话的支持者肯定会得到奖赏。他们得到的何止是一两场精心准备的宴会,还包括有机会结识他的家人,从此飞黄腾达。显而易见,这种好处我可提供不了。我知道独善其身对我来说更安全,不用削尖了脑袋往那个圈子里钻,也不用做过多的申辩,只需安心等待法庭的审判即可。

虽然这样很孤独,日子也会因此变得很漫长。

为了这起恐怖主义案件,我足足准备了好几个小时。我所在的更衣室与上回偶遇"马嘴"女士的并不是同一间,这里几乎没什么人。我想,应该没有多少女律师敢于挑战这种耗时很长的恐怖主义案件。这对我来说也是第一次。我已经想好了,在任何情况下,即使我的当事人被判有罪,我也会想办法为他申请减刑。

而且我相信我的当事人,尽管这并不重要,也完全不会影响到我如何处理这个案子。在我看来,我的当事人就是一个渴望加入帮派的小男孩。但看看他如今的下场——他很可能要为了某些他根本无法理解的事而一辈子面对恐惧。我抚平自己的头发，戴上假发，又把那些散乱的头发塞了进去，然后坚定地朝法庭走去。我的拎包里装满了各种书籍、有关恐怖主义的法律法规、案件资料、最新消息，以及几个星期来我为准备这起案子而做的各类笔记。法庭上有那么多双眼睛盯着我，这意味着如果我表现好的话，那些代理同类案件的皇家律师就会把我的表现看在眼里，将来有私人案件请不起皇家律师时，就会想到我。当然，前提是他们并不是出于好奇，想知道究竟是什么样的女人胆敢状告皇家律师布鲁克斯的公子。但愿有人不在乎这些八卦，对它们也不感兴趣，或是根本接触不到有关初级律师的闲言碎语。我心想，朱利安绝对不想让所有人都知道自己被指控强奸。

看来他已经先我一步做出了决定，那就是主动告诉别人这件事情，然后厚着脸皮宣称我的话全是胡扯，从而争取到别人的信任。他这步棋算是走对了。我现在去争取已经完全来不及了。我不知道这个案子打算何时开庭，看来要推迟很久。理查德说这很正常，可是没人能理解我在等待开庭的这些日子里过得有多难受。无尽的等待让我心力交瘁。我只想结束这一切，然后重新开始，继续自己的生活。我终于明白为何那么多人选择了放弃。

法庭里坐满了旁观者、利益相关团体和所有被告的家属。这起案子总共有五名被告，除了我的当事人，其他几个人都一脸愤怒且坚定自信地坐着。我的当事人并没有和他们坐在一起。他看上去一脸迷茫。我心想："这群浑蛋，你们至少应该对他好一点儿，毕竟他会在这里全拜你们所赐，是你们拉他入伙的，至少别让他觉得自己是个局外人。"但没准儿这样对我的当事人更有利，法官可能会看出他和他们"不是一伙的",他在这群人当中孤立无援。

直到下午四点,法庭才宣布将本案延期至第二天审理。我穿过法院前厅,回顾着刚才提过的几个问题,想到其他人纷纷坐直了并开始做笔记,我的脸上露出满意的微笑,心里美滋滋的。

我朝更衣室走去,想去那里换下律师袍再走,却没想到和朱利安撞了个正着。

他就站在我面前,没有穿律师袍,显然正打算离开。我首先想到的是:"他来萨瑟克做什么?"紧接着,我的胃就开始翻江倒海。

我就站在离他几米远的地方,但又不能转身,否则就会和他相向而行。我也不能往前走,这样做会缩短我和他之间的距离。我知道最正确的做法是从他身边走过,或者他从我身边走过,不应该有任何交流,然而我却愚蠢地用双眼去瞪他。我已经完全猜不到自己脸上的表情,只知道浑身的血液在加速流淌,身体却一动也不能动。朱利安快速看了一眼四周,然后走上前对我说:"你怎么能这么对我?"

他的声音里夹杂着愤怒、不解与强装的脆弱。

他一向很有说服力。我很想躲开,但还是站住了。他把脑袋伸了过来,又往前挪了一小步,压低嗓音在我耳边狠狠地说道:"我真心喜欢过你,泰莎。我当时真的希望我们之间能有特殊的默契。"

我根本说不出话来,渐渐感觉头晕目眩。他又补充道:"拜托,在你吐得死去活来的时候,我还好心帮你抓着头发!"

我被他搅得心烦意乱,各种记忆瞬间交织在一起。

我记得他根本没有帮我抓着头发,也没有亲眼看见我呕吐。

他等着我说点儿什么,可我就是不说。

由于说得太过咬牙切齿,他差点儿把口水喷到我的脸上。

"事情怎么变成这样了?你都胡说八道了些什么?"

他眯起眼睛,表情逐渐狰狞。我突然感觉很害怕,然而脚底仿佛被粘住了似的,一动也不能动。这种发自内心的刻薄将他的能耐展现得淋漓尽致。他继续说道:"你疯了吗?"

我仍然挪不开脚步,但这一次,我不由自主地做出了反击:"你明知道发生了什么。"

他完全没料到我是这个反应。这让他有点儿震惊。他开始有所防备。

"泰莎,无论你怎么看待这件事,我都不可能是罪犯。我不是那样的人。"

他说话的方式已接近咆哮。但我听到的却是,无论发生什么事,在他眼里都无关紧要。我并不感到意外,这反倒提醒了我,他是多么自命不凡,他认为自己有权拥有任何想要的东西。他终于露出了真面目。我看出他根本没想到会被像我这样的人追究责任。他打量着我,不知不觉流露出厌恶的表情。我太熟悉这种表情了,它瞬间点燃了我的满腔怒火。

他突然大声喊道:"天啊,你根本就不是什么受害者!"

他说得好像我是一个阴谋家、一个罪犯,我这么做就是想要伤害他,他还说我无权控诉像他这样的人。基本上他想表达的就是:"你好大的胆子!"我站在那里,一直盼着有人能走过来,又迫切希望自己能移动双脚,或是说一些反击的话。与此同时,我也在推敲他究竟想要说什么,这决定了他对整件事情的理解和看法。他刚才那句话的确让我大吃一惊——"无论你怎么看待这件事,我都不可能是罪犯"。

那么,他又是怎么看待这件事的呢?他本身就是刑辩律师,对相关的法律了如指掌,难道就真的认为这些法律对他自己不适用吗?他可以随心所欲地把我放倒,然后完全不顾我的反抗和大声拒绝,甚至是哀求?他认为自己有权对这些置之不理?他可以捂住我的口鼻,强行进入我的身体,任凭我痛苦地挣扎和翻滚,仍牢牢地将我控制在身下?我不确定此刻他从我的脸上能看到什么。我希望是愤怒,却又担心自己仍是面无表情。

他再次尝试说服我:"你再这么胡闹下去,我的事业就全毁了。你很清楚这一点,不是吗?"

我感到一阵内疚,我从未想过要毁掉任何人。然而受伤的是我,不是他。他不是在道歉,而是在对我进行道德绑架。他把自己塑造成被错怪的一方!我被他搞糊涂了,只想赶快离开,却被他抢先了一步,临走时他还甩给我一个厌恶的眼神。我在原地站了一会儿,并没有回头查看他的去向。我犹豫要不要报警,毕竟他在保释期间和我见面说话了,这严重违反了保释条例,但转念一想,作为本案的关键证人,我也不应该和他谈话。

我径直走向洗手间。在进入隔间之后,我快速脱掉假发,掀起马桶坐垫,对着马桶一阵呕吐。吐完之后,我走出隔间,对着镜子洗了一把脸。

镜子里的人根本不是我,我何时变得如此萎靡不振?镜子里的她,看上去眼神惊恐、面容憔悴。我手足无措,不知该如何照顾她,只能透过镜子与她对视。就在这个空无一人的女士洗手间里,我终于和自己有了交流。我对自己失去的一切感到很绝望,不仅包括我所熟知的事物,还包括我身体里的感觉。我一个劲儿地哭,哭到停不下来。

第四十三章

庭审日

辩方律师针对我在浴室里呕吐这件事提了无数个问题，想要以此证明我当时已喝得烂醉如泥，甚至吐到不省人事。他没完没了地提问："请问当时是几点？""你吐了多长时间？""你在浴室的地板上昏睡了多久？""长时间呕吐之后，你一定感觉好多了"，毕竟"可以说是已经将身体里的所有东西都排出了体外"。以我的经验来看，这堆问题里肯定隐藏着某个可以拿来辩护的点，而我也本能地不想说太多。我意识到作为一名证人，我正在犯一个所有证人都会犯的错误，那就是自毁证据。当我应该有问必答，而不是试图考虑接下来会被问到什么问题的时候，我却执着地想要掌控自己的描述。

我不停地告诫自己，朱利安的律师斯滕汉姆先生绝非等闲之辈。作为一名出色的皇家律师，他即使得到了自己想要的东西也不会显山露水。天知道他已经掌握了多少有效证据。大多数证人甚至都不知道自己已经被耍得团团转，还一个劲儿地提供信息以提升自己的可信度。我提醒自己，当一个证人开始添油加醋时，就说明他不想令自己失望,也不想令所有试图帮助他的人失望,其中包括控方和警察。因此,他必须把故事编得比对方好。然而他不知道的是,世上没有完美的故事,有人会把事情搞得一团糟,有人会喝得烂醉,也有人会狂吐不止。

我提醒自己只需陈述事实,不必画蛇添足,因为这些都是我的亲身经历。我可不想给对方任何把柄来诬陷我做伪证,从而失去告他的机会。

我试着让自己冷静下来,也深知在这种时候要保持冷静有多难,尤其是当别人专挑一些你感到羞耻的事情来刺激你,并且毫无保留地将其公之于众的时候。是的,我那天的确喝醉了。没错,我跪在浴室的地砖上几乎把五脏六腑都吐了出来。是的,我把脸贴在浴室的地板上昏睡了不知多久。可是这并不代表接下来发生的那件事就会凭空消失。

我意识到自己如此激动,是因为我知道他接下来会问什么。几个关于呕吐的问题就把我气成这样,可想而知,我对下一轮的问题又会是什么反应。我注意到对方的事务律师把一些笔记递给了他,就是我在提供主要证据时事务律师写下的一大堆东西。我知道这事关接下来的问题,并且感觉到"强奸"这个词已经快到他嘴边了。

紧接着,辩方律师开始从侧面攻击我。

"你向多少人吹嘘过你和朱利安·布鲁克斯上床的事?"

我看着他,尽量保持呼吸平稳。

"我没有吹嘘。我只对两个最要好的朋友说过我会和他约会。"

"当你告诉她们你要和他约会时,你是否感到很兴奋?"

我有点儿羞于启齿,但提醒自己一定不要让他抓到任何把柄。

我干脆地做出回答,虽然声音听起来有点儿弱。

"是的。"

"你是否考虑过约会当晚再次与他发生关系?"

理查德又一次站了起来,提出希望辩方律师停止这一连串的提问。于是辩方律师又回到了我醉卧浴室地板的话题上。

"你后来又回到床上去了,对吗?"

"是的。"

"是怎么回去的呢?"

"布鲁克斯先生走进来,发现了我。"

"你是否和他一起走回卧室的床上?"

"不是。"

"你是如何回到床上的?"

"是他把我抱回床上的。"

辩方律师似乎对这个回答很满意,快速瞥了一眼他的当事人,仿佛在说:"正合我意。"

"他不仅关心你,还把你抱回了卧室的床上。"

这句话不像是在提问,因此我没有做出任何反应。

"是这样吗?"

"我不知道他是否关心我,但他的确把我抱回了床上。"

他把头歪向一边。

"在被抱回床上之前,你刷牙了吗?"

"没有。"

"朱利安抱你,是因为你已无法正常行走了吗?"

"不。我可以走,完全可以自己走回床上。"

我突然觉得嗓子很干。我本可以说自己当时迷迷糊糊,根本无法走回卧室。这样一来,陪审团就会相信我的状态很差,完全不可能和他发生性关系。可我已没时间后悔。事实就是,我可以自己走回卧室,并没有醉到丧失行动能力。我等待辩方律师继续发问,但他停了下来,看了一眼手里的笔记,又回头向事务律师要了一份东西。我只能继续等待,心里忐忑不安,渴望这个环节快点儿结束。辩方律师转过身来,换了一个姿势站立,但依旧没有开口。我又忍不住用指甲去戳我的大腿。

又是一次漫长的停顿。他尚未提出任何辩词,但我能感觉到他马上就要进入正题了。理查德和我一样,完全不知道对方要出什么牌,他看上去也很警觉。我的视线在理查德和辩方律师的脸上来回切换,想搜寻一切可能的线索。就在这时,对方亮出了第一张牌,我被问得措手不及。

"对不起,你说什么?"

他重复了一遍刚才的问题。

"朱利安从头到尾都没有用他的手去捂住你的嘴,对吧?"

"不,不是的。"

他进一步问道:"是你自己用手捂住了自己的嘴,不是吗?"

我简直怀疑自己的耳朵。

"我不明白你在说什么。"

面对我的惊慌失措,他逐渐进入一种放松的状态。看来他已经掌握了打赢这场官司的一个关键要素。他重新表达了一遍刚才的问题。其实我早就听明白了,只是实在想不通他的问题导向。我不理解他的用意,或许我理解,但不希望事情朝那个方向发展。

"你说什么？我绝对没有用手去捂自己的嘴！"

他不知又说了些什么。

"我自己的手？不是的，是朱利安的手。"

他又问到当时我的口气有多难闻，认为我当时一定很担心自己的口腔里仍有呕吐物的酸臭味。

"我的口气吗？"

我仔细想了想，却仍是一头雾水。

"是的，的确很难闻，我记得很清楚。"

于是他又说了一遍，认定我当时做了捂嘴的动作。

"什么？不是这样的。"

我回想当时的情景。

"我应该有碰过自己的嘴，但是……"

他再次强调是我自己捂住了嘴。

"没错，但那时他只是想吻我，还没有到……"

他又说了些什么，我急忙反驳。

"事情不是这样的。我当时很想吐，根本没心思做爱。"

他认为我当时唯一的顾虑就是自己难闻的口气会令朱利安反感。

"不，你错了。我不想做爱，因为我感觉很难受，不仅仅是因为刚吐完口气很难闻。"

他认为我的记忆模糊不清，于是迫不及待地想对当晚发生的事做另一番描述。我绝不能让他得逞。

我打断他的话。

"不，我记得非常清楚。"

他镇定自若地结束了这一轮提问。我后悔自己没沉住气,被他成功地激怒了。但面对如此的颠倒黑白,我必须奋起反抗。

"你记得什么?"

我深吸了一口气,尽量一字一句,用最清晰肯定的声音,面向陪审团,重申了自己的立场。

"事情不是你说的那样。我并没有用手捂住自己的嘴,生怕朱利安会闻到我口中的异味。我确定是他用他的手捂住了我的嘴。"

我态度坚决,说得滴水不漏。接着辩方律师迅速翻篇,开启了新一轮提问。我一开始有点儿跟不上他的节奏,可能是因为还停留在刚才的愤怒中,没缓过来。他的态度几乎可以用居高临下来形容。他显然又在耍花招,想用这种方式来提醒我是非曲直都由他说了算。

"恩斯勒女士,我想,如果有监控录像的话,你对当晚发生的事会记得更清楚吧?"

我立马猜到他接下来要问什么,因为我本人也曾用过这一招。我忍不住在心里哼了一声。他接下来会对陪审团说,假如他们有监控录像可以看,就不会如此确信地选择相信我的一面之词。这句话意在让陪审团产生疑虑,以至于他们无法十分确定地给他的当事人定罪。我必须尽可能精准地回答这个问题,以此来扭转场上的局面。

"即使有监控录像,斯滕汉姆先生,我也不需要看。因为我十分清楚当时发生了什么,而且始终记忆犹新。"

他直接跳过了这个问题。

"当然了,你没有别的证据可提供,对吗,恩斯勒女士?"

"抱歉,你什么意思?"

他把头侧向一边。

"我的意思是,你没有任何关于那天晚上的照片,对吗?"

我简直气不打一处来。这一招也太老套了。他就只会这些吗?是时候发挥我的职业技能了。

"你是指,我要拍下自己被强奸的照片吗?"

"一张照片都没有吗?视频片段呢?"

理查德站了起来。然而我根本没心思听法官说了些什么,只顾埋头生闷气,心想:"是啊,我被他控制在身下的时候难道还要不停地拍照、自拍、拍视频吗?"

他继续提问:"但是,法医在为你做检查时的确拍照取证了,对吗?"

"是的。"

"然而在这些照片上却看不到任何瘀伤或出血,对吗,恩斯勒女士?"

尽管我知道他是在尽自己的本分指出本案没有客观证据,但还是忍不住讨厌他。我尽量让自己保持冷静,心平气和地回答道:"我没有研究过那些照片,斯滕汉姆先生,因为我不是病理学家。"他点头表示理解。

接着,他又用一种近乎悲伤的语气,非常为难地说道:"所以,我们就只能在你的话和布鲁克斯先生的话之间做选择,不是吗?"

我突然预感到自己可能会输。我环顾四周,话到嘴边又咽了下去。辩方律师已然拿下了这一局,这一拳打得很干脆,它让我感觉到自己即将失去陪审团的信任。他们会认为我当时醉得一塌糊涂,根本无法提供可靠的证词。然而朱利安却很清醒,还能小心翼翼地把我抱回床上，他才是那个"可靠"的人。皇家律师斯滕汉姆先生还在不断地向我提问，但声音变得如同从水下传来一般空洞且模糊。这是怎么回事？为什么老是出现这种情况？我只能眼睁睁地看着他的嘴巴一动一动的。陪审团全神贯注地听着他说的每一句话，在他的引导下对当晚那堆乱七八糟的事情进行充分的了解。他肯定提到了朱利安试图吻我时我发出的傻笑，以及我口腔里的酸臭味。他认定我为了保全面子，或是出于友情，一定不想让朱利安被我嘴里的臭味熏到。因此，我在亲热时一定会很贴心地用几根手指来捂住自己的嘴。

他越说越起劲。

"当晚你是否准备再次和你的心爱之人发生亲密关系，也就是你曾经自愿与其发生性关系，并将其视为'适合做男朋友'的那个人？"

"不，不是的。"

这时理查德站了起来，反对他一口气提了太多问题。实际上，理查德是在为我争取冷静思考的时间。我熟悉这种操作，很想让自己镇静下来，但还是受不了他的提问方式。

"我当时根本不想做爱。"

我的回答看似平静，内心的尖叫却震耳欲聋。虽然我可以不用回答，但还是忍不住补充道："我根本不想做爱，因为我当时很想吐。"

说着说着，我又有了想吐的感觉。回忆起当时的感受，想起自己被牢牢困住，害怕到几乎休克的样子，我感到一阵心慌。紧接着，他又针对朱利安的胳膊和手向我提出了一系列问题。

"你说他按住了你的手腕。具体是哪一只手按住了你哪一边的手腕?"

我还被迫沉浸在被困的痛苦和濒死的恐惧中,呼吸很不均匀。可问题来了,我想躲也躲不掉,只好硬着头皮回答。

"我不知道。只知道他用一只手捂住了我的嘴,我几乎喘不过气来。"

他先是难以置信地看着我,仿佛我和他说的不是同一种语言,接着又大声说道:"这就奇怪了,恩斯勒女士。你不是说,他当时按住了你的两只手腕吗?恐怕是你记错了吧?"

"不,我没记错。他的手的确捂住了我的嘴。"

他跟我反复确认那几个我在主要证词中已经回答过理查德的问题。我被他绕进去了,费了好大的劲儿也没能跟上他的思路。他这么做的目的何在?我突然明白了,他想说的是,既然朱利安的两只手分别按住了我的两个手腕,他就不可能多出一只手来捂住我的嘴。这就足以证明我的描述有误:我当时并没有被按住,完全可以正常呼吸。由此可见,捂在我嘴上的那只手只能是我自己的。我只是不好意思让对方闻到我呕吐后的酸臭味罢了。

辩方律师说,假如我用一只手捂住了自己的嘴,那么他也可以"认为"我完全可以用那只手去推开朱利安。或者,我也可以把自己的手从嘴上挪开,然后大声尖叫。

说完,他一脸疑惑地看着我。时间仿佛停住了。陪审团也随之放松了下来,似乎觉得这个说法很有道理。我的思绪很乱,根本理不出头绪。

"不,不是的。我一直在想办法挣脱。"

我看向陪审团,眼里充满了恳求。

"我明确地告诉他我不要,让他停下。我拼命挣扎。是他用手捂住了我的嘴。"

我很想解释,又怕解释不清。辩方律师继续问道:"你是如何挣扎的?"

"尽我所能去用力挣扎。"

"具体是怎么做的?"

我想了一下,这个问题很重要,一定不能出错。

"我用尽全力试图将他推开,试过用脚踢……"

我不得不重新体验一遍当时的恐惧。

"我试着用脚去踢他,还试图扭动身子,想从他身下钻出来。"

我发现自己还是没有说清楚,我必须说得再详细一点儿。

"他一直压着我。他在我上面,把全身的重量都压在我身上。"

我又补充道:"我一度以为自己要窒息了。"

我的大脑一片混乱。我能感觉到自己此刻正在遭受严重的伤害。他的提问思路令我完全招架不住。我的困惑不是装出来的,而是真的搞不懂他究竟想干什么。

朱利安告诉他的律师——也可能是那位律师自己的主意——是我捂住了自己的嘴,因此,阻止我大声喊叫或说话的那个人只能是我自己。我随时可以把手放下,大声表达自己的抗议,或者用那只手去推开他,又或者……

辩方律师还在说个不停。朱利安把我像蝴蝶标本一样按在了床上,他却好意思说是我自己把嘴给堵上的,仿佛这一切都只是情侣间的小游戏,和上回在律所里做爱没什么两样。他说得如此轻巧,冷静到近乎冷血。我感到十分震惊。是朱利安让他这么说的吗?一场游戏而已?!我朝四周看了一眼,思考着要如何反驳。

我看见坐在旁听席里的亚当,他一脸焦急的样子,仿佛知道我在哪里卡住了,正盼着我尽快恢复记忆。

就在这时,面对法庭上的所有人,我突然想起了一个重要细节,于是无比清晰地说道:"朱利安用一只手抓着我的两个手腕,然后把它们拉过我的头顶。"

我一边说着,一边做出这个动作——先把双手高举过头顶,再把两个手腕交叉重叠在一起。我并没有马上放下,而是保持着这个姿势,好让所有人都看清楚朱利安对我做了什么。我继续说道:"他用另一只手捂住我的口鼻,并使劲压着我,用他的身体和双手牢牢将我控制在身下。他不仅弄疼了我的脸,还让我几乎无法呼吸。"

我浑身颤抖,双眼死死地盯着朱利安。随着记忆渐渐恢复,我想起自己如何像一只困兽那样不停地挣扎,直至浑身无力、动弹不得。那些痛苦、恐惧和屈辱全都涌上心头。所有的记忆瞬间化作一团怒火。"你算什么东西?竟敢这么对我?"我一边盯着他,一边想道:"为何我要站在这里,被人当成骗子一样审问?"

朱利安不敢与我对视,而是直接看向他的家人。我顺着他的目光看去,正好看见他的父亲信心满满地朝他点了点头。我放下双臂,托着手肘,感觉疲惫不堪,身体像是被掏空了一般。

辩方律师的声音再度响起。

这一次,他没有提问,而是就刚才的问题可能引起我的不适而向我道歉。

"我只是想了解事实的真相。"

他语气温柔,仿佛在向我释放善意。就像我之前盘问过的每一个受害者那样,我又一次上当了。我渴望别人的善意。他小心翼翼地继续还原当晚发生的事情，语速不紧不慢。我的内心已支离破碎，只想顺着他的思路，尽快结束这一切，为此我不惜主动上钩。盘问继续进行，他已不像之前那么严厉。他不仅声音好听，还充满了同情心。

"我知道那一晚对你来说非常艰难和困惑。况且你还生病了。"

我有点儿动摇了。我为那天晚上的自己感到难过，眼泪在眼眶里不停打转，却又被我硬生生憋了回去。他肯定感觉到了，甚至看到了我的反应，于是见机把态度切换成恭维。辩方律师表示我是一名非常优秀的出庭律师，是一个令其他同行赞不绝口的女律师。我不由自主地在内心肯定了这一点。至少他明白我也不是等闲之辈。然后他继续说道："大家都认为你是这个圈子里同辈当中最聪明的出庭律师。"

我突然感觉有点儿不对劲。慢着，事情似乎正在朝不好的方向发展。我有种不祥的预感。所有的感官瞬间火力全开。他提到了我的新办公室，称它比原先的办公室更大、更气派。

说完，他便停下来等待我的肯定。

"是的。"

他接着说道："你必须通过竞争才能获得入驻这家律所的机会，不是吗？"

对于这个突如其来的新消息，我的脑子一时转不过来。我不知道他想说什么，也就没有回答。

他继续说道："而入驻这家新律所的两名竞争者正是你本人和布鲁克斯先生。"

我感到一阵眩晕。他看都不看就从桌上拿起一张纸，显然是他提前布好局，放在那里待用的。他高举着那张纸，说道："事实上，我手上拿的就是最终的候选人名单，上面只有两个名字。"

在把这份所谓的名单提交为证据之前，他就迫不及待地读出了上面的名字——分别是我和朱利安的全名。我完全慌了，只能瞪大眼睛四处张望。理查德已进入戒备状态，表情十分严峻。与其说我从未见过那份名单，倒不如说我根本不知道它的存在。尽管我知道他没有向我提问，但还是忍不住解释道："那上面或许有我的名字，可我，我……我从未主动申请过要去那家律所。"

辩方律师打断了我的话，告诉我此处不需要回答。我不顾他的反对，继续说道："我从未提出过任何申请，也不觉得要那么大的办公室有何用。我原先的办公室就足够大了，比我这辈子拥有过的其他所有空间都要大。"

我看见约翰尼和母亲的脸上露出赞同的表情。我童年的大部分时间都只能和约翰尼共享一个房间，中间用折叠屏风隔开，位置小到放不下一张单人床。母亲从旧货市场买来一张宜家的短床，我才勉强有地方睡，睡觉时只能把脚从床尾伸出去。我注视着辩方律师的脸，发现他的心态瞬间发生了转变。在他看来，年轻有为的我一定会不惜一切代价争取进入更大更知名的律所。从陪审团成员的反应来看，他们也赞同这一论断。我想起在法学院入学仪式上见到的那些男生，他们一个个看起来都和眼前这位皇家律师如出一辙——白人，来自特权阶级，自命不凡，坚信自己就是人生赢家。我感觉自己的职业技能要被唤醒了。我默默致敬着院长多年前说过的话，庆幸自己当年充满敬畏地把它们全都记了下来，并时刻提醒自己。我很想对辩方律师说："先生，切莫相信自己的直觉。法学院的第一堂课就告诉过我们，你只能相信法律直觉。"

他酝酿了一会儿,语气从温和转为了低吼。

"我看你很享受如今的大办公室,不是吗,恩斯勒女士?"

我根本没时间回答。他迅速抛出了第二个问题,以掩盖第一个问题的漏洞。他直接向我开火。

"我能理解你为何要捏造事实,或故意添油加醋来惩罚布鲁克斯先生。毕竟是他把那天晚上你们在他办公室的沙发上发生性关系的事告诉了自己的朋友,甚至一些你们的同事。这让你很难堪,对吗?"

我仿佛挨了一记耳光。

原来,就在我小心翼翼地对米娅和谢丽尔说我和他有可能会进一步发展时,他早已到处宣扬他自己和我在律所里上过床了。

我稍稍有点儿失色,但很快又调整呼吸,重新上路。被迫提供的各种证据已令我千疮百孔。相比之下,这最后的羞辱不过是一个小小的伤口而已。

"实话告诉你,先生,我不知道朱利安和别人讲过我的事。"

他话锋一转,问我是否承认自己是为了增加收入才处心积虑地搬去新的律所。

我反驳道:"是一位我仰慕的皇家律师向我发出了邀请。而且我……"

他打断了我的话,语气里重新出现了那种令人讨厌的愤怒。他暗示说,我杜撰了一个强奸的故事来败坏朱利安的名声,以确保自己能获得新律所的职位。我忍无可忍,直接打断了他的话:"我搬去新律所是为了摆脱朱利安,只有这样我才能安心工作。别忘了,先生,我当天上午就去警察局做了笔录,丝毫没有耽搁，就在事发后的几个小时之内……"

我的话再次被他打断。

"请不要赘述与问题无关的事情，恩斯勒女士。"

这时，理查德站了起来。

"请让她把话说完。"

法官准许了。我继续说道："我觉得没有哪一个女人会跟一个男人愉快地吃饭喝酒，然后在公共场合让大家见证我们相谈甚欢，并且……"

辩方律师再次打断了我的话。他站了起来，向法官申请道："法官大人，我请求将这段话从记录中删除。"

法官回应道："同意申请。"

辩方律师又得寸进尺道："请法官大人提醒证人直接回答问题，不要发表长篇大论。"

我直接撑了过去："如果你在暗示我故意安排了那样一个夜晚才换来今天的这场'公演'，那么我无话可说。"

辩方律师还在不停地提出申诉，想让我彻底没机会表达。

"法官大人……"

我毫不理会地继续说道："我绝不希望过去782天的遭遇发生在任何一个人身上……"

在辩方律师的一声声"法官大人"中，我隐约听到了法官的声音：

"恩斯勒女士……"

然而我并没有停止，而是把矛头指向辩方律师。

"如果你坚持认为我在某种程度上对布鲁克斯先生怀恨在心，就是在说……"

"法官大人，证人并没有在回答问题。"

我面向陪审团，接着说道："在场的朱利安·布鲁克斯先生的皇家律师接下来会告诉各位陪审团成员布鲁克斯先生遭受了哪些损失。但我想先告诉你们我的损失。我不仅失去了尊严，还失去了自我。我失去了我的前途和朋友，从此变得心神不宁，彻底没有了安全感，再也感受不到性生活的乐趣。"

我不给自己喘息的机会。

辩方律师还在声嘶力竭地喊着。

我继续说道："但最重要的是，我失去了对法律的信念。"

我听见自己的声音在颤抖。我的确损失惨重，但最后这一项是刚刚才意识到的。我继续说道："我曾坚信法律体系会保护我，那个我一生都在为之奋斗的法律体系……"

辩方律师还在不断地要求法官出面阻止。然而在经历了那782天之后，我做了一切该做的事，成为最好的证人，大胆地说出了事实的真相，我终于不再麻木。我能感觉到大脑里的各条线路全都恢复了运行。我找回了自己的声音。那是一个全新的、属于我自己的声音。我继续重复着自己的观点。我听见对方怒气冲冲地喊着："法官大人，法官大人。"

他想要盖过我的声音，可我毫不示弱。我说，法律曾是我唯一的信念。我努力工作，全心全意为客户打官司，相信法律体系自有一套严谨的监察制衡制度。这个体系曾让我受益匪浅，如今却……

法官直接指出我现在的身份是证人，而不是律师。

"恩斯勒女士，我必须要求你直接回答问题，否则就不要说话。请遵守法庭纪律。"

我恭敬地看向法官。

"法官大人，我有话要说。"

辩方律师果断地站了起来，他不想让陪审团看到我们之间的争辩，连忙提出要"预先审查"①（voir dire）。这个时候，陪审团通常会被要求退席，以避免听到任何可能会引起偏见的证据或论点。法官点头表示同意。讽刺的是，这一法律术语的原意是"一切照实陈述"。想到这一点，我不禁一脸苦笑。我安静地坐在那里，看着陪审团成员鱼贯而出。他们一头雾水，不明白这是为什么，尽管法官一直在向他们解释这一程序。

我注意到媒体席上此时又多了不少记者。在这个无聊的庭审日，他们一定是听说了某人正在无视法庭纪律，不按常理出牌，大闹一号法庭。我看着那位法庭画家一边看着我一边埋头作画，全程没有任何眼神交流，也不带任何情感。我很想知道他笔下会出现怎样一幅画。想到这里，我竟然有点儿小兴奋。我耐心地等待着。这时，旁听席上又多了不少观众，是一群女学生，没准儿是学法律的。她们一发现空位就赶紧坐下，生怕动静太大会影响法庭秩序。我继续安静地等待着。

---

① 指法官对某项证据是否可被法庭采纳而预先进行的审理。

第四十四章

庭审日

最后一名陪审团成员出去时回头看了我一眼。媒体记者们早已蓄势待发。这时,法官提醒道:"恩斯勒女士,请不要过度发挥,简单陈述即可。"

我调整频率,放慢呼吸。我在人群中看到了凯特·帕尔默警员的脸。这位年轻的女警把手放在我母亲的肩膀上。我用目光扫视着旁听席上的每一个人,脑子里出现了所有在我之前走进这个法庭,以及之后即将踏入这里的女性。

刹那间,我仿佛看见了詹娜,那个我曾经当着菲比的面盘问过的女性。我听见她在崩溃之前对我发出的警告:"我告他不是为了获取什么好处,而是不想让其他女性也遭受同样的伤害。"

我看着旁听席上朱利安的弟兄们,又回头望向法官。我毫无准备,却又胸有成竹。

"法官大人,我今天的身份很特殊。我通常是以律师的身份出庭。然而此刻我站在这里,是证人,是原告,也是一名受害者。"

在说到最后一个词的时候,我忍不住激动了。我继续说道:

"作为一名辩护律师,在法庭上盘问性侵案的女性证人时,我曾想当然地认为她们的证词必须完美无瑕、逻辑自洽。然而通过今天的尝试我才发现,这一标准根本无法实现。"

我停顿了一下,又继续说道:"我当然无意牵扯到其他律师或您,我尊敬的法官大人。我是把法律体系作为一个整体来考虑。我自从业以来就一直是这个体系的一分子,也曾用这个标准来要求其他女性。"

我深吸了一口气。空气中弥漫着紧张的气息。

"如今我才知道,这么做是不对的,是不合理的。因为我通过亲身经历了解到,身为一名女性,又有律师的法律意识,对于性侵的过程尚且无法提供清晰、连贯、严谨的记忆。然而,法律却要求她们这么做。因此,从法律的角度来讲,她们的证词往往被认为是'不可信的'。"

我环顾四周,惊讶地发现周围一片寂静。我终于看清了一些事实,恨不得让其他人也擦亮眼睛。

"但这既不是交通肇事,也不是入室抢劫。这是强奸,是一项针对人身的犯罪。"

说到这里,我的语气更加坚定了。

"现在我知道了,当一名女性说'不'的时候,当她用行动表明自己不愿意的时候,这根本不是一件晦涩且难以理解的事情。然而,在我亲历这一切之前,我同样会在法庭上指出女方的证词有误。"

我抬起头,心中充满了一种从未有过的感觉、一种迫切的需要,迫切需要自己的观点被倾听。

"然而,当一个女性受到了侵犯,她所受的伤是具有侵蚀性的。一开始是内心深处的恐惧和痛苦,再后来就是被彻底击垮的思想和灵魂。"

我的目光落在理查德身上,他正饶有兴趣地看着我。我感到一阵心痛,一种实实在在的痛。

"在此之前,我可能会认为'她的表述很混乱',意思是,如果提供的证词没有条理且前后不一致,那就说明证人在撒谎。"

我回想起自己盘问过的所有性侵案件,知道自己所做的一切都是照章办事,一举一动都毕恭毕敬,但是,但是……还是有不对劲的地方。

"在此之前,我也会以前后不一致为由对性侵案的证词提出合理怀疑,并且告诉陪审团,证人对自己所提供的证词'没有把握'。"

我看见坐在旁听席上的约翰尼。尽管他压根儿就听不懂我在说什么,但还是认真地把身体往前靠,时刻替我捏着一把汗。

我一边注视着坐在我面前的全体律师,一边说道:"作为一名律师,我深知法律不可能完全放弃对一致性的要求。但是在性侵案中,我们还要坚持把一致性作为判断证据是否可信的试金石吗?对于受害者来说,她们虽然可以生动地回忆起性侵和施暴者,却无法记住那些细枝末节。一旦受害的女性因为要在法庭上重温那场噩梦而感到紧张,或是对强奸过程的描述未能符合庭审的标准,那么她……"

我突然有点儿哽咽。

"……就会被断定为在撒谎,其证言也不再可信。如此看来,受害者永远也打不赢官司。为何我们总是先认定对方是自愿的,直到发现事实并非如此却还不肯转变?难道女性是毫无自主权的商品吗？一旦有女性表示自己不愿意，我们就应该莫名其妙地不相信她？无论她说了什么或做了什么，都不管用？我们难道不能先问问那名被告，看他是否提前征求过对方的意见？或者让那些陪审团成员也来怀疑被告的说辞？"

我疑惑地看了看周围。媒体记者们正在奋笔疾书，辩方律师正回头跟他的事务律师说着什么，装作这一切都与他无关，同时也暗示着既然陪审团不在现场，我说再多也没有用。他是对的。我知道我的时间所剩无几，他很快就会提出抗议。

我故意提高音量，大声说道："因此，我要借这个法庭大声宣告。"

旁听席上一阵骚动，观众纷纷做好了看戏的准备。

"有关性侵的法律一直在一个错误的转轴上旋转。由于女性所遭受的性侵犯经历与男性制定的真相体系不符，所以事实永远无法被认定，正义也因此得不到伸张。"

此刻，我的声音里充满了自信，它激励着我继续往下说。

"法律是由一代又一代的白人异性恋男性制定的。"

不出我所料，辩方律师噌地一下站了起来。然而他说的话我一句也听不见。

我继续说道："就在不久之前，像这样的法庭还未能把婚内未经同意的性爱视为强奸。我们一再忽视那些受虐的女性，不接受她们用不同于男性的斗争方式来进行反抗。我们忽略了那些围绕强奸受害者的内衣颜色而提出的不公平的问题，默认穿某种款式的内衣就是在表示性同意。然而，问题一旦被发现，法律就不能再视而不见。"

我四处张望，把目光定在了媒体记者身上。

"不是吗?"

辩方律师还不肯坐下。我完全不理会他和法官说了些什么。我感觉自己快要飞起来了,越说越有激情。

"现在,我的亲身经历告诉我,我们一直在用错误的方式处理性侵案件。我们从不审视法律本身,只会一味专注于考问受害者。"

我故意停顿一会儿,又接着说道:"法律体系是一个有机整体。它是由人们根据经验来定义和构建的,而且必须是所有人的经验。因此,我们没理由再逃避,必须尽快做出改变。我们必须完善现有的法律,因为已有事实证明有三分之一的女性曾遭遇过性侵。我们必须确保她们有机会被相信,只有这样,我们才能真正实现正义。"

辩方律师还在和法官交涉,激动得满脸通红。我听见法官在对我说话。我知道我所说的话已经超出被允许的范围,超出的不是一点儿,而是很多。但是,当我抬头看向旁听席的时候,我突然想起还有最后一点要补充。我回想起理查德跟我分享的那个触目惊心的数据,它代表着一个个像我一样遭遇过强奸的女性,她们都曾遭受不同程度的性侵或性骚扰。我扯着嗓子,大声说道:"每三名女性当中就有一名受害者。"

泪水刺痛了我的双眼,我听见自己满怀深情地说道:"看看你的左边,再看看你的右边,她就在我们当中……"

我看着旁听席上的每一位女性,感觉自己脸上火辣辣的,一阵阵地发烫。我说完了,终于把该说的全都说完了。我看向母亲,又看了看辩方律师和理查德。我感到一阵悲伤,心中没有绝望,只有悲凉。

我知道我没能打赢官司,但已然放下心中那块大石头,感觉浑身轻松。媒体记者们还在奋笔疾书。我忽然意识到自己从头到尾都忘了朱利安的存在。法官严厉地告诉我,除非回答问题,否则不准再说话。他宣布结束预先审查,陪审团可以再次入场。

我昂起头,看见亚当正站在法庭的最后面朝我点头。我看见凯特那张年轻率真的脸,与那些身穿同样制服的男人比起来,她毫不逊色。我们对视着。在这样一个灯光刺眼、令人窒息的审判室里,我站在所有人面前,而母亲紧紧攥着她的草编包。但此时此刻,我从这位年轻女士的眼神里感受到了……某种美好。

第四十五章

尘埃落定

作为一名经验丰富的刑辩律师，我一看到陪审团这么快返场，就知道他们得出的结论肯定是"无罪"。尽管如此，当我们被叫进去的时候，我仍怀揣着一点点希望。法官询问陪审团是否就此事达成了一致的裁决，陪审团主席先是递交了判决书，随后又大声宣读了结果。朱利安和他的律师一同站了起来。我牢牢地坐在座位上，一动也不想动。

判决结果一经宣布，辩方团队便激动不已。朱利安的弟兄们在旁听席上大声欢呼，甚至鼓掌。法官迅速发出了警告。朱利安走下被告席，与他的律师热情拥抱。理查德跟我说了些什么，但我完全无法思考。凯特·帕尔默突然来到了我身边，将一只手搭在我的肩膀上。我知道我此刻必须站起来，但就是做不到。我不想看到朱利安。我抬头看着陪审团成员一个接一个地走出法庭，没有一个人敢与我对视。我的喉咙像是被堵住了。经历了这一切，他们还是不相信我。我在法律面前就像个骗子，朱利安可以一辈子不承认自己的所作所为，永远不用向我道歉……就在这时，我听见理查德对我说："我很抱歉，泰莎。"

目前的法律体系是有缺陷的，已经不符合立法的目的。

现行的法律制度已残缺不全。

"看看你的左边，再看看你的右边。我同样支离破碎，但仍站在这里，而且永不沉默。"当这句话从我的脑海中闪过，我切实感受到了它的力量。理查德正在朝我的母亲招手。母亲此时已经把刚才的一切全都抛在了脑后，她收起自己的草编包，起身朝我走来。我忍不住笑了。

她轻声说道："走吧，亲爱的。"

我不知该如何站起来，又该以怎样的姿态走出这个法庭和这所法院。我一直坐着，看着在一旁等候的母亲。理查德和所有等候我的人站在一起。我看着他说道："我说了那么多，他们还是不相信我。"

理查德答道："你做了一个了不起的尝试。"

直到约翰尼抱着朱妮出现在我面前，我还是站不起来。小侄女一见到我就开心地笑了，笑声响彻这个古老的房间。约翰尼刚把她放下，她就飞快地朝我奔来，小脚啪嗒啪嗒地落在地上。我不由自主地站了起来，将她抱在怀里，心里多少有些惭愧。我知道我一定会继续努力，努力去改变这一现状。我必须相信，力量再小也能带来改变。我相信等她长大以后，陪审团一定能够倾听女性的声音，相信她们的故事。我必须相信，法律总有一天会反思女性的真实体验。只是，我现在孤立无援、疲惫不堪。本案就此了结，再也没有人与我并肩作战了。

我总算走出了法庭，理查德和母亲这才松了一口气。我知道此时朱利安和他的同党早已走光了,正在某处欢庆他们的胜利。米娅答应过我,无论结果如何,案子一结束她就会直奔我家,陪我吃饭喝酒兼聊天。我很想听一听她对今天的事是怎么看的。我知道她免不了要把法庭上所有人的声音都模仿一遍,到时候我一定会笑得合不拢嘴。她总能模仿得惟妙惟肖。等天气暖和一点儿,我们就会着手准备出门旅行。我和理查德拥抱道别,对他表示深深的感谢。谢丽尔紧紧地拥抱了我,对我说道:"那个辩护律师可真够浑蛋的。"我被她逗笑了,感觉没必要再向她解释那位辩护律师也只是例行公事,真正的问题深藏于法制和社会当中。但是,听见这个与我对峙了好几个小时的家伙被骂成"浑蛋",我的心情一下子好了许多,谁叫他把我逼得这么紧。我不禁好奇那些陪审团成员今晚回家后会怎么想。我也很想知道今天的法官究竟相不相信我说的话。然而,此刻我最想做的还是回家。约翰尼问我要不要跟大伙儿一起回家。母亲焦急地等待着我的回答。我拒绝了,如今伦敦才是我的家。

母亲用眼神暗示谢丽尔,她连忙说道:"我们都觉得你应该和我们一块儿回去,尤其是今晚。"

朱妮在我身边活蹦乱跳,仿佛在提前欢迎我的到来。我故意大声说道:"我真的去不了。因为'某人'这周六就满2岁了,我们要开派对庆祝一番。我得留下来为她准备特别的礼物呀!"

朱妮一听乐坏了。

"是我,是我!"

母亲紧紧地抓着我的胳膊。我在她脸上亲了一下,又在她耳边轻轻地道了一句:"谢谢你。"

母亲激动得半天说不出话来,好不容易才说出一句:"我真为你感到骄傲。"

这句话让我忍不住想哭。我轻轻地推开她,对大家说:"那就星期六见吧。"

临行前,谢丽尔又走过来抱了抱我。

"你真像个勇士。"

我也用力地抱了抱她,心里充满了对所有人的感激。我不等约翰尼查完火车时刻表就大步走出了法院,走进了这个春寒料峭、天空湛蓝的伦敦午后,一路上清风拂面,沁人心脾。

第四十六章

回响

从法院出来的时候,我回头看了一眼熟悉的老贝利。我抬头望着那尊代表正义的雕像——正义女神像(Lady Justice)。一百多年来,她一直蒙着双眼,威严地矗立在这座大楼的顶端。她一手持天平,一手执利剑,象征着正义的力量,骄傲地俯瞰着整个伦敦城。我不禁好奇究竟是谁把正义化身为一位女性的。我记得自己之前学过,这一形象与理性的洞察力有关。对照今天所发生的一切,我只能发出一声苦笑。这是多么可怕的讽刺啊!

我决定先步行一小段,然后再打车回家。我感觉手机振动了一下,是亚当发来的短信。他说:"我很难过。不过你躲(做)得非常好。下周一起吃午饭吧?我很自豪能成为你的朋友。爱你的亚当。"这个将"fucking"改为"ducking"的自动更正简直是神来之笔,看得我直想笑。于是,在回了他一个竖拇指的表情之后,我又笑着发给了他一张鸭子[①]的表情图。

[①] 鸭子的英文单词 duck 可做动词使用,表示"躲避",对应原文的"ducking"。

就在这时，我听见有人在喊我的名字，而且是全名。

"泰莎·简·恩斯勒。恩斯勒女士。"

只见一位女士朝我跑了过来。我大老远就认出了她，于是默默做好了心理准备。她在我面前停了下来，此人正是《泰晤士报》的记者雷切尔·迈尔斯。她一副职业女性的打扮，一头深色的头发整齐地绾在脑后，露出一张戴着眼镜的知性的脸。

"对不起，我现在不会发表任何媒体声明。我想我已经把该说的话都在法庭上说完了。"

她今天的打扮是西裤搭配一件便装西服。几根深色的头发被风吹到了她的脸上。

"我知道。我全都记下来了。我叫雷切尔·迈尔斯。"她晃了一下手里的笔记本。

"我这周末要为《泰晤士报》写点儿东西，主题是今天的庭审。"

我实在懒得回答，只朝她点了点头。我盼望能早点儿回家去见米娅，然后好好睡一觉，努力把这件事抛到脑后。但雷切尔完全没有离开的意思。

"我不需要你发表声明。我只想对你说几句话。"

我并不认识这位叫雷切尔的记者。我知道她是谁，对她本人却不甚了解。我担心她会拿这件事大做文章。这时，她看着我的眼睛说道："你今天的所作所为替很多女性争得了发言权。我很想对你说声感谢。"

我顿时有点儿意外。她接下来的这句话说得很平静，看来是做足了准备。

"我也是'三个人当中的一个'。"

好一会儿，我才听明白她对我说的话。原来雷切尔·迈尔斯是想告诉我，她也遭遇过性侵。我的眼神瞬间温柔了许多，终于看清了她的样子，也彻底读懂了她的心思。我连忙朝她点了点头。她继续凝视着我。

"你今天的表现大大激励了我，也让我们知道了光靠一个人的力量是行不通的，必须把接力棒传下去，让更多的人加入进来共同努力。我要把你在预先审查期间说的话统统写进这篇文章里。"

我此刻已说不出话来，只能安静地站在她面前。

雷切尔继续说道："我们会做到让所有人都看清这一点，直到他们不再视而不见。"

说完，她便转身离开了。

我望着她远去的背影，脸上泛起一抹微笑。一想到我不是一个人在战斗，我就又燃起了激情与斗志。我明白有些东西必须改变，不仅针对法律，还包括整个社会。

"三分之一"代表着千千万万有话要说的女性。

这个数字太大，大到不容忽视。

致 谢

书名"Prima Facie"是一个拉丁文法律术语,意为"表面证据"。

写这部小说使我真正体验到了创意探索的乐趣。它完全不同于我长期深耕的戏剧和影视剧创作,对我来说是一种全新的写作形式。这一次,我真实地感受到了自己可以展翅飞翔、深入挖掘,在作家这个领域里找到回家的感觉。这部作品凝结了许多人的努力,他们有的在幕后默默阅读我写的每一个字,并不惜投入个人时间和热情来提供反馈;有的则不断地为我提供茶水;还有一些朋友经常在散步时与我交流思想;以及让这部作品得以面世的皮卡多出版社的那些优秀的出版人。

我要特别感谢以下几位,他们分别是:我在澳大利亚的文学代理人简·诺瓦克(Jane Novak),是她带领我进入小说创作的世界,对我的文章有着如此坚定的信心;始终对我不离不弃的凯特·布莱克(Cate Blake),她一路为我编辑校订,像老朋友一样支持我。我最该感谢的除了她们还有丹妮尔·沃克(Danielle Walker)以及特雷西·奇塔姆(Tracy Cheetham)和麦克米伦公司旗下的皮卡多出版社的整个出版团队,是他们投入了大量的时间和精力才换来这本书的成功出版。我还要感谢小说封面的设计者黑兹尔·拉姆（Hazel Lam），以及我在伦敦勒琴斯与鲁宾斯坦书店①（Lutyens & Rubinstein）的文学经纪人简·芬尼根（Jane Finnegan）。我要公开感谢来自英国和美国的出版商团队，他们是来自纽约麦克米伦公司的亨利·霍尔特出版社（Henry Holt and Company）的塞雷娜·琼斯（Serena Jones）和洛里·库萨克斯基（Lori Kusatzky），以及来自企鹅兰登书屋基石出版社的威尼西亚·巴特菲尔德（Venetia Butterfield）和海伦·康科德（Helen Concord），感谢他们与凯特和丹妮尔合作，共同将本书的第一版带到读者面前。

我很感激我的戏剧和电影代理人，他们分别是：澳大利亚 HLA 公司的齐拉·特纳（Zilla Turner）、伦敦 The Agency 公司的茱莉亚·克莱特曼（Julia Kreitman）和塔尼亚·蒂耶（Tanya Tillet），是他们带领我完成了同名话剧《初步举证》在英语国家和非英语国家的所有演出制作，尤其是在澳大利亚、伦敦西区和纽约百老汇。

书中的故事先是经历了一个漫长的写作过程，而后又被改编成话剧和电影剧本，之后又回到原点，被写成了现在这部小说。在它更新迭代的过程中，有许多人和机构值得被感谢，其中包括导演李·刘易斯（Lee Lewis）、演员谢里丹·哈布里奇（Sheridan Harbridge）、导演贾斯汀·马丁（Justin Martin）、演员朱迪·科默（Jodie Comer）、戏剧指导凯莱布·刘易斯（Caleb Lewis）、澳大利亚格里芬剧团（Griffin Theatre Company）及其团长布鲁

---

① 一家位于伦敦诺丁山的独立书店，由著名的文学代理商兼好友 Sarah（Lutyens）和 Felicity（Rubinstein）共同经营。

斯·马尔（Bruce Meagher）和制片人詹姆斯·比尔曼（James Bierman）、帝国大街制作公司（Empire Street Productions），以及所有参与制作这些作品的设计师、舞台经理和团队。他们中每一个人都在无数次的交谈当中以自身难以想象的方式影响着这个故事，当然还包括电影导演苏珊娜·怀特（Susanna White）、澳大利亚 Bunya Productions 制作公司的制片人格里尔·辛普金（Greer Simpkin）和大卫·乔西（David Jowsey）、制片人珍妮·库尼（Jenny Cooney）、美国参与者传媒（Participant USA）的制片人伊丽莎白·哈格德（Elizabeth Haggard）和罗伯特·凯塞尔（Robert Kessel）。我对以上所有人都充满了感激。

我曾经是一名人权和儿童刑事律师，在律师生涯中获得过很多人的支持，他们至今仍是我最亲密的朋友和最坚定的支持者。他们的名字多到我无法一一列举，其中不乏法官、出庭律师、事务律师、学者和曾经的律师，他们特别支持我写这个故事，并且都正在从事或曾经从事过人权法的工作，他们都是人权法的积极倡导者。

我感谢那些在剧院工作期间结识的艺术家朋友，他们的名字同样多到我无法一一列举。剧院生活的乐趣之一就是与一群志同道合的人合作。与他们的相处使我在世界各地都能找到家的感觉。除此之外，还有无数人给我发来电子邮件和短信，甚至是写信给我，他们每个人都跟我分享了自己的一些东西，为此我十分感谢。

我感谢在世界各地为我提供住处的家人们。这本书就是在他们的家中以及他们无微不至的关怀下完成的。他们分别是：莉齐·舒尔茨·威洛比（Lizzie Schultz Willoughby）、翠西·沃德利

（Trish Wadley）、茱莉亚·希斯（Julia Heath）、牛津的波比·亚当斯（Poppy Adams）、洛杉矶的珍妮·库尼（Jenny Cooney）和纽约的瓦莱丽·阿尔茨（Valerie Artz）。我还要感谢以下图书馆，它们不经意间为我提供了安心写作的好去处。它们分别是：纽约公共图书馆（New York Public Library）和位于悉尼内西区的马里克维尔图书馆（Marrickville Library）。公共图书馆是需要保护的重要资源。我还要感谢位于伦敦诺丁山的苏豪会所（Soho House），这里是我的另一个工作流浪地。

我必须专门感谢以下几位朋友，他们是本书最早的读者和全书的灵感来源。他们分别是：V[1][原名伊芙·恩斯勒（Eve Ensler）]、希拉里·邦尼（Hilary Bonney）、凯伦·奥康奈尔（Karen O'Connell）、凯莱布·刘易斯、朱迪·科默、谢里丹·哈布里奇、李·刘易斯、贾斯汀·马丁、妮可·阿巴迪（Nicole Abadee）、丹妮尔·曼森（Danielle Manson）、安娜·方德（Anna Funder）、罗谢尔·泽纳默（Rochelle Zurnamer）、凡妮莎·贝茨（Vanessa Bates）、莎莉·穆雷（Sally Murray）和贝恩·斯图尔特（Bain Stewart）。

我不由得想起我的母亲，伊莱恩·米勒（Elaine Miller）。她为我提供了最初的创作灵感。身为一个出身寒门的女性，良好的教育和美好的前途生来就与她无缘，但是她顽强奋斗、不屈不挠，终于赢得了话语权和别人的尊敬。她的姐姐——琼·库尼·弗格森（June Cooney Ferguson），既是我最亲爱的姨妈，也是我的教母。她与琼·比奇-琼斯（Joan Beech-Jones）、翠西·鲍迪奇（Trish

---

[1] 美国剧作家、表演艺术家、女性主义者和社会活动家，著有话剧《阴道独白》。

Bowditch）和洛伊斯·辛普森（Lois Simpson）一起陪我度过了母亲去世后那段难熬的日子，填补了我内心的空虚。我对她们怀有无限的爱和感激。

我有幸拥有一帮极其慷慨、善良和忠诚的好朋友。我每天都在心里感激他们，赞叹他们博大的胸怀、善良的人性和绝对的才华。他们陪伴我走过人生的起伏。他们中的一些人甚至漂洋过海来支持我，庆祝我作品的成功。

最重要的是，我要感谢我的家人。他们耐心地为我提供一日三餐和充足的茶水，让我随时与外界保持联系。我非常感激他们为我营造了一个快乐、脆弱、敏感，时而狂野、时而凌乱但永远充满爱的家。我的孩子加布里埃尔（Gabriel）和萨莎·比奇－琼斯（Sasha Beech-Jones）是我不断的灵感来源。她们敏感、体贴、富有爱心，常常令我肃然起敬。我对她们的赞赏超乎她们的想象。

最后，我想感谢我的丈夫罗伯特·比奇－琼斯（Robert Beech-Jones）。他不仅是我的靠山，我的挚爱，也是永远令我安心的怀抱，是我在这个世界上遇到的最真实的男人。唯有像他这样谦虚谨慎、忠贞不渝、温文尔雅的人才配拥有他的绝顶聪明和超凡智慧。